JACK
IL DELFINO

Marco Affronte

JACK IL DELFINO

E ALTRE STORIE DI MARE

De Vecchi

Progetto grafico: Adriano Nardi
Mappe: Antonietta Righetti
Disegni: Roberto Magrini/Layout Studio

L'autore ringrazia Antonietta Righetti per la realizzazione delle mappe, *http://arteamorefantasia.blogspot.it*

Ai miei figli Silvia, Ilaria, Tommaso

Per informazioni e segnalazioni:
info.devecchi@giunti.it

www.giunti.it

Via Bolognese 165 - 50139 Firenze - Italia
Via Dante 4 - 20121 Milano - Italia
Prima edizione: settembre 2012

Ristampa	Anno
5 4 3 2 1 0	2015 2014 2013 2012

PEFC
PEFC/18-31-356

Certificato PEFC
Questo prodotto è realizzato con materia prima da foreste gestite in maniera sostenibile e da fonti controllate
www.pefc.it

Stampato presso Giunti Industrie Grafiche S.p.A.
Stabilimento di Prato, azienda certificata PEFC™

L'incontro di due mondi

C'è un rapporto molto particolare fra gli uomini e i cetacei. L'essere umano prova infatti verso delfini e balene una vasta gamma di sentimenti, che possono sfociare in comportamenti e modalità di interazione a due estremi lontanissimi tra loro. Da una parte ci sono le stragi commesse nel secolo scorso dalla baleneria, che sopravvive tuttora a causa della cocciuta insistenza dei governi giapponese, norvegese e islandese. Poi le mattanze di delfini che ogni anno si compiono, ancora in Giappone, alimentate anche – ma non solo – dall'industria dei delfinari giapponesi. Del resto, senza andare troppo lontano, come non ricordare la legge italiana che fino alla fine degli anni Settanta del Novecento premiava con una ricompensa il pescatore che avesse consegnato alle autorità la coda di un delfino? Le due specie, delfino e uomo, erano e sono in competizione per le stesse prede e dunque sembrava logico eliminare l'una affinché non danneggiasse l'economia dell'altra.

All'estremo opposto ci sono verso i cetacei un amore e un interesse che spesso superano ogni logica. Il ricercatore che volesse esaminare con i freddi strumenti della scienza il rapporto fra uomo e delfino dovrebbe ben presto arrendersi all'evidenza che fra le due specie c'è evidentemente qualcosa che va oltre la semplice occasionalità dell'incontro e la mera curiosità dell'una verso l'altra. Nella scheda in appendice (p. 247) approfondiremo proprio il fenomeno dei *solitary dolphins,* i delfini solitari e socievoli, analizzando i comportamenti che li identificano.

In tutto il mondo cresce la domanda per vedere e avvicinare i cetacei nel loro ambiente naturale. Oggi il mercato del *whale-watching* muove 2 miliardi di dollari all'anno, coinvolgendo 13 milioni di persone in circa 120 paesi diversi. E la preoccupazione dei ricercatori cresce in proporzione, dal momento che non tutte queste attività si svolgono nel rispetto degli animali, i quali purtroppo non sempre vengono solo osservati da lontano.
Spesso le barche si avvicinano troppo, inseguono i cetacei a grande velocità, ne incrociano la rotta, per non parlare dei tentativi di toccarli o addirittura di dar loro da mangiare. Molte compagnie senza scrupoli pubblicizzano incontri ravvicinati con i mammiferi marini e altrettante persone sono disposte a pagare cifre notevoli per nuotare, toccare e nutrire un cetaceo in mare. In generale c'è una tendenza in crescendo a spingersi verso l'ambiente in cui questi animali vivono, con il risultato che questo contatto molto spesso si rivela invasivo.

È evidente come per moltissime persone i cetacei rappresentino qualcosa di diverso. Nel mondo occidentale essi suscitano un interesse, una simpatia, una corrente di emozioni che ha portato addirittura ad attribuire a questi esseri acquatici caratteristiche volta per volta magiche, superiori, aliene.
Basti pensare alla Cetacean Nation concepita dal neuroscienziato John C. Lilly (1915-2001), un insieme di misticismo e fantasie new-age secondo cui l'era della violenza e dell'insensibilità dell'uomo verso l'ambiente sta finendo a favore di una nuova era di consapevolezza. Delfini e balene hanno già raggiunto questo stadio e ora sono qui per assisterci in questa transizione. Solo per restare a idee che hanno raggiunto una diffusione a livello mondiale, citiamo anche gli scritti del neozelandese Wade Doak, con il suo "Project Interlock" basato sulle esperienze e gli incontri in mare con cetacei, in particolare con

i *solitary dolphins*, come mezzo per meglio comprendere la "mente dell'oceano". E come non ricordare Horace Dobbs, autore di decine di libri in cui descrive i suoi incontri con delfini socievoli in ogni parte del mondo, e che sono alla base della sua attività ultratrentennale di conferenziere e scrittore? Anche dai suoi racconti si può cogliere come il rapporto uomo-delfino possa essere molto spesso "deviato" dalla convinzione che questi esseri abbiano chissà quali capacità o poteri sovrannaturali.
E forse è la tanto citata intelligenza dei delfini che dà loro questo posto speciale nel cuore degli esseri umani. Eppure non può essere solo questo. Ho lavorato per anni a contatto con delfini in cattività e ho visto troppe volte persone in lacrime solo per essersi trovate faccia a faccia con un delfino. È qualcosa di più viscerale e difficilmente spiegabile con la sola logica. Avendo per i cetacei, così come per altri animali marini, un interesse puramente scientifico e professionale, ho sempre assistito a questi comportamenti verso i delfini con una certa sgomenta curiosità, spesso domandandomi perché proprio i cetacei possano suscitare tutto ciò.
Il libro nasce anche da questo. Le pagine che seguono raccolgono infatti alcune di queste storie. Diverse tra loro, ma con il denominatore comune di avere sempre due protagonisti: da una parte un cetaceo, spesso un delfino, e dall'altra degli esseri umani. Entrambi mammiferi, vivono in ambienti totalmente differenti, esclusivamente acquatico l'uno, prevalentemente terrestre l'altro. Difficile pensare a un intreccio di storie fra queste due specie. Difficile addirittura individuare possibilità di incontro, anche solo occasionale, come un semplice avvistamento in mare. Eppure di storie ne esistono. Dalla lunga e ormai veramente nutrita casistica dei *lone sociable dolphins*, i delfini solitari che si spostano a vivere negli ambienti frequentati dall'uomo, agli interventi per salvare un delfino o una balena in difficoltà, alle mobilitazioni di massa per un particolare soggetto, di cui Keiko (Free Willy) è forse l'emblema, con tutte le sue contraddizioni. Momenti di contatto forte, pregnante, coinvolgente, che portano a riflessioni e dibattiti.

La casistica è varia e molto estesa, e con essa le storie che sarebbe stato possibile raccontare. Qui ne proponiamo alcune che ci sembrano più rappresentative. E ogni storia ne contiene altre, tutte in qualche

modo riconducibili allo strano, intrigante legame fra l'uomo e i cetacei. Ecco allora che oltre alle vicende che riguardano l'interazione con i delfini (i cetacei più "spettacolarizzati" e "mediatizzati") sono istruttive quelle in cui il rapporto fra le due specie si complica, se possibile, ancora di più.
Pensiamo solo ai grandi cetacei, le balene. È subito come mettere un piede nella leggenda. Quante volte le balene compaiono nelle nostre storie, nei nostri racconti, nel nostro immaginario fantastico? Creature enormi, maestose, "sagge". Ci colpiscono con le loro caratteristiche anatomiche, con quelle misure difficili anche solo da immaginare. Ci stupiscono per i loro comportamenti, la grazia dei movimenti, il fascino del canto, il mistero dei lunghi viaggi. Un'altra dimensione. Che si mescola raramente con la nostra, ma quando lo fa suscita emozioni incontrollabili.
Così c'è la storia di J.J., il cucciolo di balena grigia che sarebbe morto senza l'intervento degli uomini. Uomini che si sono mobilitati in massa, che hanno mosso mezzi, anche economici, ingenti per salvare la vita di un singolo animale, la cui importanza – così come avviene per Keiko – è più nel simbolo che nel soggetto stesso.
Le tre balene intrappolate nel ghiaccio al Polo Nord. Un fenomeno di per sé naturale, che tuttavia scatenò un'ondata di emozioni e tenne il mondo incollato alle tv, mentre milioni di dollari venivano bruciati nell'incredibile impresa di restituire loro la libertà.
E poi ci sono le orche, classificate come delfini, ma nella nostra immaginazione creature a sé: splendide ma anche potenti, forti, intelligenti e spietate come solo dei formidabili predatori possono essere. Enormi, bellissime, con la pelle nera e lucente che contrasta magnificamente con le macchie bianchissime dietro agli occhi e sul ventre. Animali che sembrano disegnati da un artista, di una bellezza che va a braccetto con il timore. Lo sanno bene i grandi delfinari e oceanari, che fino a qualche anno fa hanno scatenato una corsa spaventosa per accaparrarsi una o più orche da mettere in mostra. E la gente fa la fila per vederle. Come nel caso di Keiko, che tutti conoscono meglio come Free Willy. Qui il rapporto con l'uomo va da un estremo all'altro. Dalla cattura in mare alla prigionia in una piccola vasca, dove questo animale paga sulla sua pelle gli eccessi che l'attenzione degli umani può portare, al tentativo di riscatto finale, anche questo tutto da valutare e leggere fra le righe. Un'impresa durata anni e che ha

consumato mezzi spaventosi, spostandosi dal Messico, all'Oregon, poi in Islanda e infine in Norvegia. Una saga dai risvolti incredibili, un vero e proprio delirio collettivo. Per Keiko sembra che il raziocinio e la logica vengano messi da parte per un sogno che cresce e cannibalizza tutto il resto. Il sogno è salvare la vita a un'orca, divenuta famosa grazie a un film, e riscattarla dalla cattività, riabilitandola, rieducandola a essere di nuovo un'orca, e non più un "fenomeno da baraccone". E poco importa se per fare questo bisogna costruire una vasca apposta per lei, e pensare di lavorarci per degli anni.

Dubbi e considerazioni che si ripresentano ogni volta che si ha a che fare con il tentativo di salvataggio di un delfino spiaggiato o di un animale selvatico ferito, se questi richiedono un grosso dispendio di denaro e di tempo. "Vale la pena, per un solo animale?", ci si chiede più e più volte. La risposta in questi casi, così come accadde per Keiko, è che il valore del singolo animale acquista forza in quanto simbolo. In altre parole, non è importante solo il messaggio ma è vitale anche attraverso cosa lo trasmetti. Si può parlare per ore di conservazione dei cetacei, delle urgenze di tutela, dell'impatto delle attività dell'uomo sulle popolazioni selvatiche e riuscire appena a scalfire la superficie delle coscienze di chi ascolta. Oppure si può usare l'icona, la storia che simboleggia e rappresenta il messaggio. Se salviamo Keiko allora possiamo farcela, possiamo fare tanto anche per le altre balene, là fuori. È distorto, ma è efficace.

E non è secondario che protagonista ne sia un'orca, un mammifero marino, un animale tra i più simbolici e totemici. C'è dunque tutto il potere suggestivo, sebbene misterioso, che i cetacei esercitano sull'uomo. Ci sono le dimensioni da gigante: molto più difficile, e dunque appagante, salvare un mostro di 4 tonnellate che un cerbiatto di 30 chili. C'è l'effetto seducente del mare, dell'universo acquatico così lontano da noi e dunque così rappresentativo di un altro mondo, un'altra vita, una nuova vita.

Tutto confluisce nella stessa voglia di riscatto che ha spinto ai tentativi di salvataggio di due piccole orche, Luna e Springer, due storie parallele, ma dal finale drammaticamente diverso.

Non ho potuto fare a meno di aggiungere un ultimo racconto, quasi un'appendice, perché il caso si è messo d'impegno per far nascere una quasi incredibile coincidenza. Non sapevo nulla dei delfini soli-

tari, prima di raccogliere e studiare documenti e materiali per questo libro. Ho iniziato leggendo storie e racconti qua e là, senza una direzione precisa, salvo poi rendermi conto che c'erano ricorrenze, punti in comune, che quella dei delfini solitari e socievoli è appunto una "casistica", un fenomeno che si può studiare e approfondire anche al di là delle singole storie. E mentre entravo nell'argomento e mi ci appassionavo sono stato chiamato a occuparmene in prima persona, perché un delfino solitario e che cercava continuamente il contatto con l'uomo aveva fatto la sua apparizione praticamente davanti a casa mia, nelle acque di Rimini. E l'ho fatto anche al punto di arrivare, una volta sola, a nuotare in acqua con lui. Ho dimenticato per una volta i miei doveri di scienziato, che mi avrebbero invece imposto di non alimentare la passione di questo delfino per gli esseri umani, e ho vissuto un'ora di emozioni e adrenalina, completamente rapito dall'incontro con questa creatura così diversa eppure così simile a noi.
Fra le tante manca invece una storia che soprattutto qui in Italia è stata seguita, con interesse quando non con trepidazione, da moltissime persone. È la storia di Mary G., una cucciola di grampo, che nel 2005 venne trovata insieme alla madre morente nel porto di Ancona e fu poi, con grande impegno, curata e svezzata dalla Fondazione Cetacea (la delfina è morta il 31 maggio 2012, dopo sette tristi anni in cattività). La storia di Mary non c'è in queste pagine, in parte perché l'ho già raccontata in un libro del 2007 e in parte perché, avendo fatto parte della squadra che per mesi l'ha accudita, ventiquattro ore al giorno, il mio coinvolgimento diretto avrebbe dato alla vicenda un peso e un taglio che esulano dai miei intenti in questo lavoro.
E così il cerchio si chiude. Ho cercato di raccogliere e raccontare storie che testimoniano come l'incontro fra uomini e cetacei possa generare passioni e sentimenti che quasi sempre vanno al di là del raziocinio, emozioni che travolgono e prevalgono sulla ragione, portando a comportamenti spesso inspiegabili e comunque fuori dagli schemi. Alla fine una di queste storie mi ha "preso" e "tirato dentro", e forse senza quel momento in acqua, con il delfino che mi sfiorava e mi guardava incuriosito, questo libro non sarebbe stato completo.

Le storie

Nuova
Zelanda
French Pass
Pelorus
Sound

La leggenda di Pelorus Jack

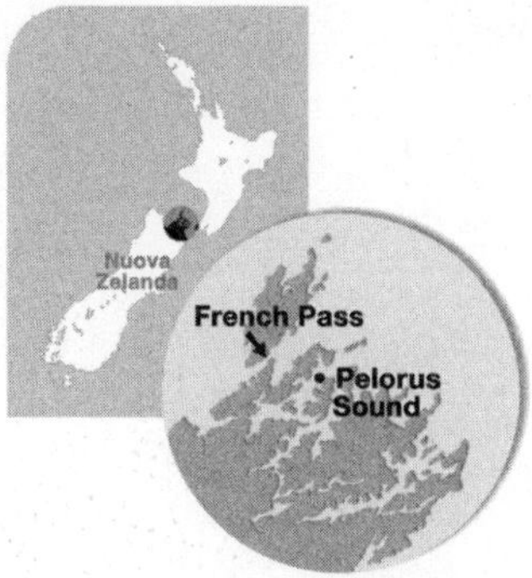

Questa storia comincia più di un secolo fa ed è la storia di un delfino il cui nome è sopravvissuto a lui stesso, che ha dato il titolo a una danza scozzese, a molte canzoni, a diversi poemi, ad alcuni libri e persino a una barretta di cioccolato. Un nome e un delfino che sono stati alla base di una piccola ma fiorente industria di souvenir e di una serie di cartoline a lui dedicate. Persino un bombardiere B24 della seconda guerra mondiale fu ribattezzato in suo onore. Quel delfino è Pelorus Jack, e questa è la sua storia.

Viviamo nell'era della televisione. Molti miti nascono, e spesso muoiono subito dopo, creati dal mezzo televisivo. E così non c'è da stupirsi se alla domanda quale sia il delfino più famoso del mondo molti risponderebbero Flipper. Il protagonista dei fortunati telefilm degli anni Settanta del secolo scorso deve la sua fama all'amplificazione della storia e a un personaggio costruito ad arte dai produttori tv. Ma non sappiamo se questa gloria, meritata o no, possa perdurare e già ora i nostri figli non sanno chi sia Flipper. Eppure le gesta di un mammifero acquatico possono assurgere a leggendarie e resistere nel tempo.

Un delfino nella storia

Come in ogni racconto divenuto saga, i confini temporali non sono bene definiti. Mentre è chiaro infatti che la storia di Pelorus Jack termina con la sua scomparsa nel 1912, non si sa bene invece quando essa abbia inizio. Al momento della sua sparizione, la fama dell'animale era ai suoi massimi storici e appena l'anno prima, nel 1911, era stato pubblicato il libretto di James Cowan dal titolo *Pelorus Jack: the White Dolphin of French Pass, New Zealand* che lo aveva fatto conoscere al mondo intero. Difficile invece, naturalmente, datare le sue prime apparizioni, dal momento che potevano essere attribuite a qualunque avvistamento di delfino in mare.

Chi era dunque Pelorus Jack? Di sicuro era un delfinide della specie *Grampus griseus*, un grampo. I grampi sono cetacei odontoceti largamente distribuiti anche nel Mediterraneo occidentale. Sono di discrete dimensioni, in media arrivano ai 3,5 metri, con un massimo di 4,5. È una specie pelagica, dunque di acque aperte, anche se non è raro incontrarli vicino alla costa. In genere vivono in branchi di alcune decine o centinaia di individui.

Il grampo è un cetaceo di corporatura tozza, la bocca manca del rostro e il capo è molto pronunciato e di forma più o meno rotondeggiante. La livrea può assumere diverse tonalità di grigio, e può presentare varie graffiature bianche, di varie fogge e dimensioni, che aumentano con l'età: esemplari molto anziani possono addirittura apparire completamente bianchi (ed ecco il perché del *white dolphin* del libro di Cowan). Tali striature restano come tracce indelebili delle continue interazioni sociali: le zone graffiate (per esempio da un morso) durante la cicatrizzazione perdono la pigmentazione.

Jack era un grampo, dunque, e presumibilmente di una certa età, vista la colorazione biancastra del corpo. Non si sa se fosse maschio o femmina, ed era lungo più o meno 3-4 metri.

Ma dicevamo degli inizi di questa storia. C'è in pratica accordo totale sul fatto che il periodo di tempo in cui Pelorus Jack decise di intrecciare la propria storia con quella degli esseri umani va dal 1888 al 1912. Ben 24 anni dunque di continue apparizioni e interazioni molto particolari, come vedremo.

Per la verità, secondo il libro di Cowan, un certo Capitan Turner di Nelson, in Nuova Zelanda, affermò sul "Nelson Mail" di essere stato

lui il primo ad avvistare il delfino, addirittura nel 1871. A bordo del suo cutter, il Southern Cross, aveva avvistato il grampo e lo avrebbe anche volentieri arpionato, se non fosse stato per l'intervento di alcune dame presenti sulla barca che lo supplicarono di lasciare in pace il delfino. Secondo Turner gli avvistamenti sarebbero poi continuati per i successivi 17 anni, nelle acque dell'isola di Lewis, finché il supposto Pelorus Jack non si sarebbe poi trasferito nel Pelorus Sound, dove avrebbe cominciato la sua carriera di guida delle navi di passaggio, attraverso il periglioso canale. Alla versione del capitano è difficile credere, intanto perché se così fosse Pelorus Jack sarebbe stato avvistato per almeno 41 anni, un po' troppi, considerando la vita media di un grampo. Ma anche e soprattutto perché l'animale avvistato dal Southern Cross era lungo almeno il doppio del vero Pelorus Jack.
Citato per dover di cronaca questo aneddoto, torniamo allora al nostro Pelorus Jack.

La casa di Jack

La Nuova Zelanda è divisa in due grandi isole, separate dallo stretto di Cook. La costa settentrionale dell'Isola del Sud si protende verso il mare con due tozze estremità, separate da un'insenatura in fondo alla quale si trova la città di Nelson. Di queste due estremità, quella orientale che si affaccia proprio sullo stretto di Cook, è fortemente frastagliata, fatta di lunghe e strette penisole che si allungano contorte e sottili verso nord-est separate fra loro da profonde insenature. Sono, questi, dei canali navigabili, seppur con difficoltà, che vengono chiamati Sound. Uno di questi è il Pelorus Sound, da cui forse il nostro Jack prese il nome.
All'estremità settentrionale di questo aspro tratto di costa si trova l'isola di D'Urville. Un fazzoletto di terra di circa 30 chilometri per 10, separato dalla terraferma da uno stretto canale, il French Pass. Un passaggio angusto e infido. Eppure, per navigare da Nelson verso nord e raggiungere Wellington, la città più importante dell'Isola del Nord, senza circumnavigare tutta l'isola di D'Urville, bisogna proprio percorre il French Pass. Esso si è meritato dai Maori il nome di *Te Au-miti*, che significa "corrente vorticosa". Proprio queste cor-

renti burrascose, insieme alla presenza di rocce più o meno affioranti dall'acqua, renderebbero questo canale molto pericoloso e teatro di diversi naufragi.

Jack al lavoro

Ma, così dicono i racconti, o almeno la leggenda, nessun incidente accadde durante gli anni in cui Jack fu in azione in quelle acque. Perché su questo ruota tutta la figura leggendaria di Pelorus Jack. Che pare si dedicasse, e fosse in questo abilissimo, a guidare le imbarcazioni attraverso questo pericoloso passaggio. Un timoniere, dunque, un navigatore affidabile e sicuro. I più audaci si spingono a dire che sono innumerevoli le vite che Jack avrebbe salvato, e qui di nuovo la storia sconfina nella leggenda, giacché come vedremo, secondo alcuni dei più autorevoli narratori di questa storia, in realtà Jack non avrebbe nemmeno attraversato il French Pass. D'altra parte nella storia di Pelorus Jack non esiste quasi mai una sola verità. Anche l'origine del nome è controversa. Per esempio, secondo alcuni deriverebbe proprio da questa sua abilità nel condurre le imbarcazioni il nome Pelorus. Non tanto dal Pelorus Sound, che pur essendo in zona pare non sia mai stato frequentato dal delfino, ma da un antico strumento di navigazione, il *pelorus* appunto, inventato e usato dal timoniere di Annibale. O magari dall'HMS Pelorus, un brigantino inglese del 1808? E chi, fra queste cose, ha preso il nome da chi?
Non ci interessa, a noi interessa solo Jack, sebbene non vi sia dubbio, a nostro modo di vedere, che il suo nome particolare e in qualche modo "importante", Pelorus Jack, abbia contribuito non poco alla nascita e alla longevità della sua storia.
Secondo James Cowan dunque l'area in cui Jack viveva era decisamente a est del French Pass, più o meno all'imboccatura del Pelorus Sound, fra Clay Point a ovest e le isole Chetwode a est. Anche secondo Antony Alpers, che ha dedicato tempo e accurate ricerche a Pelorus Jack, riportate in ben due libri tra il 1960 e il 1963, questi non sarebbe mai entrato nel French Pass, sebbene la sua area di azione fosse più a ovest rispetto a quella indicata da Cowan. Le testimonianze raccolte da Alpers collocano Jack fra Pass Point (all'estremità settentrionale del French Pass) e Clay Point.

È importante tutto ciò per il nostro racconto? Lo è. Stiamo parlando di un delfino e dei suoi rapporti con gli esseri umani lungo un periodo di ben 24 anni, ed è quanto meno curioso che non si sappia nemmeno di preciso dove questi fatti si svolgessero. Ma è indicativo di come sia complicato in questi casi raccogliere informazioni su un animale selvatico e dunque libero di muoversi dove meglio crede, per di più soggette alle deformazioni del tempo e ai passaggi "di bocca in bocca". Ma è così che nascono le leggende.
Del resto come può essere Jack divenuto famoso per il suo "impegno" nel condurre le imbarcazioni attraverso il French Pass, se a quanto pare non è nemmeno mai entrato nel pericoloso passo? In realtà, una cosa è certa: Jack amava seguire le barche di passaggio. Soprattutto i piroscafi, e più erano veloci, meglio era. Andavano bene anche altre imbarcazioni, ma i piroscafi erano i suoi preferiti. Aspettava i traghetti diretti a sud verso Nelson, più o meno all'altezza del Pelorus Sound, e poi cominciava la corsa con loro, saltando e nuotando veloce sull'onda di prua, o strusciandosi contro lo scafo. Li accompagnava per una ventina di minuti, lungo un percorso di circa sei miglia, per abbandonarli prima che entrassero, secondo Alpers, nel French Pass. Da lì la storia si ripeteva, ma nella direzione opposta. Appena sentiva il rumore dei motori di una imbarcazione, abbandonava ogni attività, per esempio la caccia, e partiva veloce verso il traghetto. E via di nuovo, che fosse giorno o notte.
L'abitudine di attendere i traghetti sempre più o meno negli stessi punti fece venire l'idea ad alcuni capitani di prendersi gioco dei loro passeggeri. Quando giungevano con la loro imbarcazione dove sapevano che molto probabilmente sarebbero stati affiancati da Pelorus Jack, suonavano la sirena del traghetto, affermando di "chiamare Jack". Il fatto che poi Jack arrivasse davvero induceva i passeggeri a credere che la cosa funzionasse veramente. Ma se fossero stati i capitani a essere buggerati? Se Jack avesse ormai imparato a riconoscere la sirena dei traghetti? Tutto l'addestramento dei delfini nei delfinari si basa su un segnale sonoro (il fischietto), e non è così difficile credere che Jack associasse davvero la sirena all'arrivo del traghetto.
Abbiamo allora un delfino che ama correre insieme alla navi e sfruttarne l'onda di prua per giocare e nuotare più veloce, e abbiamo acque pericolose e uno stretto particolarmente infido. Due elementi su cui nasce la leggenda del delfino timoniere che salva vite umane.

Non vogliamo sminuire la figura di Pelorus Jack, ma solo riportarla ad ambiti più consoni. E se il comportamento di saltare sull'onda di prua delle navi è di certo comunissimo nei delfini, l'assiduità e la fedeltà con cui Jack fu osservato farlo, per un quarto di secolo e sempre nella stessa area, ha comunque dell'eccezionale.
Forse fu proprio la "sfrenata" passione per le imbarcazioni a rendere questo grampo un solitario. I membri di queste specie vivono generalmente in piccoli gruppi, abbastanza stabili. Forse Jack, attirato dal passaggio delle barche e dei traghetti, perse il gruppo, per poi stabilirsi in quell'area. O forse accadde il contrario: perso o abbandonato dal gruppo, si spostò sotto costa cominciando a cercare un'interazione con "qualcos'altro": umani e imbarcazioni.
Queste ipotesi potrebbero valere un po' per tutti i delfini socievoli con l'uomo e solitari. Sta di fatto che l'attrazione di Jack per le barche pareva fuori dal comune.
Anche George Webber, un allevatore di pecore del French Pass, riferì episodi in questo senso. Quando lui e suo padre si recavano con una piccola barca, due volte alla settimana, a raccogliere la posta per il distretto in cui vivevano, erano immancabilmente seguiti da "the big white fish", il grosso pesce bianco, il quale "era così amichevole che spesso doveva essere tenuto a bada con un remo o con un bastone". La barca su cui si trovavano era lunga poco di più di 4 metri, poco più del delfino stesso, e il padre di Webber si rendeva conto di come il cetaceo avrebbe potuto facilmente capovolgerla.
La passione di Jack però rimanevano i traghetti. Si affiancava a qualunque traghetto di passaggio, ma quando ne passavano due nello stesso momento, immancabilmente lasciava il più lento per quello più veloce. Alla fine i suoi preferiti divennero le barche gemelle Arahura e Pateena, leggere e veloci. Per inciso, lui era più veloce di entrambe.
I passeggeri che frequentavano i traghetti ormai conoscevano bene Pelorus Jack e lo aspettavano con ansia. Finché uno di loro gridava "Arriva!", ed eccolo giungere a grande velocità saltando e sollevando spruzzi, per finire di solito con un grande balzo a pochi centimetri dallo scafo.
I passeggeri erano deliziati e per Alpers fu facile, durante le sue indagini, raccogliere più di cinquanta lettere di persone, ormai anziane, che ricordavano di aver assistito in gioventù alle acroba-

zie di Jack, dal ponte dell'Arahura, del Pateena, del Mapourika o magari del Penguin, che ritroveremo più avanti. "Con l'immaginazione posso ancora vedere l'amabile aggraziata creatura, con il sole che splendeva e luccicava sul suo corpo argenteo, saltare e immergersi davanti a noi che guardavamo ammirati dal vecchio Mapourika", scrive la signora Blair, di Nelson. Le lettere raccolte da Alpers confermano che Jack amava strusciarsi contro gli scafi. Strofinava il corpo contro i lati delle barche, o scivolava leggero e veloce verso poppa lasciando che fosse la barca stessa a strusciargli contro. Si grattava contro la carena, ricordava qualcuno. Si teneva pulito, affermava il vecchio comandante R.J. Hay.

Un delfino protetto

Il 1904, dopo più di quindici anni di onorata attività del nostro delfino timoniere, ormai diventato veramente famoso, è un anno importante in questa storia. Il primo a identificare Pelorus Jack come un grampo era stato a quanto pare il reverendo D.C. Bates, dell'Ufficio Meteorologico di Wellington. Il quale avrebbe fatto anche pubblicare nel 1906 una serie di cartoline che lo vedevano protagonista, e che ne accrebbero la fama. Ma il reverendo aveva fatto di più. Nel 1904 appunto, proprio grazie a lui, Pelorus Jack divenne un esemplare protetto. Non fu una cosa semplice. Le leggi prevedevano allora norme di tutela di specie ittiche e non di mammiferi, e comunque a livello di specie, non di singoli individui. Eppure, il lavoro di Bates e la fama di Pelorus Jack fecero l'eccezione. Il 29 settembre 1904, dunque, la proposta del reverendo Bates divenne legge e proprio le cartoline di Bates poterono allora orgogliosamente riportare la dicitura "l'unico *pesce* del mondo protetto da un Atto del Parlamento". Che non fosse un pesce lo sappiamo, ma resta il fatto che è il primo delfino della storia a essere stato protetto per legge.

La dicitura sulle cartoline tra l'altro era sbagliata. Non si trattava infatti di un atto del Parlamento ma di un "Order in Council", firmato da Lord Plunket, governatore della Colonia. Il quale Lord ebbe qualche difficoltà a redigere l'atto, in quanto era chiaro che il governatore non aveva alcuna autorità di proibire la cattura di un mammifero marino. Infatti la legge che regolava la pesca prevedeva sì l'intervento

del governatore, ma l'Atto stesso si riferiva solo ai pesci. Curiosamente dunque, pur riferendosi esplicitamente a Jack, la legge non solo non lo indicava "per nome", ma vi si leggeva anche che per cinque anni sarebbe stata proibita la cattura "del pesce o mammifero conosciuto come grampo" nello Stretto di Cook e nelle acque adiacenti. Chiunque avrebbe potuto fare annullare un documento così poco preciso, ma tutta la popolazione della Nuova Zelanda l'avrebbe presa molto male. E il regolamento fu pubblicato sulla "New Zealand Gazette" del 29 settembre 1904.
Pare che la richiesta di protezione del delfino, e indubbiamente anche la sua fama leggendaria, sia stata alimentata anche da un fatto avvenuto qualche tempo prima: qualcuno a bordo del Penguin sparò a Jack con un fucile, rischiando il linciaggio da parte del resto dell'equipaggio. Questo fatto è assodato. Da qui in poi tutto il resto è invece confuso fra il racconto e l'invenzione, fra la storia e il mito. Secondo alcuni Jack non fu colpito e scappò, secondo altri invece se ne andò sanguinante, ferito non a morte, ma ferito. E il mito si accresce: pare infatti che Jack riprese ben presto a scortare i traghetti, ma mai più il Penguin. E come se non bastasse, il Penguin naufragò in una tremenda tempesta nello Stretto di Cook, il 12 febbraio 1909. Morirono 72 persone.

La fine

Nel 1908, quattro anni dopo la proclamazione dell'atto di tutela di Pelorus Jack, un altro protagonista entra nella storia, destinato a restarci, bene o male, fino alla fine.
Charlie Moeller fu nominato proprio quell'anno responsabile del faro del French Pass. Il faro si trova all'estremo limite settentrionale del passo, e dunque proprio al confine con l'area abitata da Pelorus Jack. Antony Alpers nel suo *Dolphins* riporta brani di una lunga intervista registrata con Moeller. Lo stesso Alpers ci tiene però a sottolineare che ha motivo di dubitare della storia raccontatagli da Moeller del *suo* Pelorus Jack, perlomeno in alcuni punti cruciali. L'uomo racconta dunque di essersi svegliato una notte perché aveva la consuetudine, anche quando non era di turno al faro, di svegliarsi comunque ogni quattro ore, giusto per vedere che tutto fosse a po-

sto. Sentì allora un rumore, un "fracasso" per usare le sue parole, proprio sotto casa sua, che si affacciava direttamente sul mare. Sentì rumori di acque agitate e sciabordii e colpi sull'acqua. Scese giù a vedere ed era Pelorus Jack. "Non sapevo fosse lui allora, ma era lui senza ombra di dubbio" afferma. Stava mangiando. Era a caccia di merluzzi, piccoli merluzzi; mangiava sempre quelli, dice Moeller. Continuava a restare sotto la casa e a schiamazzare nella sua caccia ai pesci, non si poteva dormire. E, aggiunge, sfiatava come una balena. Al punto che la moglie del farista prese a lamentarsi: "Devi fare qualcosa con quel pesce, è tutta la notte che fa baccano e tiene svegli i nostri figli!". Finché l'uomo non prese delle pietre e le scagliò contro il delfino che finalmente se ne andò. Questo fu il mio primo incontro con Jack, dice Moeller.
Nei successivi quattro anni di lavoro al faro, gli incontri e gli avvistamenti di Pelorus Jack divennero una consuetudine nella vita di Charlie Moeller. Lui stesso poté confermare alcune delle cose che altri avevano detto o supposto sui comportamenti del delfino. Ad esempio Jack non andò mai oltre l'ingresso del French Pass. Moeller parla anche dell'abilità di Jack nel riconoscere l'arrivo di un traghetto ben prima che fosse in vista, certamente dal rumore dei motori. E dà anche la sua versione sul comportamento di Jack di strusciarsi contro gli scafi delle barche. "Serviva a ripulirsi dei denti di cane" dice Charlie. I denti di cane, o balani, sono dei crostacei bianchi dotati di una conchiglia molto dura che si attaccano alle rocce o anche ad alcuni animali, come le balene e le tartarughe marine. Secondo Moeller, dunque, Jack cercava di staccarseli di dosso strusciandosi contro le barche. Per la cronaca, nessuno ha mai osservato dei denti di cane sulla pelle di un grampo, o comunque di un delfino. Ma Moeller va oltre. Dice che Jack si affiancava alle barche nel modo che sappiamo. Le affiancava in modo che la barca stessa, procedendo a una velocità maggiore della sua, lo sfregasse sulla pelle, ripulendola. "La velocità della barca era maggiore della sua e quindi strappava via quei denti di cane da lui. La sua pelle era irritata da questi animali e lui così si grattava, ecco cosa accadeva. Ovviamente la gente non ci credeva. Venivano dall'Europa e dalla Gran Bretagna e dall'America ed era sempre pieno di turisti che venivano per vedere questo meraviglioso pesce. Tutti loro pensavano che fosse come un timoniere, che guidava le imbarcazioni nel loro viaggio, ma io penso che non abbia mai fatto

questo. Era solo semplicemente sempre irritato, ecco cos'era che non andava in lui." Così Moeller racconta nella sua intervista ad Alpers. E aggiunge un altro aneddoto. Un suo amico era solito andare a pescare vicino al Pass. Ci andava con una piccola barchetta e portava con sé sempre il suo cane. Pelorus Jack arrivava e nuotava intorno alla barca, e il cane si sporgeva abbaiando furiosamente e cercando di mordere il delfino.

Il nostro racconto si avvicina alla conclusione. Nel marzo 1911 fu trovata una carcassa di delfino sulla costa dell'isola di D'Urville. Sembrava Jack, ma era scuro, ed era forse un giovane proprio della stessa specie. Troppo ghiotta la notizia: tutti i giornali del 21 marzo titolavano che il "famoso pesce" era morto. Salvo poi essere smentiti dall'equipaggio del Pateena che era stato accompagnato da Jack proprio quel giorno e "pareva più in forma che mai". Non era lui dunque il delfino morto, ma questo avvenimento si rivelò poi quasi un segnale premonitore.

Nel 1911 la Proclamazione che definiva la tutela e la protezione di Pelorus Jack fu rinnovata per la seconda volta. Nello stesso anno usciva la prima edizione del libro di James Cowan e la fama del delfino raggiungeva le vette massime. Fu dunque proprio sul più bello che Pelorus Jack scomparve, per non essere mai più avvistato. Ma una storia come questa, sempre al limite fra documentazione obiettiva e racconto leggendario, poteva avere un unico e condiviso finale. Nel giugno del 1912, quando già si sapeva della scomparsa del delfino, tale Lord Bryce organizzò una spedizione di ricerca. Non trovarono traccia di Jack ma fu detto loro che qualcuno lo aveva avvistato l'ultima volta nell'aprile precedente. Questo sembra il finale più lineare, e anche più logico. Jack aveva vissuto dal 1888 al 1912 nelle acque dello stretto di Cook e anche ammesso che vi fosse arrivato giovanissimo, appena svezzato, al momento della sua scomparsa aveva comunque una ragguardevole età per un delfino. In natura sono pochissimi gli esemplari che sopravvivono fino al limite massimo teorico di 40-45 anni.

Ma ci sono altre due ipotesi sulla scomparsa di Jack. La prima arriva dalla bocca del nostro ormai noto guardiano del faro, Charlie Moeller. Il quale racconta che un giorno mentre lavorava al segnale luminoso all'imboccatura del French Pass vide qualcosa galleggiare nell'acqua. Aveva la stessa taglia e lo stesso colore del delfino che aveva visto per quattro anni in quel mare. "Era Jack, non c'è niente

di più sicuro al mondo" disse. Allora Moeller chiamò il segretario del Dipartimento Marittimo a Wellington, Mr. Allport. Presto arrivarono, a bordo del traghetto governativo Hinemoa, lo stesso Allport, il curatore del Museo di Wellington e altre persone. Esaminarono il cadavere, lo misurarono e discussero un po' tra loro. Infine il capitano dell'Hinemoa si staccò dal gruppo, venne verso Charlie e gli disse "Ok Charlie, non è Jack". Lui rispose che era convinto del contrario e che aveva visto quel delfino migliaia di volte. Il gruppo se ne andò rassicurandolo e dicendogli che avrebbe visto passare Jack vicino al primo traghetto, come al solito. Ma non fu così. Moeller continua dicendo che la corrente portò via il corpo di Jack, che si spiaggiò di nuovo sull'isola di D'Urville dove andò in decomposizione. E Moeller conclude che quel corpo valeva una fortuna, che il museo di Berlino lo voleva, il museo di Vienna lo voleva, ed era proprio per quello che Jack era stato protetto, per evitare che qualcuno gli sparasse e lo vendesse a un museo. Dunque, dice Moeller, lasciando andare in rovina il corpo di Jack, lui aveva di fatto perso la fortuna che gli avrebbe cambiato la vita... Questo il racconto sempre un po' romanzato di Moeller, e va detto che non risulta nelle carte dell'epoca del Dipartimento Marittimo nessuna visita del traghetto Hinemoa al faro.
Ed ecco la seconda ipotesi. Forse perché vi appare "un cattivo" e ha più le caratteristiche della cronaca nera, è alla fine quella che ha avuto la maggiore diffusione. In questa versione, Pelorus Jack sarebbe caduto vittima di una piccola imbarcazione baleniera battente bandiera norvegese, che aveva gettato l'ancora nel Pelorus Sound il 20 aprile 1912, e che pare non sapesse niente (o comunque non le importasse) della Proclamazione a tutela di Jack. Ipotesi né più né meno da confermare di quella di Moeller.
Versioni che nascono perché resta difficile accettare che una leggenda possa essere semplicemente e banalmente morta di vecchiaia. Eppure è questa l'idea che a noi piace di più.

Italia
Manfredonia

Filippo di Manfredonia

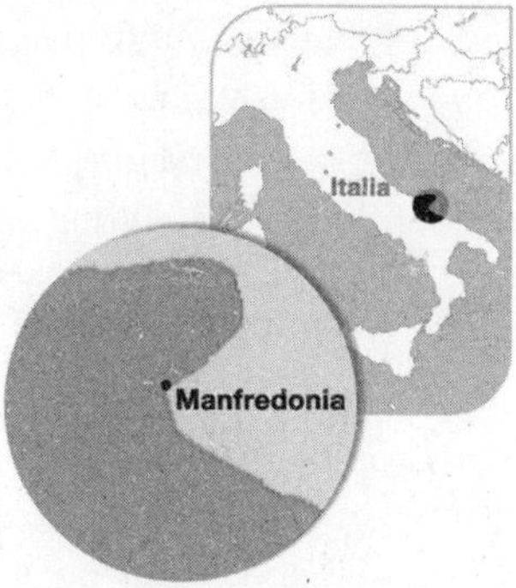

Il porto di Manfredonia è situato alle pendici del Monte Sant'Angelo, la cima più meridionale del promontorio del Gargano. Vi si trovano due lunghi moli a gomito, rispettivamente di 900 e 925 metri: quello di Ponente e quello di Levante.
In quest'ultimo attraccano le imbarcazioni di maggiori dimensioni, che sono adibite alla pesca a strascico e alla pesca pelagica; nel Molo di Ponente invece si trovano barche per la piccola pesca oltre alle turbosoffianti per la raccolta delle vongole. Dal Molo di Ponente inizia il Molo Trapezoidale, da cui partono i traghetti che sono diretti alle Isole Tremiti. Il porto ospita più di cinquecento imbarcazioni da pesca.
Nel golfo di Manfredonia non sono affatto rari, come del resto in tutto l'Adriatico, gli avvistamenti di delfini.
Dall'estate del 1997 a quella del 2004 queste acque e quelle immediatamente esterne alle strutture del porto divennero in effetti la "casa" di Filippo, un delfino (per la precisione un tursiope) maschio, che pesava circa 300 chili.

L'inizio

Pare che i primi veri contatti fra il delfino, che verrà poi conosciuto come Filippo, e gli esseri umani si ebbero nella tarda estate del 1997. Ma non è detto che Filippo non frequentasse la zona già da tempo. Alcuni gruppi di delfini infatti possono mostrare, per periodi più o meno lunghi, una certa fedeltà a determinate zone. Nel nord Adriatico, tanto per non andare troppo lontano, più di un centinaio di tursiopi risiedono più o meno stabilmente nelle acque delle isole croate, al punto da essere stati, negli anni, più o meno tutti identificati fotograficamente, soprattutto dai ricercatori dell'Istituto Tethys. Si racconta dunque che, anche prima del 1997, un tratto di mare in cui erano stati installati degli allevamenti di mitili fosse frequentato da una coppia di tursiopi. Quando uno dei due fu trovato morto, il secondo, rimasto solo, aveva continuato a frequentare gli stessi luoghi. Il solitario si avvicinava anche alle imbarcazioni di passaggio, soprattutto per nuotare e saltare sull'onda di prua. Un comportamento per niente inusuale e che tecnicamente viene detto *bow-riding*. Un delfino incuriosito e poco timido dunque, ma siamo sempre nel campo dei "si dice"; per la verità non è nemmeno confermato che questo delfino fosse proprio Filippo, anche se la coincidenza sarebbe notevole. In modo un po' più inusuale, questo cetaceo mostrava interesse anche per i sub che pescavano mitili e frutti di mare, i quali lo vedevano spesso stazionare a qualche centinaio di metri di distanza, apparentemente osservandone le barche all'ancora.
La diffidenza per le imbarcazioni dei sub, se mai c'era stata, pareva scemare con il passare dei giorni. La distanza da cui scrutava le barche diminuì gradualmente, e iniziò anche a nuotare girandovi intorno e fissando le strane creature che si trovavano a bordo.
Abbastanza ovvio che con il passare delle settimane anche i sub e il personale delle barche cercasse di interagire con quell'animale che teneva loro compagnia ormai a ogni uscita. Filippo pareva conoscere ormai le persone che frequentavano la zona, al punto che la sua resistenza cedette e un giorno, finalmente, si fece toccare. C'è chi giura di ricordare la data esatta di quel primo vero contatto: il 10 settembre 1997. Non tutti concordano, ma poco importa. Così come forse importa poco che ci siano due versioni divergenti su questi primi contatti. La leggenda dice che Filippo interagisse allora solo con

un subacqueo, come dire, il suo preferito: Pasquale Sdanga. Secondo una ricostruzione successiva, compiuta intervistando le persone coinvolte, pare invece che i contatti avvenissero un po' con tutti i sub e i pescatori, senza particolari predilezioni.
I cetacei vivono in un mondo fatto di suoni, più che di immagini. E non è difficile comprendere come Filippo potesse facilmente riconoscere il rumore dei motori delle imbarcazioni che conosceva, e sempre più spesso si portasse addirittura all'imboccatura del porto, dove si faceva trovare dalle barche dei sub e dei pescatori che uscivano per un'altra battuta di pesca. Si prodigava poi nel seguire, quasi accompagnare, queste imbarcazioni sui luoghi di pesca, non disdegnando di giocare saltando sull'onda di prua, o nuotando sulla scia dell'elica, spesso pericolosamente vicino all'elica stessa.
Lo spettacolo del delfino selvatico che selvatico non era più, che interagiva con le persone e le barche non rimase per troppo tempo una prerogativa dei pescatori di frutti di mare. La notizia si sparse, fino a raggiungere poco per volta giornali e televisioni: Filippo di Manfredonia era diventato famoso. E fu proprio allora che venne battezzato Filippo, chissà se per assonanza con il ben più noto Flipper protagonista di una celebre serie di telefilm americani degli anni Settanta.
Il tempo passava, e la timidezza di Filippo svaniva con la consuetudine. L'ultimo baluardo, l'imboccatura del porto, che spaventa qualsiasi delfino selvatico, ben presto fu superato: il delfino ruppe gli indugi e finalmente seguì le sue imbarcazioni anche fino alla zona di attracco, all'interno del porto.
Dalla primavera del 1998, queste acque, chiassose e di certo niente affatto invitanti, divennero la nuova casa di Filippo. Una scelta, certo. Per quanto un animale selvatico, sottoposto a un lento e costante condizionamento, possa ancora scegliere.
Le barche non gli facevano più paura, gli uomini nemmeno. Ormai chiunque tentasse di interagire con l'animale, non più solo i pescatori, riceveva la sua gratifica dal delfino del porto di Manfredonia.

Il caso Filippo

La storia di Filippo poteva, da questo punto in poi, proseguire in modi molto differenti. Ma in quella primavera del 1998, qualcuno

ebbe una buona idea e decise per il meglio. Vennero informati della presenza di questo delfino socievole alcuni istituti di ricerca italiani. Fu lanciato un appello. Alla chiamata risposero due cetologi fra i più celebri in Italia: Giovanni Bearzi e Giuseppe Notarbartolo di Sciara dell'Istituto Tethys, fondato a Milano proprio da Notarbartolo. Oltre a rimarcare la splendida opportunità di studi e ricerche che Filippo rappresentava, i due ricercatori misero l'accento sulla popolarità del delfino. Fate sapere a tutti cosa sta succedendo nel porto di Manfredonia, suggerirono, e chi è Filippo. Con il coinvolgimento di istituzioni e associazioni ambientaliste, essi videro la possibilità di muovere le coscienze e l'interesse nazionale, facendo nascere un movimento di opinione. Filippo poteva diventare un simbolo della città di Manfredonia (e lo diventò, se è vero che in occasione del Natale del 2000 venne addirittura inserito in un presepe), e anche il testimone del buon rapporto possibile fra pescatori e delfini. Questi ultimi non disdegnano affatto di strappare il pesce dalle reti, a volte danneggiandole, e la competizione con i pescatori è una questione mai risolta. Non a caso, gli stessi pescatori di mitili che avevano un po' dato il via a tutta la storia, cominciavano proprio allora a lamentarsi della fastidiosa presenza di Filippo, che disturbava la pesca nuotando freneticamente intorno a loro.
Il 12 agosto 1998 lo stesso Bearzi si recò sul posto, per valutare la situazione. Accompagnato in barca, non tardò a incontrare Filippo, e scese in acqua con lui. Risalì poco dopo in barca, con una certa preoccupazione. Il comportamento e le interazioni del delfino con le persone sembravano decisamente troppo vivaci. Non era una cosa positiva, come alcuni avrebbero potuto pensare. Non lo era né per le persone né per l'animale.
Come lo stesso ricercatore racconta nel libro *Between Species: Celebrating the Dolphin-Human Bond*, pubblicato nel 2003, Filippo si mostrava timido e timoroso nei confronti degli esseri umani, ma solo fino a quando il primo contatto "fisico" veniva stabilito. "Successivamente il suo comportamento verso gli essere umani è cambiato decisamente. Sebbene avesse mantenuto una speciale relazione con il signor Sdanga, è diventato sempre più rude e aggressivo con i bagnanti. Chiaramente a Filippo piace interagire con la gente, ma reclama per sé sempre un ruolo dominante nelle interazioni. Adora giocare in modi che possono fare arrabbiare e mettere in

difficoltà anche il più preparato e paziente nuotatore. Filippo è un animale forte che può facilmente prendere il sopravvento sui suoi umani compagni di gioco. Se un nuotatore non coopera con lui in maniera soddisfacente, Filippo può innervosirsi e diventare ancora più esigente, al punto che a volte colpisce col rostro o addirittura morde. Anche se il suo comportamento può essere gradevole quando si trova nello stato d'animo buono, è comunque piuttosto imprevedibile e il nostro suggerimento alle autorità fu sempre quello di evitare che la gente potesse nuotare con lui. Un certo numero di incidenti sono accaduti, ferendo sia i bagnanti che lo stesso delfino: Filippo è comunque un animale selvatico, non un animaletto domestico."

E in effetti questo fu il succo delle raccomandazioni che Bearzi fece alle autorità del porto dopo la sua visita a Manfredonia: evitare i contatti diretti in acqua con Filippo. Insieme a Notarbartolo di Sciara consigliò poi di organizzare un servizio di sorveglianza sul delfino, oltre a una serie di azioni mirate a garantire che la convivenza di Filippo con l'uomo potesse continuare senza problemi.

I due cetologi ebbero poi l'occasione di rintuzzare le offerte di un delfinario. Il vicino Zoosafari di Fasano, secondo alcuni, chiedeva di poter catturare Filippo, affermando che una sistemazione in ambiente controllato (cioè in vasca) poteva risultare per lui una soluzione più sicura. La versione della struttura pugliese era però diversa: essa avrebbe offerto solo la disponibilità ad accogliere il delfino nel caso in cui problemi di salute ne avessero reso necessario il ricovero.

In ogni caso, Filippo stava relativamente bene e non se ne fece nulla.

Insomma, Filippo stava diventando un caso e cresceva l'attenzione suscitata dalla sua inusuale presenza nei pressi e all'interno del porto. Soprattutto la popolazione locale, o almeno parte di essa, sentiva Filippo come una ricchezza da tutelare.

Nel 1999 nacque il "Comitato per la tutela del delfino Filippo", guidato dall'infaticabile Giovanni Simone, il quale sarebbe diventato ben presto una sorta di *tutor* per il delfino. Simone, fra le tante iniziative, ideò anche il sito ildelfinofilippo.org, da cui noi stessi abbiamo attinto molte informazioni. Il comitato ottenne anche il patrocinio e la collaborazione della Lega Navale Italiana. Tra l'altro, nelle prime ore del giorno, era facile trovare Filippo nelle acque adiacenti al pontile della Lega Navale stessa.

E fu proprio la Lega Navale Italiana che raccolse l'invito dell'Istituto Tethys a intraprendere un programma di ricerca sugli aspetti comportamentali del delfino. L'occasione di avere un tursiope residente e facilmente osservabile era un boccone troppo ghiotto, si sarebbero potute raccogliere informazioni scientifiche su Filippo e sulla specie in generale. Lo studio prevedeva una raccolta di dati a seguito di osservazioni sull'animale, compiute da terra o a bordo di imbarcazioni. Da Milano arrivò Giovanna Barbieri, la studentessa che avrebbe condotto la ricerca.

Un delfino da studiare

La raccolta dati, cui parteciparono attivamente anche la Lega Navale Italiana e lo stesso Pasquale "Lino" Sdanga, si svolse dal gennaio al settembre del 1999. Il lavoro ottenuto fu poi presentato alla conferenza annuale della European Cetacean Society tenutasi a Cork, in Irlanda, nell'aprile del 2000.
Dal lavoro emerge tutta l'anomalia del comportamento di Filippo. La ricerca occupò più di 113 ore di osservazione, 103 delle quali all'interno del porto. Il delfino sembrava preferire di gran lunga rimanere all'interno delle acque del porto, piuttosto che uscire in mare aperto. E anche quando questo avveniva, non si allontanava mai più di tanto. Non fu mai osservato al largo. Non solo, non sembrava mai lasciare un'area che comprendeva un tratto di costa di circa 10 chilometri. Era ormai questo, e non il mare aperto, che Filippo chiamava casa. All'interno del porto Filippo passava la maggior parte del suo tempo riposando (78,5% del tempo), interagendo con barche o persone (16%) e ovviamente mangiando (ma solo per l'1,3% del tempo). A quanto pare, visto che il comportamento più rappresentato fuori dalla "protezione" dei moli del porto, risultava l'interazione con le barche o con le persone (il 66% del tempo fuori dal porto lo passava così), Filippo usciva dal porto "solo se ne aveva motivo", e il motivo poteva essere per esempio seguire una barca.
Un delfino in mare aperto può passare giorni e giorni senza vedere altro che acqua. Anche in mari ormai così pesantemente frequentati, diremmo invasi, dall'uomo, l'incontro con un'imbarcazione o con qualunque altro manufatto umano può essere raro e rappresentare

niente di più che un diversivo, per le creature marine. Forse una curiosità, per animali attenti e curiosi come i delfini.
Non era più così per l'ormai "mutato" Filippo. Il dato più rilevante di tutta la ricerca condotta da Barbieri salta infatti agli occhi quando si apprende che per il 94,3% di tutto il tempo delle osservazioni, Filippo stazionava vicino a un qualcosa che gli osservatori definirono "target". In pratica, pur riposando, mangiando o giocando, l'attenzione di Filippo era sempre rivolta verso qualcosa, una sorta di punto di riferimento, il target appunto. Poteva essere un'imbarcazione; e in effetti per il 71,1% il target altro non era che un'imbarcazione all'ancora, vicino alla quale riposare, ma altri oggetti degni di attenzione potevano essere barche in movimento (circa il 20%), oggetti galleggianti o esseri umani che nuotavano o interagivano con lui dalle barche.
Questo il quadro di quasi un anno di osservazioni su Filippo. Un delfino che non cercava più il mare, né tanto meno i suoi conspecifici, ma che aveva ormai definitivamente "scelto" una vita a contatto con l'uomo. Un rapporto che – concludeva la ricerca – rimaneva controverso e da tenere sotto controllo. La frequentazione di Filippo con gli umani poteva portare a comportamenti sempre più aberranti, come la richiesta "implorante" di cibo. E le interazioni con i bagnanti potevano comunque rappresentare un pericolo.

Episodi (spiacevoli)

L'ambiente di Filippo non era più il mare aperto, e la probabilità di "incidenti" legati all'incontro con oggetti e persone, che in mare si riduce di parecchio, per Filippo diventavano elevate.
Nell'ottobre del 2001, per ben due volte nell'arco di pochi giorni, il Comitato per la difesa del delfino, in collaborazione con la Guardia Costiera, dovette intervenire.
Nel primo caso un filo di nylon, una lenza probabilmente, venne notata attorcigliata al rostro e ai denti del tursiope. Filippo era a disagio e agitato e quindi non si lasciava avvicinare. Servirono un'ora e mezza di lavoro e una gaffa con cui agire a distanza, per liberarlo.
Quattro giorni dopo ci risiamo. Questa volta diversi fili di nylon si erano attorcigliati attorno alla testa di Filippo. Si provò di nuovo con

una gaffa, che al primo tentativo venne però strappata di mano ai soccorritori e portata via dal delfino. I tentativi successivi andarono meglio e il groviglio fu alla fine sciolto.
A volte le interazioni con oggetti erano meno pericolose, ma più fastidiose per qualcuno. Un giorno due pescatori su una piccola imbarcazione cercarono di recuperare un galleggiante messo in acqua a segnalare la presenza di un'ancora. Per Filippo l'oggetto si rivelò un gioco molto interessante, e lo diventò ancora di più quando i due pescatori cercarono di tirarlo a bordo. Niente da fare, Filippo non ne volle sapere e ogni volta che la piccola barca si avvicinava al galleggiante, lui lo spingeva via con la testa e con il rostro. Il tira e molla durò un po' e solo la decisione dei pescatori di attendere tranquilli, e senza insistere, il momento propizio, concluse infine il gioco.

Le ferite

Questi piccoli episodi, apparentemente senza conseguenze, possono essere presi semplicemente come aneddoti, oppure inseriti in un quadro più ampio e dagli aspetti più preoccupanti della vita di un animale selvatico che ha perso ogni remora o paura verso oggetti diventati per lui fonte di curiosità o di gioco. La percezione che questi manufatti, o gli esseri umani, possano invece rappresentare un potenziale pericolo non sembra più far parte delle risposte comportamentali del delfino. Insomma, Filippo non aveva più paura dell'uomo; eppure, forse, avrebbe dovuto.
In effetti, come riporta un comunicato del Comitato per la tutela in data 23 settembre 2001, "spesso si notano, sul corpo del delfino Filippo, ferite, abrasioni varie, bolle di natura incerta sul dorso. Alcune è lo stesso Filippo che se le procura, mentre caccia alla ricerca di cibo, altre forse sono procurate dall'uomo". Il Comitato ritiene che sia necessario un monitoraggio dello stato di salute dell'animale. Secondo quanto scritto "Filippo necessita di un'assistenza medica." Tra l'altro "vivendo nel porto [...] le stesse ferite potrebbero peggiorare e infettarsi". Il Comitato conclude lanciando un appello "a veterinari e a esperti in biologia marina, a che si possa: verificare la natura delle varie ferite; valutare e tenere sotto costante osservazione lo stato di salute di Filippo; intervenire in caso di necessità".

Nell'appello del Comitato, parlando delle ferite del delfino, c'è una frase apparentemente buttata lì, ma che rivela sospetti e scenari differenti e preoccupanti: "altre [ferite] forse procurate dall'uomo." È un primo indizio di sospetti e accuse, che più avanti e sempre meno velate appariranno molto spesso nella storia del delfino di Manfredonia.

Le ordinanze della Capitaneria

Il 20 luglio 2001 la Capitaneria di Porto di Manfredonia si vide costretta a emettere un'ordinanza proprio su Filippo. Il documento, l'ordinanza n. 31/2001, contiene elementi interessanti e informazioni che vale la pena riportare quasi per intero:

"Considerato che già da alcuni anni è presente nel bacino portuale di Manfredonia e nelle sue immediate adiacenze un delfino (tursiope maschio adulto), comunemente conosciuto con il nome di 'Filippo' e che lo stesso è diventato oggetto di studio e di ricerca da parte degli scienziati ed oggetto di curiosità da parte dei diportisti, dei sub e più in generale dei bagnanti;

Valutati gli episodi capitati negli anni scorsi, caratterizzati da fenomeni di violenza nei confronti di "Filippo" o, in altri casi, di situazioni in cui il mammifero involontariamente ha causato danni a persone che incautamente si sono avvicinate;

Vista: l'istanza avanzata dalla Lega Navale Italiana-Sezione di Manfredonia in data 25.6.2001, in qualità di promotrice del Comitato per la difesa del Cetaceo, intesa ad ottenere la collaborazione di questa Autorità Marittima nella predisposizione di provvedimenti atti a cercare di prevenire il ripetersi di situazioni spiacevoli a danno del mammifero e delle persone;

Viste: le "norme di comportamento" divulgate nell'anno 1999 dalla Capitaneria di Porto di Manfredonia e dal Comitato per la difesa del delfino Filippo, intese a sensibilizzare i fruitori del mare circa i comportamenti corretti da tenere in presenza del delfino, onde evitare situazioni di pericolo per le persone e l'animale;

Reputato: opportuno emanare un apposito provvedimento che informi i fruitori del mare sulle norme da osservare in presenza del delfino Filippo, in modo da dissuaderli dal tenere comportamenti consapevolmente o inconsapevolmente maldestri nei confronti del mammifero, sia per la loro incolumità sia per la sicurezza del delfino; [...]

ORDINA

ART. 1: è fatto obbligo a tutti i diportisti, sub, pescatori (sportivi e professionali) e bagnanti di osservare le seguenti norme di comportamento nel caso incontrino il delfino Filippo:

a) è assolutamente vietato fare il bagno con il delfino;

b) non toccare per nessun motivo il delfino e in particolare non toccare la zona dello sfiatatoio, la bocca, gli occhi, la pinna caudale, la zona dei genitali, le pinne pettorali e la pinna dorsale;

c) non offrire cibo al delfino;

d) non attirare l'attenzione del mammifero con urla, rumori o colpi sulla barca;

e) non utilizzare flash e non puntare fasci luminosi sul delfino;

f) se i sub avvistano l'animale devono evitare di infastidirlo e/o di seguirlo;

g) evitare di avvicinarsi al delfino con l'imbarcazione, nel caso sia l'animale ad avvicinarsi sottobordo bisogna spegnere immediatamente il motore o mantenerlo in folle, evitando di toccarlo o di infastidirlo in qualsiasi modo, cercando di allontanarsi subito dal cetaceo, acquistando velocità solo quando si sia raggiunta una distanza di 50 metri;

h) non gettare in mare oggetti di nessun genere (che Filippo potrebbe ingerire) e non cercare di toccare o incuriosire il delfino con palloni, parabordi, remi, corde, reti, ecc.;

i) se in navigazione si è seguiti dal delfino è assolutamente vietato avvicinarsi a zone frequentate da bagnanti.

Seguono poi le sanzioni. Per completezza aggiungiamo che sull'ordinanza fu poi redatta una lettera a cura del servizio Veterinario dell'AUSL/2 di Cerignola e indirizzata alla Capitaneria di Porto, datata 12 novembre 2001, la quale ritenne poi, proprio sulla base di quanto contenuto nella lettera, di integrare l'ordinanza 31/2001 con una successiva, la 62/2001, che aggiunge:

a) chiunque a qualsiasi titolo (attività di studio, ricerca, documentaria, ecc.) debba avvicinare o manipolare il delfino "FILIPPO", dovrà preventivamente avanzare apposita circostanziata istanza alla Capitaneria di Porto di Manfredonia che rilascerà la relativa autorizzazione, acquisito il parere favorevole dell'Ufficio Veterinario di Area "C" della AUSL FG/2 responsabile della tutela sanitaria e cenestetica del mammifero;

b) chiunque in possesso di detta autorizzazione, debba avvicinare o manipolare il delfino "Filippo", dovrà avvalersi del supporto della citata AUSL che si serve del sostegno logistico del Comitato per la tutela e la salvaguardia del delfino "Filippo", formalmente investito di tale incarico dall'organismo sanitario di cui trattasi, che ha sede presso la Lega Navale Italiana-Sezione di Manfredonia;

c) gli interventi, le emergenze e le urgenze di ordine sanitario-clinico-chirurgico, potranno essere direttamente erogate da personale medico veterinario di Area C della AUSL FG/2 o da specialista veterinario incaricato dalla stessa AUSL.

I punti contenuti nell'articolo 1 del documento della Capitaneria di Porto, quelli per intenderci elencati con le lettere dalla a) alla i), sono norme di buona condotta dettate da logica e buon senso, mirate alla protezione dell'animale e delle persone che interagiscono con lui. Ma sono interessanti le premesse, in particolare gli "episodi capitati negli anni scorsi, caratterizzati da fenomeni di violenza nei confronti di "Filippo" o, in altri casi, di situazioni in cui il mammifero involontariamente ha causato danni a persone che incautamente si sono avvicinate". Insomma, la convivenza fra Filippo e gli uomini non filava poi così liscia e tranquilla. E se ci può stare che un delfino, animale selvatico o ex selvatico che sia, possa avere involontariamente causato danni "a persone che incautamente si sono avvicinate", fa più impressione leggere di fenomeni di violenza nei confronti di Filippo. Dunque non tutti volevano bene allo strano ospite del porto di Manfredonia.

Non solo. A quanto pare, dopo il grande interesse suscitato dal delfino "domestico" di Manfredonia nei suoi primi anni di apparizione tutto si andava spegnendo. Filippo restò solo, solamente il Comitato lo seguiva e se ne interessava. Giovanni Simone usciva in barca quasi ogni giorno e annotava nel suo diario personale tutto quello che accadeva al delfino. Venne preparato un "dossier Filippo" che, inviato nel novembre 2001 a diversi ministeri ed enti di governo locali, restò praticamente lettera morta. Filippo non interessava più a nessuno?

Il 24 agosto 2002 il Comitato per la tutela di Filippo organizzò un incontro-dibattito pubblico dal titolo "Il delfino Filippo, amico dell'uomo o… fenomeno da baraccone?". Ai presenti vennero mostrate una videocassetta e delle foto che illustravano le ferite di Filippo "causate da un comportamento superficiale e poco corretto manifestato dall'uomo nei confronti del mammifero". Non siamo ai fenomeni di violenza di cui parla l'Ordinanza della Capitaneria, ma comunque i comportamenti "poco corretti" verso il tursiope continuavano.

Il tempo passava ma la situazione non migliorava se è vero che nel febbraio 2003 Simone scriveva sul sito animalieanimali.it, e in particolare alla sua fondatrice, la giornalista televisiva Licia Colò, per smentire quanto riportato sul sito stesso e cioè che Filippo fosse "costantemente seguito da esperti". È falso, dice Simone, qui non c'è più nessuno, solo io e i volontari del Comitato, che non siamo esperti, né tantomeno veterinari. Simone citava anche "l'ennesimo ferimento del mammifero, avvenuto il 26 gennaio 2003".

E per la verità, forse gli accorati appelli di Simone a qualcosa servirono. La veterinaria ed esperta di cetacei Claudia Gili, dell'Acquario di Genova, offrì la propria disponibilità e quella della struttura ligure a intervenire in caso di necessità. "Filippo" disse la Gili "non ha bisogno di cure particolari, ma se serve noi possiamo essere lì in 6-7 ore". Di più: i primi di aprile una delegazione di veterinari dell'Università di Bari andò a visitare Filippo, trovandolo tutto sommato in buona salute.

Questo rapporto di amore-odio fra gli uomini e Filippo rimarrà una costante. Alla gioia e alla soddisfazione di tante persone che cercavano Filippo, lo vedevano, lo fotografano, e magari non resistevano alla tentazione di accarezzarlo, si contrapponevano comportamenti negativi verso l'animale, dal disturbo alle ferite causategli, molto spesso in maniera accidentale. Per quanto accidentale potesse essere un danno provocato per la non osservanza di norme di buon senso e buon comportamento. Si parlava di gruppi di venti persone che si tuffavano in acqua per "giocare" con lui. Di bagnanti che lo accerchiavano e lo chiudevano contro gli scogli, per averlo a disposizione. Di natanti che gli lanciavano oggetti o trascinavano i parabordo in acqua per vederlo saltare...
E forse qualcuno non amava particolarmente Filippo, i suoi giochi troppo insistenti, magari il disturbo causato alle attività di pesca. A volte questo aspetto, questa ricerca del torbido o di una cattiva intenzione appare forse esagerata. Difficile dirlo dall'esterno, e a distanza di anni. Di sicuro è forzato collegare fatti che un collegamento sembrano non averne.
Nel 1998, il 13 dicembre fu trovata spiaggiata morta a pochi chilometri da Manfredonia una femmina di stenella striata. Un delfino di una specie diversa dal tursiope dunque, di dimensioni, e soprattutto abitudini, differenti. La delfina mostrava ferite che sembravano, si dice, colpi di arma da fuoco. È difficile vedere un collegamento fra questa storia e quella del nostro delfino, eppure nelle pagine su Filippo questo fatto ritorna. E addirittura una lettera al quotidiano "Il Mattino" del settembre del 2004, a un certo punto cita: "un giorno [Filippo] si fece un'amica, una bella femmina, ma la perse il 12 dicembre 1998: le spararono tre colpi di arma da fuoco, finì sballottata dalle onde su una spiaggia".
Inutile dire che sull'"amicizia" fra un tursiope e una stenella (per quanto maschio e femmina) abbiamo più che seri e giustificati dubbi. Cosa c'entri poi la morte della povera delfina con la sorte di Filippo ci sfugge. A meno che non si voglia cogliere, nella triste fine della stenella, un presagio di quello che sarebbe poi accaduto a Filippo.
Vero è che le preoccupazioni per la vita di Filippo alla fine ebbero, purtroppo, una loro giustificazione. Il mattino del 6 agosto 2004 Filippo fu trovato morto. Il suo corpo senza vita fu rinvenuto nelle acque in prossimità del porto che aveva scelto come residenza. Galleg-

giava, a circa un miglio dalla costa. Sui fianchi del delfino profondi squarci e, sotto, diverse costole fratturate, da ambo i lati. Era morto per un incidente, per esempio a causa dell'elica di una barca, oppure qualcuno aveva voluto sbarazzarsi di lui?

Il corpo fu consegnato al dottor Nicola Zizzo, veterinario dell'Università di Bari. Nel frattempo la Capitaneria di Porto di Manfredonia segnalò il caso alla magistratura, in quanto non si poteva escludere che si trattasse di un caso di maltrattamento di animali.

I risultati preliminari dell'autopsia parlarono di un forte impatto che aveva causato la rottura delle costole, con perforazione del polmone di destra e conseguente arresto cardiaco. Dal corpo di Filippo, in particolare sul dorso, furono estratti anche dei pallini da caccia, in corrispondenza di due rigonfiamenti, che Filippo mostrava almeno dal 2000. Qualcuno, anni prima gli aveva sparato.

Si ipotizzò che la morte fosse stata causata dall'impatto con un'elica o con la chiglia di una barca. Ma non sembra campata in aria una terza idea: che il trauma fosse stato causato da una bomba artigianale, di quelle usate nella pesca di frodo.

Forse proprio a causa delle indagini in corso, condotte dal magistrato Gabriella Tavano della Procura di Foggia, il risultato definitivo dell'autopsia del delfino non venne divulgato subito. Il professor Simone continuava a ricevere lettere ed email di gente che chiedeva di sapere come e perché il delfino Filippo era morto. Lo stesso Simone a più riprese, anche sulla stampa, cercò di sollecitare una risposta. Che non arrivò. A maggio del 2005 scrisse al sindaco di Manfredonia, preoccupato perché l'esito della necropsia restava sconosciuto. Insieme ai manfredoniani, auspicava che lo scheletro del delfino, rimasto a Bari, potesse tornare a Manfredonia – "prima che altri musei, che ne hanno già fatto richiesta, se ne approprino" – dove "aveva scelto di vivere liberamente e aveva concesso a tante persone emozioni, ed esperienze indimenticabili."

Il 22 febbraio 2006 ancora non si sapeva per certo come fosse morto Filippo. Quel giorno fu il responsabile del Gruppo Attivo WWF di Manfredonia, Walter Di Staso, a prendere in mano la penna e a scrivere al Comandante della Capitaneria di Porto. Come in un romanzo, il mistero verrà svelato solo a due anni esatti dalla morte del delfino. Vennero infatti finalmente resi noti i risultati definitivi dell'autopsia. A uccidere Filippo era stata una piccola bomba. Le

ferite e le fratture erano state causate dall'esplosione di un ordigno artigianale, di quelli usati nella pesca illegale. La deflagrazione era avvenuta sulla destra dell'animale, a non più di 1,2-2 metri di distanza. Una scheggia, "un oggetto metallico appuntito", si era conficcato nel corpo di Filippo provocando una profonda lesione e quindi la morte. L'uso sconsiderato di un attrezzo da pesca profondamente dannoso e illegale aveva ucciso Filippo, che si era trovato nel posto sbagliato, al momento sbagliato. Forse. O forse, come continuano a pensare in tanti, è stato vittima di un voluto, premeditato e barbaro attentato. Per errore o per volontà, la storia di Filippo si è conclusa.
La storia di un animale selvatico che sceglie, o viene lentamente portato a scegliere, una vita diversa da quella del mare senza confini. Una vita dentro a un porto, in contatto continuo con l'uomo. Ma non sapremo mai quanto Filippo abbia subito questa vicinanza con l'uomo, incapace forse di tornare indietro da una scelta che chissà se mai avrebbe rifatto.

Canada
California

J.J., una balena da salvare

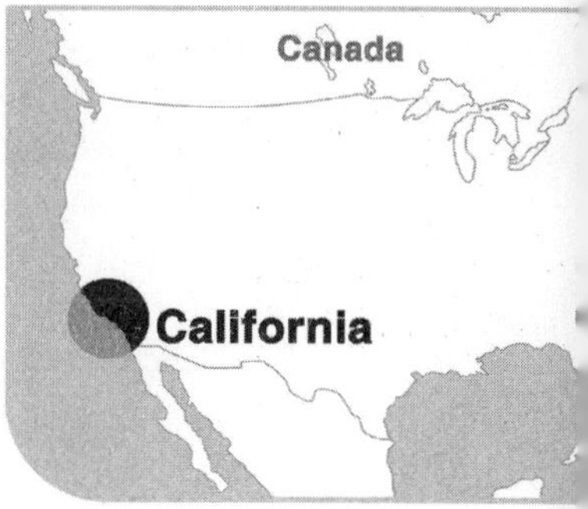

Le specie che appartengono ai cosiddetti grandi cetacei, cioè i misticeti, non sono poi molte. Ci sono sei o sette specie di balenottere, giganti marini che arrivano anche ai 30 metri della balenottera azzurra, e tre specie di balene, più tozze e con il caratteristico "testone" quasi sproporzionato. Al di fuori di questi due gruppi ci sono solo altre due specie, ognuna delle quali unica rappresentante della famiglia di cetacei cui appartiene. Sono la Caperea, misconosciuto cetaceo dell'emisfero australe, e la balena grigia (*Eschrichtius robustus*). Quest'ultima, letteralmente sterminata dalle attività di baleneria del secolo scorso, sopravvive oggi con una sola popolazione che abita le acque nord-orientali dell'Oceano Pacifico.

Animale apparentemente goffo e non proprio aggraziato, in realtà è molto meno tozzo e più slanciato delle "vere" balene, pur non raggiungendo la forma affusolata e idrodinamica delle balenottere. Tocca i 14 metri di lunghezza ed è nota per le sue lunghissime migrazioni, fra le più lunghe del regno animale. Le balene grigie infatti spendono i mesi caldi, da maggio a novembre, nelle acque fredde ma

ricche di cibo dei mari di Bering e di Beaufort. In pratica a ridosso dei ghiacci dell'Artico. Qui trascorrono il tempo mangiando, per poi migrare verso sud a passare i mesi invernali nelle più accoglienti acque della Baja California e del Messico.
In queste zone, tra l'altro, proprio in inverno diventano protagoniste di numerosissime campagne di *whale-watching*. E sempre qui, da gennaio a marzo, nascono i cuccioli, uno per femmina, a intervalli di uno o due anni. Le madri sono iperprotettive e molto aggressive quando si tratta di difendere i piccoli. I balenieri le chiamavano "pesci diavolo" proprio per la loro aggressività, ma questo non li fermava dall'arpionare i cuccioli per far avvicinare e avere a portata di mano anche la madre.
Gli spiaggiamenti di questi animali nella zona non sono infrequenti, vista anche la loro concentrazione invernale. Fra questi anche molti piccoli. Normalmente arrivano in spiaggia già morti, ma può capitare che giungano ancora vivi salvo poi morire in spiaggia, nonostante, a volte, i tentativi di intervento.
Nel marzo del 1971, un cucciolo di balena grigia di circa tre mesi fu catturato intenzionalmente durante una spedizione organizzata dal SeaWorld di San Diego. Lo chiamarono Gigi. Venne mantenuto in cattività per un anno e rilasciato in mare il 13 marzo 1972. Costruito nel 1966, il SeaWorld fu il primo di una serie di strutture del genere costruite negli Stati Uniti. È un parco enorme, dove si possono vedere, tra l'altro, tursiopi, beluga e orche. All'interno di questa struttura opera il SeaWorld's Animal Rescue and Rehabilitation Program, un gruppo di pronto intervento su animali spiaggiati in difficoltà, con l'obiettivo di curarli e poi restituirli al mare ottenendo informazioni per programmi di conservazione in ambiente naturale. Questo gruppo è stato protagonista della vicenda che stiamo per raccontare e che rimarrà nella storia per la sua eccezionalità. E anche per il lieto fine.

Un cucciolo di balena a Los Angeles

Il 10 gennaio 1997 era un sabato, e nelle basse acque di Marina del Rey, un quartiere prevalentemente residenziale di Los Angeles, qualcosa si agitava in palese difficoltà in mezzo alle onde. Era un cucciolo di balena grigia. Era evidentemente da solo e appariva privo di forze

e in balia delle acque. La notizia corse veloce e curiosi, biologi marini ed esperti accorsero da tutta la California del sud. Fu attivato un programma di monitoraggio di una zona ampia circa 2 miglia alla ricerca della madre del piccolo in fin di vita, ma senza successo. Qualunque cosa fosse accaduta alla madre, non era lì per aiutare il suo cucciolo, il quale sarebbe andato incontro a morte certa. In casi come questi praticare l'eutanasia è spesso la scelta più pietosa e logica che si possa fare. Su quella stessa costa, altri cuccioli senza madre e senza speranza già in passato erano stati sottratti alle loro sofferenze in questo modo.
Ma questa volta, forse per la vicinanza del SeaWorld, a circa 180 chilometri da Marina del Rey, e senz'altro anche per la competenza e l'esperienza ormai raggiunte dal suo gruppo di pronto intervento, si decise di tentare l'impossibile: trasportare la piccola balena e ospedalizzarla proprio al SeaWorld.

L'arrivo al SeaWorld

Un gruppo di volontari, insieme al personale, si occuparono così di portare la piccola – nel frattempo era stato verificato il sesso dell'esemplare – a San Diego. Il National Marine Fisheries Service, l'ente governativo americano per la pesca, mise a disposizione il camion per il trasporto.
Un'altra cosa risultò subito chiara: era veramente una neonata. L'ombelico infatti non era ancora completamente cicatrizzato. La piccola poteva avere anche solo tre giorni di vita. Fare qualcosa per lei sarebbe stata un'impresa titanica.
A proposito di titani, la "cucciola" misurava al momento del suo arrivo in vasca, 4,2 metri di lunghezza per un peso di 757,5 chili. Un colosso? Non proprio: per gli standard delle balene grigie, il peso indicava uno stato di forte denutrizione.
Fu iniziato un primo trattamento a base di fluidi, zuccheri e antibiotici. Le speranze erano debolissime ma si riaccesero il mattino dopo, quando fu evidente che la balena mostrava segni di miglioramento. Il veterinario responsabile, Jim McBain, sostenne che, sebbene fosse difficile valutare segni di miglioramento in un animale del genere, sembrava comunque acquistare forza e rispondere ai trattamenti.

Ora serviva il latte che ovviamente non si poteva avere se non "ricostruendolo". Gli esperti studiarono quindi una formula che potesse rispondere ai bisogni nutrizionali della piccola. Furono aiutati dalla loro esperienza di anni di interventi su animali spiaggiati, ma anche dal lavoro compiuto con la riproduzione e l'allevamento dei piccoli di orca del SeaWorld.
La balenina veniva allattata con 6 litri di formula ogni 3 ore grazie a un tubo di 5 centimetri di diametro inserito nella bocca. Sorprendentemente, la piccola capì ben presto che quando la gente scendeva in acqua a catturarla stava arrivando il cibo. Così stupì tutti, mostrando praticamente da subito un comportamento attivo verso questa pratica: non aspettava più di essere catturata, ma nuotava direttamente verso una persona dello staff, apparentemente reclamando il cibo.
Tutti segnali positivi e confortanti, ma tutto sommato un piccolo gradino di una scala che sembrava infinitamente lunga e ripida. Intanto, man mano che la piccola prendeva forza, la sua vasca di 12 metri per 12 cominciava ad andarle stretta.
Un adulto di balena grigia può pesare come cinque elefanti, cioè circa 37 tonnellate, e necessita di più di una tonnellata di cibo al giorno. Era dunque evidente che il cammino appena iniziato non poteva avere che un traguardo: il ritorno in mare.
Il 13 gennaio, al secondo giorno di ricovero della balena cucciola, i segnali restavano incoraggianti. Dal momento del suo arrivo al SeaWorld, neanche 48 ore prima, aveva già guadagnato 13 chili in peso. Di più, gli esami del sangue mostravano un quadro confortante: i reni e gli altri organi interni apparentemente funzionavano bene. Secondo i veterinari questo significava che, sebbene la piccola avesse perso la mamma nei suoi primissimi giorni di vita, era comunque riuscita ad avere da lei tutto il primo latte, il colostro. Il colostro in tutti i mammiferi è fondamentale, perché trasferisce al neonato non solo il nutrimento, ma anche una solida base di anticorpi che consentono di combattere malattie e infezioni.
La piccola continuava a ricercare attivamente il contatto con il personale, al momento degli allattamenti. "She seems to be a fighter", a quanto pare è una combattente, diceva McBain. Tutti concordavano sul fatto che quella piccola balena avesse una forte volontà di sopravvivere. I quasi quaranta componenti dell'Animal Care Staff del SeaWorld si alternavano per coprire le 24 ore, in uno sforzo con-

tinuo che vedeva coinvolti anche un nutrito gruppo veterinario e i tecnici della qualità dell'acqua.
Al quinto giorno di ricovero, l'accrescimento medio della piccola si era stabilizzato sui 9 chili al giorno. Questo sempre grazie al continuo lavoro di preparazione e somministrazione della formula di latte artificiale. Ogni 3-4 ore un gruppo si dedicava alla preparazione di questo denso "pappone" fatto di pesce pulito e frullato, speciale latte in polvere e altri ingredienti. Contemporaneamente c'era chi indossava le mute, pronto a scendere nell'acqua della vasca, alta fino al petto. Le persone in acqua circondavano e gentilmente afferravano la balena sostenendola, e le inserivano il tubo in bocca; all'altra estremità un grande imbuto accoglieva e lasciava scorrere la pappa. Un'operazione all'apparenza semplice, ma che può diventare massacrante, dovendola ripetere ogni 3 ore lungo tutto l'arco del giorno e della notte.
Proprio per questo, fra una poppata e l'altra le persone in vasca provavano a offrire alla cucciolona una grossa tettarella, di 30 centimetri circa, per tentare di suscitare nell'animale il tipico comportamento di succhiata. E la piccola, a poco a poco, succhiava davvero. Quando sembrò evidente che era in grado di succhiare un quantitativo sufficiente di pappa, il tubo per l'alimentazione fu sostituito da un grosso bottiglione con la tettarella. Costituita da un tubo rigido, circondato da un altro tubo molto più morbido e malleabile, la tettarella era poi collegata a un grosso thermos isolato, che conteneva e manteneva caldi i 6 litri di ogni poppata. Era il primo biberon per balene mai visto al mondo.
Al SeaWorld intanto giungevano qualcosa come 2600 telefonate di gente che suggeriva un nome per la piccola balena. Era una dimostrazione dell'attenzione, se non dell'affetto, che la baby balena stava suscitando. Alla fine la piccola diventò per tutti J.J. e sarebbe diventata famosa come J.J. the Gray Whale. Il nome era un tributo a Judi Jones, che era mancata proprio in quei giorni, all'età di soli 51 anni. Judi era conosciuta e stimata da tutto lo staff del SeaWorld, in quanto direttrice del centro di recupero di leoni marini in difficoltà, il Friends of Sea Lion di Laguna Beach.
Nel frattempo la piccola balena grigia, che aveva raggiunto ormai gli 800 chili di peso, continuava nei suoi progressi, per la soddisfazione delle decine di pseudo-mamme che avevano stravolto i loro orari e

la loro vita per non lasciare mai sola la piccola orfana. E anche per prepararle l'ormai celebre formula.
La preparazione di questo denso pappone era una delle attività più particolari e impegnative, per lo staff di J.J. Dopo poco più di due settimane di ricovero, infatti, la piccola balena era arrivata a prendere 63 litri di pappa al giorno. Per preparare poco più della metà della dose giornaliera di formula servivano due persone, che lavorassero di continuo per tre ore. E serviva tanto spazio. Fu così che la "cucina" di J.J. fu ben presto spostata in un'altra area del parco. Più grande e anche, per tre ore al giorno, aperta al pubblico. I visitatori del SeaWorld potevano dunque assistere alla preparazione del pasto della balena grigia. "Quando guardi la preparazione, ti rendi conto del perché ci voglia così tanto tempo, e spazio, per questo", diceva Keith Yip, supervisore della cura degli animali del parco.
Era un segnale di come la struttura californiana intendesse rendere tutta la storia di J.J. di dominio pubblico e cercasse il coinvolgimento della gente. Per lo stesso motivo era stato quasi subito predisposto un numero telefonico speciale, per dare informazioni, 24 ore al giorno, 7 giorni su 7, sulle condizioni di J.J. Undicimila telefonate in poco più di due settimane stavano lì a dimostrare che avevano intrapreso la strada giusta.
L'11 febbraio fu già tempo di festeggiare il raggiungimento di un traguardo quasi impensabile. Per un mese intero un neonato di balena grigia era stato mantenuto in condizioni di cattività, e in buona salute. Un'impresa storica. Che proseguiva giorno dopo giorno.
La cosa più semplice per mostrare i progressi compiuti dalla cucciola, ma anche e soprattutto per rendersi conto dell'impresa che lo staff del parco stava compiendo, fu snocciolare le ragguardevoli misure di J.J. Dal momento del suo arrivo era già cresciuta in lunghezza di circa mezzo metro, e più di 400 chili, al ritmo impressionante di mezzo chilo all'ora.
Ormai il tempo richiesto dalla piccola per ingurgitare la sua dose di quasi 8 litri di formula era di meno di due minuti. Il momento della pappa era per J.J. anche un'importante opportunità di gioco e interazione con chi si prendeva cura di lei. Era generalmente proprio lei a cercare e iniziare il contatto con gli umani in vasca. E nelle pause fra un pasto e l'altro, la sua attenzione doveva comunque essere tenuta sveglia e attiva, anche per combattere la noia di trovarsi in una vasca,

tra l'altro ormai troppo piccola. Così furono inventati dei giocattoli per distrarla. Essi comprendevano foglie di *kelp*, l'alga dalle foglie lunghissime che cresce nelle acque fredde dell'oceano, una grossa bobina galleggiante di plastica, e un sacco in robusto vinile riempito di aria e di acqua. I giochi tenevano lontana la noia e stimolavano il nuoto e il movimento di J.J. Ma lo spazio mancava sempre più, nella piccola vasca di 12 metri di lato. Era tempo per la piccola di avere una stanza tutta nuova.

La stanza nuova di J.J.

Shamu era un'orca. Insieme a Lolita del Seaquarium di Miami e a Keiko (meglio noto come Free Willy), era probabilmente l'orca più famosa del mondo, e l'assoluta protagonista del SeaWorld di San Diego, che incentrava molte delle sue attività e delle sue campagne di marketing proprio su Shamu. Gran parte dello staff che lavorò sulla piccola balena grigia era "preso in prestito" dal personale di Shamu. Anche il numero di telefono attivato per dare informazioni su J.J. era una linea precedentemente dedicata all'orca: il numero da chiamare era l'1-800-23-SHAMU (negli Stati Uniti è possibile avere numeri di telefono composti anche da lettere).
Shamu viveva nella vasca principale del grande parco californiano, ma poteva essere spostato, per esigenze diverse, in altre vasche secondarie. Proprio una di queste, la vasca Shamu Backstage, diventò a febbraio la nuova stanza dei giochi di J.J. Una stanza da quasi 6 milioni e mezzo di litri di acqua. Decisamente più adeguata della precedente "tinozza".
E il vantaggio era non solo per l'animale. La nuova vasca infatti aveva anche un finestrone largo 20 metri, da cui poter osservare la piccola-enorme J.J. Un'opportunità straordinaria per il pubblico – chi aveva mai visto una balena grigia così da vicino e così comodamente prima d'ora? – ma anche per le osservazioni scientifiche dei ricercatori. Tra l'altro l'operazione, autorizzata dalla National Marine Fisheries Service del governo americano, aveva richiesto anche lo spostamento di alcune orche dalla vasca ora dedicata a J.J. al complesso dello Shamu Stadium, la grande casa da 26,5 milioni di litri d'acqua della "star" Shamu, appunto.

È bene rimarcare che lo spostamento di J.J. nella nuova vasca, al di là del fatto di rispondere alle sempre più pressanti esigenze di spazio, andava esattamente nella direzione in cui interventi di questo tipo dovrebbero andare. L'operazione di salvataggio di un animale selvatico, soprattutto se così "alieno" come una creatura marina, va oltre il tentativo di salvare la vita stessa dell'animale. Deve essere corredato dalla raccolta di fondamentali dati scientifici, e accompagnato da attività di educazione e sensibilizzazione del pubblico.
I 20 metri di vetro acrilico che davano sulla vasca di J.J. diventarono così una finestra aperta per la scienza su un mondo sconosciuto come la vita di una balena grigia. E lo stesso fu per le migliaia di persone che si fermavano a vedere J.J. ed ascoltare le lezioni e le spiegazioni didattiche che subito il parco aveva predisposto.
Il tempo passava veloce. Ignara del fenomeno di interesse mondiale che era diventata, J.J. continuava a crescere in maniera regolare.
Il 18 aprile il check-up riporta 1,9 tonnellate di peso per ben 5,6 metri di lunghezza. Mezzo metro e 400 chili in più del mese precedente!
Un mese dopo, il 7 maggio, ecco ancora la misura della sua crescita, spaventosa per noi, normale per una balena grigia: 2,5 tonnellate, più di 6 metri, un piccolo camper.

J.J. va a scuola

La crescita di J.J. procedeva quindi alla grande? Dal punto di vista fisico senza dubbio, ma per altri aspetti forse no. O almeno questo era quello che pensava la dottoressa Ann Bowles. Ann faceva parte dello Hubbs-SeaWorld Research Institute, in pratica l'ente di ricerca scientifico interno al parco stesso. Ann, per tutto questo tempo, aveva continuato a piazzare in acqua con J.J. dei piccoli idrofoni, dei microfoni costruiti per registrare i suoni in acqua. Ann aveva ascoltato e registrato continuamente i suoni emessi da J.J. Cuffie in testa, davanti allo schermo di un computer, dove i suoni possono anche essere "visti" sotto forma di grafici, Ann conosceva la lingua delle balene grigie e ora anche quella di J.J., e si accorgeva che mancava qualcosa.
La piccola emetteva i suoni e i click tipici delle balene grigie, ma la loro varietà non era così ampia come ci si sarebbe aspettato. Come mai? Perché J.J. era ancora troppo piccola per aver imparato ad usare

tutti i suoni tipici della sua specie e nessuno ora poteva insegnarle ad ampliare il suo linguaggio. Nessuno dei suoi nuovi compagni umani, almeno. Non potendo offrirle la compagnia di altri individui della sua specie bisognava "andare in prestito" dalle balene grigie stesse, o meglio da chi le stava studiando in mare, registrando i loro linguaggi. Esistono ampie raccolte di suoni di balene registrate, sia durante i loro percorsi migratori, sia nei loro territori di alimentazione, le fredde acque al largo dell'Alaska. L'idea fu di piazzare degli altoparlanti nella vasca di J.J. e farle ascoltare per qualche ora al giorno i suoni dei suoi conspecifici. Questo faceva parte dell'arricchimento ambientale della vasca stessa, come i giochi e tutto quello che rendeva la vita della balena più varia e ricca di stimoli. Ma era anche un interessante programma di ricerca. La domanda era se l'ascolto di questi suoni avrebbe potuto migliorare il limitato repertorio di J.J.

Una grossa novità dunque nella vita della piccola orfana, e non era neanche l'unica. Un altro grande cambiamento era in vista per lei. Era ora di cominciare ad assaggiare del cibo solido e, ancora più importante, imparare a nutrirsi da sola. Insomma per J.J. era ora di iniziare lo svezzamento, che per le balene grigie avviene attorno al sesto, settimo mese. Dunque, assieme alle immancabili poppate di formula (il pappone), ecco arrivare ogni tanto per la piccola balena dei calamari, direttamente dalle mani degli uomini dello staff. I quali si accorsero ben presto che l'interesse di J.J. per il cibo solido era un po' come quello di ogni neonato alle prese con le prime pappe dopo il latte della mamma: quantomeno altalenante. J.J. doveva prima o poi tornare in mare, doveva anche imparare a mangiare da sola.

Per fortuna il personale poteva fare affidamento anche sull'istinto e sulla curiosità tipica dei giovanissimi. Come tanti neonati, J.J. "metteva tutto in bocca", nel senso che usava la bocca per esplorare gli oggetti che non conosceva. Lo staff l'aveva vista raccogliere dal fondo della vasca pezzi di *kelp* e qualche calamaro. Magari più per curiosità che per altro, ma era un inizio che poteva servire proprio a convertire questa curiosità in scelta alimentare.

Alle prese con questi cambiamenti e con queste sfide da affrontare e vincere, J.J. e lo staff festeggiarono, l'11 giugno 1997, i cinque mesi di ricovero nelle vasche del SeaWorld. E si fecero un regalo, e lo fecero anche a tutti i fans di J.J. Vennero piazzate nella vasca della balena grigia due webcam, che riprendevano la balena grigia di gior-

no e di notte, e che erano visibili anche su internet. La coordinatrice di questa operazione, Shari Ammon, si mostrò subito soddisfatta dei risultati. Le registrazioni delle webcam erano interessanti e non solo curiose: "Abbiamo visto che mentre all'inizio J.J. occupava sempre la stessa area di vasca, avventurandosi solo occasionalmente fuori da questa, ora invece la vediamo prendere coraggio e diventare giorno dopo giorno sempre più attiva e intraprendente. Soprattutto subito prima e subito dopo i pasti", disse Shari e aggiunse che "è bellissimo, e persino magico e misterioso, vedere di notte la piccola balena aggirarsi e scivolare in mezzo alle lunghe foglie di kelp".
Il personale, da mesi occupato nella cura di questo straordinario animale, fu ricompensato così, con soddisfazioni impagabili, dei giorni e giorni di impegni e di fatiche. J.J. stava bene e cresceva ogni giorno di più. Persino il cibo solido cominciava a essere ormai una consuetudine. Il latte veniva infatti ormai integrato da qualche chilo di calamari, a volte tre, a volte cinque. Non tanto, ma era comunque importante che anche questo percorso fosse stato iniziato. Ben presto le avrebbero insegnato a raccogliere il cibo dal fondo. È infatti un comportamento tipico delle balene grigie quello di "arare" i fondali sabbiosi delle aree di alimentazione, con la bocca spalancata, filtrando sabbia e substrato e nutrendosi dei piccoli animali che lo abitano.

Il futuro della piccola balena

Proprio in quei giorni di lavoro intenso ma anche di grandi soddisfazioni lo staff di J.J. doveva cominciare a pensare al futuro. Mentre lei nuotava e giocava con gli addetti alle sue cure e mangiava cibo solido e liquido e cresceva e si faceva osservare dal finestrone della sua vasca o dalle webcam, in una stanza del parco californiano qualcuno cominciava a parlare proprio di quella lontana, agognata meta. La prima decisione fu presa: i primi mesi del 1998 avrebbero visto il ritorno della piccola orfana al suo oceano. Ora tutto doveva convergere in quella direzione. Tutto andava pianificato e pensato e vissuto avendo in mente quel risultato.
È così che per esempio, per quanto riguarda il cibo, si cominciò a impostare il discorso in maniera più precisa e programmata. Come abbiamo già ricordato, le balene grigie attorno al sesto, settimo mese

di vita, hanno più o meno completato il loro svezzamento. I primi giorni di agosto, entrando nel suo ottavo mese di vita (e di ricovero), J.J. non aveva ancora compiuto tale passo. La sua alimentazione era ancora costituita da un insieme di cibo solido (calamari) e da un buon quantitativo di latte artificiale. Era ora di abbandonare il latte e passare esclusivamente al cibo solido. Si trattava di una fase molto delicata ed era assolutamente necessario che i quantitativi di cibo solido che la piccola balena ingoiava fossero esattamente pesati e quindi noti. Si poté così costruire una "curva" di aumento progressivo del cibo e nello stesso tempo tenere monitorate le dosi che J.J. assumeva. Il problema era che in mare nessuno avrebbe dato da mangiare alla balena. Si sarebbe dovuta procacciare da sola il cibo, e avrebbe dovuto farlo raccogliendolo dal fondo, come già descritto. Spargere semplicemente il cibo sul fondo della vasca poteva sembrare una soluzione, ma come sapere poi se aveva mangiato e soprattutto quanto aveva esattamente mangiato?
Il cibo veniva pesato prima, poi sparso sul fondo della vasca. Una volta che J.J. aveva mangiato, alcuni sub scendevano in vasca e minuziosamente cercavano e raccoglievano tutto il cibo avanzato. Questo veniva poi a sua volta pesato in modo da trovare la differenza. Tutta questa procedura conteneva in sé un'altra incognita. Come si sarebbe comportata J.J. con i sub che scendevano in vasca? Avrebbe ricercato e, perché no, gradito quel contatto?
Fortunatamente no. I sub venivano scrutati da debita distanza e mai J.J. si è avvicinata tanto a loro da far pensare a una volontà di interagire. Era un bene, perché J.J. doveva essere mantenuta il più possibile "selvatica". Se avesse cercato attivamente il contatto con l'uomo, sarebbe stato preoccupante nell'ottica del suo ritorno in mare, a una vita autonoma e naturale. Senza contare che nessuno avrebbe avuto voglia di sperimentare un colpetto, anche involontario, della coda di un bestione di 3-4 tonnellate.
Anche la dottoressa Ann Bowles e i suoi suoni di balene grigie in libertà partecipavano alla corsa. A ogni pasto di J.J. gli altoparlanti venivano messi in funzione per trasmettere uno dei suoni registrati nelle lagune della Baja California. Un suono sordo chiamato "pulse train", una vocalizzazione che le balene grigie producono appunto in presenza di cibo e consiste in una serie di rimbombanti *pop*, che J.J. ascoltava mentre mangiava e che dunque doveva, o avrebbe do-

vuto, associare al cibo. Secondo Ann, J.J. rispondeva positivamente a questo esperimento e di fatto associava davvero quei suoni alla presenza di cibo. Ed è esattamente questo che avrebbe dovuto fare, una volta tornata in mare; sentendo quei suoni in mare, avrebbe dovuto comprendere che da qualche parte c'era del cibo... e le balene grigie che lo avevano trovato, ovviamente.
Così continua la storia di J.J. Ogni giorno si avvicinava il momento del rilascio in mare. L'estate passò e trascorse anche l'autunno per i volontari e lo staff che si curava di J.J. I giorni si ripetevano apparentemente uguali, anche se uguali non sono mai quando ci si occupa di un animale spiaggiato assolutamente fuori dall'ordinario.
A dicembre i progressi con il cibo avevano fatto passi da gigante. Ormai J.J. si nutriva solo di cibo solido. Stiamo parlando di 220-270 chili al giorno di pesce, calamari e krill (i gamberetti che sono il cibo preferito delle balene). Un'enorme massa di cibo che ogni giorno veniva sparsa sul fondo della vasca di J.J., da dove lei la raccoglieva filtrandola con i fanoni, le speciali setole che le balene usano per setacciare dall'acqua il loro nutrimento. La vasca di J.J. appariva in certi momenti come un enorme minestrone torbido, che causava anche fastidi agli appassionati che la seguivano costantemente dalla webcam: nonostante l'impianto di filtraggio, spesso era impossibile perforare il muro di particelle in sospensione.
Il 1998 iniziò per la balena e per l'intero staff con una grande festa. L'11 gennaio era già tempo di celebrare il primo anniversario dell'arrivo di J.J. al SeaWorld. Un anno. Il personale si domandava quasi incredulo se fosse tutto vero. Avevano davvero vissuto un anno intero insieme a una balena grigia, nutrendo, coccolando, svezzando, curando un gigante del mare? Era proprio così. Attorno alla torta canti, festeggiamenti e pacche sulle spalle.

Il ritorno a casa

Il 18 marzo 1998, in una conferenza stampa, August A. Busch III, presidente della Anheuser-Busch Cos. Inc., la compagnia proprietaria del SeaWorld, annunciava che il 26 marzo, per la prima volta nella storia, una balena salvata e "cresciuta" da esseri umani sarebbe tornata in mare. Dopo 14 mesi di riabilitazione e con 10 tonnellate di peso in più, era tempo per J.J. di tornare a casa. L'evento era senza precedenti ed era tutto tranne che semplice. "Abbiamo svezzato J.J., le abbiamo insegnato a mangiare dal fondo come fanno le balene grigie, le abbiamo fatto ascoltare i suoni dei suoi conspecifici", disse Jim Antrim, curatore del SeaWorld. "Nonostante questo non c'è nessuna garanzia".

Ma il personale del parco di San Diego non era solo. La Guardia costiera americana avrebbe fornito il Conifer, un'imbarcazione di oltre 50 metri, per accogliere la balena e portarla al largo. La Marina militare degli Stati Uniti avrebbe messo a disposizione un'intera banchina della stazione navale di San Diego per caricare J.J. a bordo del Conifer. La polizia di San Diego avrebbe scortato il "trasporto eccezionale" sulle strade californiane, fino al porto.

Naturalmente J.J. non sarebbe stata lasciata a se stessa, e avrebbe portato sul dorso un sistema di trasmissione satellitare per comunicare momento per momento la sua posizione, per essere certi che stesse bene e che si stesse muovendo, ci si augurava, con le altre balene grigie.

Le operazioni sarebbero iniziate all'alba, quando i mezzi aerei si sarebbero alzati in volo e avrebbero esplorato il tratto di mare prescelto, per confermare che la migrazione verso nord delle balene grigie stesse avvenendo e proprio nelle acque fuori San Diego.

Ricevuto l'ok, la balena sarebbe stata caricata su uno speciale rimorchio dotato di un fondale gonfiabile, un morbido materasso per ricevere il peso della cucciola. Poi, scortati dalla polizia, avrebbero percorso i 20 chilometri fino alla banchina del porto, dove una potente gru avrebbe adagiato J.J. sul Conifer. Poi via, in mare. Tutta l'area, non solo del porto, ma anche delle operazioni in mare sarebbe stata sorvegliata e l'accesso consentito solo ai mezzi della stampa. Si ripeterono incessanti gli inviti a tutti a lasciare a J.J. lo spazio necessario e a non intralciare in alcun modo le operazioni.

Il 20 marzo, meno di una settimana prima della data del rilascio, una grossa tempesta era in avvicinamento e con qualche possibilità di colpire le coste della California. Il rischio era troppo elevato e le operazioni vennero stoppate. Nuova data, il 31 marzo. Stavolta sarebbe stata quella giusta.

Tre giorni prima del ritorno in mare, la vasca che ospitava J.J. venne chiusa al pubblico. Un pubblico che nei giorni immediatamente precedenti era accorso numeroso a salutare e augurare in bocca al lupo alla balena. Tre giorni lontano dagli occhi della gente, ma fondamentali per lo staff, che li impiegò per effettuare un esame medico completo, le ultime analisi e misurazioni.

Inoltre si lavorava per la preparazione dei due trasmettitori satellitari. Strumenti di circa 25 x 25 centimetri, pesanti poco più di un chilo, designati a seguire i movimenti di J.J. nel suo ambiente naturale per almeno 18 mesi. Per le prime 72 ore questi movimenti sarebbero stati tracciati su uno schermo piazzato direttamente su un'imbarcazione da ricerca, in mare, per poter intervenire subito in caso di necessità. Dopodiché, come di norma avviene con queste strumentazioni, i ricercatori avrebbero continuato a seguire J.J. comodamente seduti davanti a un computer, nei loro uffici di San Diego.

Il problema purtroppo era come riuscire ad attaccare questa strumentazione al dorso della balena. La soluzione fu rappresentata da tanti piccoli ancoraggi fissati proprio sotto la pelle dell'animale, e ricoperti dello stesso materiale che si usa per i pace-maker. Un materiale compatibile che lascia crescere i tessuti senza problemi, e non è affatto invasivo per l'animale. L'inserimento degli ancoraggi non rappresenta niente di più che un'operazione di "piercing", quindi senza fastidi per J.J. Essi sono poi studiati per corrodersi e quindi lasciar staccare i trasmettitori dopo appunto circa 18 mesi.

La mattina del 31 marzo il SeaWorld aprì al pubblico alle 9, un'ora prima del solito. Venne data alla gente la possibilità di assistere a un evento storico. Le tribune del grande Shamu Stadium (la platea dove di solito si esibiva l'orca) si affollarono di circa 800 persone desiderose di seguire su un grande schermo, chiamato Shamu Vision – e come se no? – le immagini trasmesse da une delle imbarcazioni che, in un tratto di mare al largo di una località chiamata Point Loma, stavano riportando J.J. a casa.

Le operazioni erano cominciate all'alba e tutto era filato liscio. J.J. era stata portata al molo della marina militare, e da qui caricata sul Conifer. Era collocata dentro a qualcosa di simile a un'enorme barella, la quale era ben assicurata a delle bande che la sostenevano, tramite una gru, sollevata ai lati. La stessa gru aveva il compito di adagiare la balena delicatamente in acqua.

Sotto la barella, un "materasso" di gommapiuma rendeva il viaggio della balena meno scomodo.

Il Conifer navigava deciso verso il largo, scortato da numerose imbarcazioni delle autorità portuali o di supporto all'operazione. Un'altra barca, la Lord Hornblower, imbarcava una cinquantina di persone, fra cui molti di quelli che avevano dedicato quattordici mesi della loro vita a J.J., insieme al fondatore del SeaWorld e al suo direttore. Si distingueva per il suo carico un ulteriore natante, il Megalodon, che portava con sé delle sonoboe, strumenti di registrazione sonora che, fissati a delle boe, captano i suoni subacquei con l'intenzione di registrare quelli emessi da J.J. e quindi i suoi movimenti, nell'area del rilascio.

È difficile leggere le emozioni e le sensazioni di un alieno di tali fattezze; chissà cosa passava per la testa della balena. Era costantemente tenuta bagnata e fresca dai suoi "angeli custodi", che la spruzzavano di acqua. Ogni tanto mostrava comunque segni di nervosismo e agitava pericolosamente la testa o la coda a sinistra e a destra. Tutto questo per lei era troppo diverso dalla relativa calma dei mesi trascorsi al delfinario.

Poi le barche rallentarono, si fermarono. A circa 2 miglia al largo di Point Loma, il Megalodon cominciò a calare le sonoboe, che restarono appese alla barca stessa, per potersi spostare con essa. La tensione non poteva che essere alle stelle. Era il momento.

La gru sollevò il prezioso carico e lo spostò fuoribordo. Per un momento che forse a molti sarà sembrato troppo lungo, restò sospesa nel vuoto, sopra l'oceano pronto ad accogliere una delle sue figlie.

La gru calò e la barella toccò l'acqua e vi si adagiò con delicatezza. Ancora un momento, poi i tre cavi che tenevano sollevato il lato sinistro della barella vennero sciolti. J.J. rotolò da quella parte e in un momento fu di nuovo dove doveva essere. Libera, in mare.

Andò sotto subito, scomparendo alla vista. Centinaia di occhi si strinsero nello sforzo di cercare un segno, per cogliere dove e quando sarebbe tornata a galla. Anche gli elicotteri, dall'alto, non la videro più. Dopo quindici minuti ancora niente. Nessun ultimo saluto ai suoi soccorritori. J.J. era andata. Ora era libera.

Le barche invertirono la rotta e cominciarono a rientrare. Ognuno in cuor suo si augurava che la piccola stesse bene.

Sulla via del ritorno, dopo circa trenta minuti dal rilascio, avvenuto alle 10,17 del mattino, un messaggio radio raggiunse gli equipaggi. Una delle sonoboe aveva captato J.J. Si aggirava ancora nella stessa

zona. Sembrava che tutto andasse bene. Un'ora più tardi giunsero altre conferme. La Megalodon, grazie ai trasmettitori satellitari, comunicò di aver già ricevuto tre posizionamenti. Dal momento che questi strumenti lanciano i loro dati al satellite solo quando si trovano fuori dall'acqua, significava che J.J. stava nuotando e stava emergendo regolarmente per respirare. Nelle ore successive, oltre a essere in contatto con lei grazie ai segnali mandati dal satellite, la barca riuscì anche a seguirne i movimenti, e spesso la avvistarono direttamente. Stava andando verso nord. La videro emergere per respirare, oppure fare *spy-hopping*, cioè mettere la testa fuori dall'acqua per guardarsi intorno. E la sentirono anche vocalizzare più volte: buon segno, secondo Ann Bowles, che aveva "parlato" con lei per mesi.
Le brutte notizie arrivarono dal mare, che si stava incattivendo, forse per l'arrivo di una tempesta. Ventiquattro ore dopo, il primo aprile, la barca annunciava che quasi sicuramente sarebbero stati costretti a rientrare. Avrebbero dovuto seguire i movimenti di J.J. solo a distanza, grazie al sistema satellitare. In realtà, aiutati da un po' di fortuna, si trovarono a sospendere l'inseguimento solo per alcune ore. La mattina dopo il Megalodon era ancora a portata di sguardo della balena e dalle strumentazioni che avevano a bordo continuavano a sentirla vocalizzare. Questo era fondamentale per far sì che prima o poi venisse captata da altre balene grigie, che avrebbero potuto "invitarla" a unirsi alla loro migrazione. Intanto si lavorava affinché il 10 aprile il percorso compiuto da J.J. potesse essere seguito via internet da chiunque. Non ce ne fu il tempo. Fra la sera del primo aprile e il pomeriggio del 2, i trasmettitori programmati per restare attaccati alla pelle di J.J. per 18 mesi si staccarono, uno dopo l'altro. Grazie al segnale emesso vennero recuperati, in due posti differenti. Uno era integro, l'altro mostrava segni di evidente sfregamento, come se J.J. si fosse grattata sul fondo dell'oceano, magari anche solo mangiando, provocandone il distacco.
I ricercatori si giustificarono dicendo che i due trasmettitori, uno vicino allo sfiatatoio e l'altro lungo la linea dorsale della balena, avevano ancoraggi molto superficiali, per arrecarle meno danno possibile. Avevano sperato che fosse sufficiente, ma così non era stato. Ora J.J. era un po' più sola, là fuori. Per fortuna, o meglio grazie all'attenta programmazione, sul dorso di J.J. c'era attaccato qualcos'altro. Un piccolo *tag*, cioè una specie di targhetta di identificazione, colorato

di rosso, bianco e blu. Inoltre il disegno di grigio, bianco e nero della livrea di J.J. erano riconoscibilissimi per lo staff che l'aveva seguita. Questo avrebbe permesso di identificarla, se avvistata, dalle barche o anche da osservazioni aeree. Qualche contatto visivo era dunque ancora possibile. Tra l'altro, almeno per le prime 30 ore in mare, J.J. pur nuotando attivamente e coprendo più di 20 miglia, prima verso est e poi più o meno verso sud, era rimasta comunque in acque basse. Qui aveva messo in mostra, come già detto, comportamenti normali e tipici di una giovane della sua specie, mentre anche le apnee, da uno a sei minuti, erano normali. Le sonoboe appese al Megalodon continuvaano a cogliere i suoi vocalizzi e i suoni regolari emessi dalla balena in movimento, che esplorava il proprio ambiente.
I contatti visivi erano l'unico modo ora per sapere dov'era e come stava J.J. Così venne diramato il suo identikit (cioè i disegni della sua livrea) alle autorità della costa occidentale degli Stati Uniti e del Messico. Dopo una decina di giorni in effetti le segnalazioni di piccole balene grigie erano già 30-40. Lo staff dell'unità di ricerca del SeaWorld le approfondì una per una, indagando, intervistando gli avvistatori, ma nessuna di queste venne identificata come sicuramente appartenente a J.J.
A metà aprile, e fino ai primi di maggio, quelle acque erano in effetti piene di balene grigie, in genere mamme con i piccoli, o individui indipendenti ma giovanissimi. Pian piano si stavano muovendo per cominciare la migrazione verso nord. Confondere questi piccoli esemplari con la "ricercata" balena grigia era purtroppo facile.
Ma avvistamenti di J.J. non ce ne furono più. Il National Marine Fisheries Service aveva distribuito su tutta la costa e a tutti gli enti che si occupavano di spiaggiamenti o di ricerca in mare sui cetacei un poster con i caratteri identificativi di J.J. Quanto meno sappiamo che non venne mai trovata spiaggiata. Sappiamo poi che, dal momento del rilascio alla partenza verso nord della grande migrazione delle balene grigie, mancavano davvero pochi giorni, e a quel punto sarebbe comunque scomparsa da quell'area non solo lei, ma ogni altra balena grigia. E così fu. Insomma, se J.J. era in mezzo alle altre balene grigie, era partita per le fredde acque circumpolari, per tornare in California solo l'anno dopo. Sarebbe stata molto cresciuta e dunque difficilmente identificabile. Questo è quello che piace pensare a tutti.

Nuova
Zelanda
Opononi

Opo, la delfina dei bambini

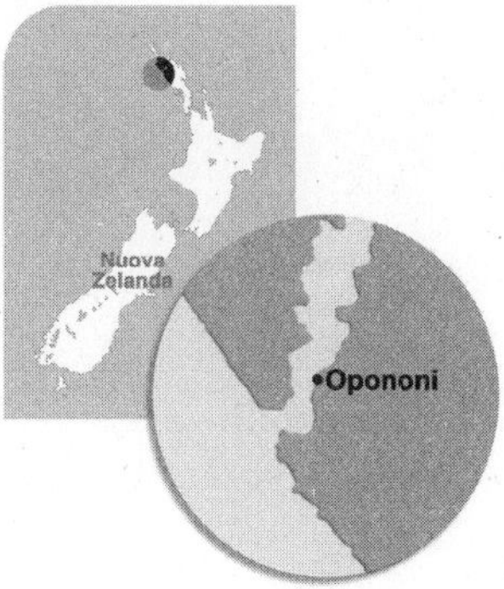

In un piccolo paese della Nuova Zelanda, dal curioso nome di Opononi, una scultura in pietra rappresenta un delfino che emerge dall'acqua. Dietro a lui c'è un bimbo, nudo, che si afferra al suo dorso, o forse lo abbraccia. Quel bimbo è solo uno dei tanti che entrano in questa storia, e quel delfino è Opo.

L'Isola del Nord della Nuova Zelanda si spinge verso nord-ovest con una punta frastagliata che diventa sempre più sottile. La costa occidentale è interrotta da una profonda insenatura, quasi una ferita che corre verso l'interno. È l'Hokianga Harbour. Subito oltre la bocca dell'insenatura, sul lato meridionale della stessa, si apre una piccola baia le cui coste si addolciscono e si stendono su belle spiaggie sabbiose. Qui la Highway 12, che corre verso nord-est, si avvicina al mare, separata da questo solo dalle spiagge. La strada incontra prima il paese di Omapere e subito dopo Opononi. Qui, alle spalle della strada, si alzano quasi subito le colline. In mezzo, il paese.

Non si sa cosa significhi Opononi, che sembra un nome Maori ma non lo è. Ai tempi della storia di Opo, siamo a metà del Novecento,

questo posto era poco più che un vecchio hotel in legno in stile coloniale, un ufficio postale, un distributore, un negozio e una latteria. Il paese era frequentato soprattutto durante le vacanze di Natale, quando i turisti arrivavano parcheggiando i loro camper e i caravan in mezzo ai pini, e si dedicavano ai bagni in mare.
Un luogo tranquillo, dove anche il paesaggio perde un po' della bellezza rude della Nuova Zelanda per lasciare il posto a colline dolci e alla penisola sabbiosa che chiude a nord l'Harbour.
In queste acque calme e riparate, all'inizio del 1955, alcuni possessori di barche cominciarono a notare una sagoma, con una pinna scura a fendere la superficie dell'acqua, che seguiva le imbarcazioni. Pensavano che fosse uno squalo. Solo dopo numerosi avvistamenti, che nei giorni continuarono a susseguirsi attorno alle loro barche, si resero conto che era un delfino. Un tursiope, per la precisione.
La presenza di questo delfino solitario e curioso fu ben presto associata a un incidente avvenuto poco tempo prima. Un gruppetto di delfini stava nuotando molto vicino alla spiaggia, i racconti parlano di una famiglia, ma si sa com'è, non è detto che lo fosse. Un giovane del posto fece qualcosa di ormai quasi atteso, per quanto stupido. Prese un fucile e sparò agli animali. Resta oscuro e tristemente sorprendente come in molte di queste storie ci sia sempre qualcuno che prima o poi spara a un delfino. In ogni caso il giovane imbracciò il suo fucile e sparò al gruppo e a quanto pare si vantò di averne colpito uno.
Dunque si suppose che il delfino ucciso dalle fucilate fosse una madre, e che quel delfino che aveva cominciato a frequentare le acque del porto non fosse che il figlio rimasto orfano. Difficile affermare che le cose stessero proprio così, ma a conferma di questa ipotesi ci sono le misure e le stime fatte successivamente, che indicavano che quando il delfino cominciò a inseguire le barche e a farsi notare non poteva avere più di un anno di età.
In poco tempo la voce circolò e tutti seppero del delfino. I pescatori che uscivano con le loro barche ormai lo aspettavano e anzi lo cercavano attivamente. E lo stesso animale, ormai avvezzo a questi incontri, cominciò ad avvicinarsi sempre di più alle imbarcazioni, vincendo la timidezza e soddisfacendo invece la sua naturale curiosità.

Lo chiamarono Opo Jack

Il gioco di avvicinamenti e di interazioni, anche appena abbozzate, continuò da entrambe le parti. Dopo i primi approcci fu facile e forse sorprendente accorgersi che il delfino amava essere grattato con dolci tocchi di un remo.
I pescatori, dopo aver pulito il pesce pescato direttamente in barca, lavavano il ponte usando una scopa di cotone, un "mocio" diremmo forse oggi. Ecco un altro strumento che poteva essere usato per provare a grattare i fianchi del delfino, che in effetti mostrava di apprezzare molto. All'insaputa dei pescatori e certamente anche del delfino, erano questi primi gesti l'inizio di un processo di "domesticazione", che poteva poi solo progredire. È di solito in questo punto delle interazioni fra esseri umani e delfini solitari, che si innesta il nodo cruciale di questi rapporti. Una sottile linea spartiacque fra il libero arbitrio del delfino e dei comportamenti che, quasi sempre senza intenzione, tale arbitrio limitano e guidano.
Insomma, Opo "sceglie" a questo punto di vivere in un porto naturale a contatto con l'uomo? O è il comportamento dell'uomo, che agisce su un animale predisposto, in quanto solitario e per natura bisognoso di socializzazione, e lo spinge a diventare una specie di delfino ammaestrato?
Comunque sia, l'abitudine del delfino di avvicinare le imbarcazioni e accompagnarle lo portò a seguirle sempre più verso l'interno, arrivando ai pontili e alla spiaggia. Qui, un poco alla volta, cominciò a interagire anche con le persone in acqua. E qui il fenomeno Opo esplose.
La voce si sparse velocemente e il delfino cominciò ad attirare l'attenzione di tutti. Ora, si trattava della Nuova Zelanda, la terra dove ancora tutti narravano la storia di una quarantina di anni prima, la leggenda di Pelorus Jack. A qualche decennio di distanza un altro luogo neozelandese aveva il suo delfino amico degli uomini.
Da questo collegamento a battezzare il delfino Opononi Jack il passo fu breve, e difatti fu presto compiuto. Opononi Jack doveva essere e Opononi Jack fu. Poi fu abbreviato in Opo Jack, e solo dopo la sua morte, quando un'analisi accurata rivelò che l'animale era in realtà una femmina, il mascolino Jack si perse, e tutti la ricordarono solo come Opo.

La quale nei primi tempi rifiutava di avvicinarsi più di tanto alla gente in acqua: preferiva mantenersi a distanza, muovendosi lentamente, con cauti movimenti della coda, proprio sotto il pelo dell'acqua. La sua sagoma scura e grande – Opo era quasi 2,5 metri – diventò ben presto familiare. I bambini salivano sul molo da dove si riusciva a vedere perfettamente il fondo sabbioso della baia, e facevano a gara a chi avvistasse per primo la forma slanciata di Opo che scivolava rapida e sicura nell'acqua bassa, anche in mezzo ai bagnanti, seppure ancora evitando i contatti.
Come e soprattutto chi per primo riuscì a toccare il delfino resta da stabilire, ma forse non è così importante o interessante saperlo. Sta di fatto che, più o meno da quel momento in poi, scattò la follia per il delfino amico, il delfino allegro: "Opo, the gay dolphin" come lo chiamavano ad Opononi.
Cominciarono ad occuparsene i giornali, dove restò ininterrottamente per ben undici settimane. Iniziarono a parlarne tutti e ben tre troupe cinematografiche si spinsero fino a là per filmare la delfina. I settimanali le dedicavano paginoni, neanche fosse una star del cinema, e, come titolava uno di questi articoli, ben 14.000 persone vennero a vedere Opo. Causando sì qualche problema, ma portando anche una floridità mai vista nel piccolo paesino.
Nonostante l'interesse dei mezzi di informazione stupisce che, ricercando documenti su quanto avvenuto a Opononi fra il 1955 e il 1956, non si trovi un granché. La fonte più rilevante è un lungo articolo pubblicato nel 1958 da un agricoltore Maori, di nome Piwai Toi, sulla rivista "Te Ao Hou – The New World", ora reperibile anche online sul sito della National Library of New Zealand.

Opo e la gente

Proprio all'inizio del suo pezzo, Piwai Toi scrive che mai avrebbe pensato di scrivere un articolo su Opo, e quasi si scusa con i lettori per non avere nemmeno una foto della delfina: c'erano ma sono andate perse, dice. E sottolinea che mai gli era venuto in mente di annotarsi date o altri appunti salienti sulla storia di Opo, e dunque si basa solo sulle sue esperienze e memorie per raccontare la "breve ma memorabile vita" della delfina.

La incontrò per la prima volta nell'agosto 1955. Aveva già sentito raccontare che un delfino aveva preso a vivere nelle acque di Opononi. Un tardo pomeriggio stava rientrando su una piccola barca. Il mare era molto mosso e la sua attenzione fu attirata da un rumore di qualcosa che sbatteva e ribolliva nell'acqua. Poi vide una grossa sagoma scura che, proprio sotto il pelo dell'acqua, filava velocemente verso la sua barca, al punto che pensò stesse per sbatterci contro. Quando fu vicinissima invece si immerse e scomparve, per poi riapparire sull'altro lato. Rimase quindi a giocare e a nuotare per diverso tempo intorno alla barca, che poi seguì quando l'uomo rientrò in porto. Si fermò prima di entrare nell'acqua troppo bassa e, "sorreggendosi con la coda", emerse in parte dall'acqua, guardando verso la barca, per poi rituffarsi e scomparire.
Nelle settimane seguenti, Piwai Toi uscì spesso a pescare su una piccola barca insieme ad amici. Ogni volta cercava con lo sguardo la delfina e molto spesso lei appariva e si soffermava a giocare.
Un giorno di agosto, Piwai Toi e due amici stavano per andare a pesca poco lontano, verso Rangi Point. Erano appena usciti in mare quando arrivò Opo, che si mise a giocare e nuotare attorno alla barca per lungo tempo. Spesso sfrecciava a tutta velocità proprio sotto la chiglia della barca, tanto che la barca stessa veniva sollevata dal movimento d'acqua provocato dalla delfina. Uno dei due amici, seduto su un lato della barca, non resisté e provò ripetutamente ad allungare la mano e a toccare la delfina, tanto lei giocava vicino a loro. E alla fine ci riuscì.
Secondo Piwai Toi, il suo amico fu la prima persona a toccare Opo e nessuno lo ha mai smentito. Per tutta la durata della pesca Opo rimase con loro e non venne distratta nemmeno dal passaggio di altre barche. Infine la barca rientrò a Opononi, costantemente accompagnata dal delfino.
Bastarono pochi mesi. Ai primi caldi dell'inverno australe, quando stava per cominciare la stagione turistica, Opo era diventata famosissima. I turisti arrivavano apposta per vederla. E arrivarono numerosi. La stessa figlia di Piwai Toi, che faceva la cameriera in una sala da tè, fu costretta dal proprietario del locale a lavorare anche nei weekend, tanto era l'afflusso dei visitatori. Opononi visse un momento di popolarità e di gioiosa follia. I pochi locali pubblici dovettero rafforzare il personale, ma furono ricompensati da introiti

mai visti. Il paese era affollato di turisti e curiosi e nei weekend si raggiunsero livelli insuperabili. La spiaggia brulicava di gente e le vie si intasavano. La strada principale che attraversava il paese diventò un parcheggio lungo più di un chilometro, e sui due lati della strada auto, moto, caravan, bus e camion parcheggiati lasciarono solo uno stretto budello per passare. Bastava che due auto si incontrassero in direzioni opposte ed era il caos. Ben presto vigili urbani di altri paesi vennero inviati ogni domenica a Opononi, per gestire l'emergenza. Tempo dopo venne finalmente costruito un apposito parcheggio, accolto come una manna dal cielo, che però sarebbe stato utilizzato solo per due settimane...

Con l'arrivo dell'anno nuovo, siamo nel 1956, ormai migliaia di turisti arrivavano ad Opononi. Opo era diventato per la gente del posto una gallina dalle uova d'oro. Memori dunque di quanto accaduto non troppo tempo prima, quando qualcuno aveva sparato per gioco o idiozia alla delfina, formarono un comitato per la sua protezione. Una delle loro prime, e forse poche, azioni fu quella di piazzare dei cartelli agli ingressi della città che riportavano la scritta "Welcome to Opononi, but don't try to shoot to our gay dolphin" (Benvenuti a Opononi, ma non provate a sparare al nostro allegro delfino).

Tutto pareva filare liscio nel piccolo paese e nonostante la presenza di tanti turisti in un luogo non proprio adatto a recepirli non si verificarono incidenti stradali, né problemi dovuti a risse, discussioni o ubriachezza. Nonostante tante persone si trovassero ogni giorno in acqua, nessun caso di annegamento. Nelle parole e nei pensieri di chi racconta, tutto ciò era da attribuirsi all'"influsso positivo" del delfino. La gente era lì per Opo, ed era felice e gioiosa come lei.

Opo e i bambini

Ma che faceva Opo e perché tanta gente accorreva a Opononi? In effetti, la semplice, per quanto assidua, frequentazione da parte del delfino delle acque basse di Opononi e la sua abitudine di seguire e giocare con le barche non avrebbe giustificato tale e tanto interesse. Ma il suo comportamento verso gli esseri umani era cambiato.

Lasciati da parte pian piano la timidezza e il timore, ora Opo nuotava e giocava letteralmente in mezzo alle persone, a volte quasi in-

vitandole al contatto, se non "implorando" un gioco, uno scherzo, una coccola. Giocava e interagiva indifferentemente con adulti e bambini, ma erano questi ultimi a godere senza dubbio delle sue preferenze. Nuotava letteralmente in mezzo a gruppi di bambini, a quanto pare dando con loro il meglio di sé. In poco tempo distingueva gli individui di maniere più dolci e gentili, tenendosi invece lontana dagli elementi un po' troppo rudi o insistenti.
E fu forse per questo motivo, o almeno così la protagonista stessa lo spiega, che il delfino sviluppò una sorta di predilezione per una ragazzina tredicenne, Jill Baker.
Jill viveva nella strada principale di Opononi, e l'acqua era un po' la sua seconda casa. Non importa quanti bambini e persone ci fossero in acqua: ogni volta che lei scendeva in mare Opo lasciava perdere gli altri e iniziava a nuotare fianco a fianco con Jill. La quale racconta che forse ciò accadeva proprio perché lei la trattava sempre con molta gentilezza e non tentava mai di forzarla a niente, né la seguiva con insistenza, pretendendo la sua attenzione, come molti invece facevano.
All'inizio Opo non gradiva comunque il tocco delle mani della ragazza, ma ben presto vi si abituò lasciandosi accarezzare e afferrare gentilmente. A volte arrivava a posizionarsi fra le gambe di Jill, sollevandola dolcemente e trasportandola sul dorso per brevi tratti. Jill racconta di una volta che andò a fare un bagno abbastanza distante dal luogo dove Opo stava nuotando, in mezzo a un gruppo molto numeroso di persone. Dopo poco vide spuntare Opo proprio davanti a sé.

Barche, che passione!

Jill non era l'unico motivo per cui Opo poteva abbandonare un gruppo di bagnanti lasciando tutti con un palmo di naso. L'altra sua passione era il rumore dei motori fuoribordo.
Se una barca passava nelle vicinanze o se un motore veniva avviato da qualche parte, Opo non resisteva alla tentazione di accorrere in quella direzione; spesso poi, nuotando e saltando, seguiva l'imbarcazione per un lungo tratto. Lo stesso Piwai Toi racconta di avere frequentemente, suo malgrado, distolto l'attenzione di Opo da un

gruppo di persone con cui stava giocando, semplicemente mettendo in moto il suo piccolo fuoribordo. Dopo pochi secondi la delfina era lì, aspettando con ansia di seguire la barca. Molte volte Piwai Toi si trovò a uscire dal porto a remi, per accendere il motore solo al largo e non privare le persone in acqua della presenza di Opo. E non sempre il trucco funzionava.
Poche altre cose distoglievano l'attenzione della delfina dai giochi con la gente. Quando non c'era nessuno in acqua o sul molo a richiedere le sue attenzioni, si spostava un po' fuori dal porto, in una zona ricca di pesci, triglie per esempio, che era un po' il suo territorio di caccia. Qualche volta i pescatori che rientravano provavano a offrirle del pesce, ma Opo non lo accettava mai.
Una volta, mentre seguiva una piccola barca da pesca, la Sonoma, che si dirigeva verso il molo dove un gruppo di persone aspettava per comprare il pesce, si avvicinò troppo alla barca e fu colpita dall'elica. Dalla barca videro l'acqua agitarsi e ribollire e poi colorarsi di rosso. La delfina sparì e per quel giorno non fu più avvistata. Tornò già il giorno dopo e fu vista proprio dalle persone presenti sulla stessa barca. La videro saltare fuori dall'acqua e quando poi si avvicinò sotto alla prua mise in mostra due brutti tagli sulla testa. Ovviamente le persone sulla barca dissero che la delfina saltava per far vedere che stava bene e che si avvicinò alla barca proprio per mostrare le sue ferite...
Qualche volta, se passava una barca, la seguiva anche verso il largo, in direzione delle estremità dei promontori che delimitano la baia, ma a quanto pare non superava mai una certa roccia, che pareva segnare il suo territorio all'interno del porto.
Per la verità, se Opo uscisse mai dal porto per spingersi più al largo, nessuno lo sa, né avrebbe potuto saperlo. È vero anche che, di quando in quando, spariva per qualche breve periodo, un giorno o due al massimo. Ci piace pensare che ogni tanto, almeno ogni tanto, tornasse a nuotare in mare aperto, magari ricordandosi per qualche ora di essere, o essere stata, un delfino selvatico.
Nel suo articolo, Piwai Toi commenta anche, con una certa malinconia, la "dipendenza" di Opo dalla gente. Gente che arrivava, come detto, da ogni parte del Paese, il mattino presto, aspettando solo che Opo apparisse. In genere, come abbiamo visto, non era mai troppo lontana, vagabondando nelle acque del porto. E se non arrivava,

non serviva poi molto per attirarla. Il proprietario di qualche barca accendeva il motore e usciva un po' fuori. Quasi immancabilmente, al suono del motore Opo arrivava e "come un cagnolino", dice Piwai Toi, seguiva la barca verso la spiaggia. Allora la gente impazziva e accorreva sulla spiaggia e sul molo, gridando, scattando foto e rimanendo a bocca aperta vedendola giocare e nuotare così, a portata di mano. Non era affatto raro che alcune persone in preda al delirio si gettassero in acqua vestite, solo per provare a toccarla. C'erano persone e famiglie intere che tornavano settimana dopo settimana, weekend dopo weekend.

I giochi di Opo

Non era solo il fatto di poter nuotare con il delfino ad attirare e divertire i turisti. Spesso Opo improvvisava spettacolini con una palla di gomma che le veniva gettata in acqua. La spingeva con il rostro o la colpiva facendola volare in aria per poi riprenderla al volo e lanciarla di nuovo. Oppure la spingeva sott'acqua, trattenendola sotto al corpo, finché, liberandola, non risaliva velocemente per poi schizzare in aria, e prima che ricadesse la colpiva con la coda spedendola lontana.

Spesso giocava con le bottiglie di birra, che giacevano numerose sul basso fondale della rada. Ne raccoglieva una dal fondo e la manteneva in precario ma perfetto equilibrio sul rostro, fino all'immancabile lancio in aria. Conoscendo la sua passione per queste bottiglie c'era chi le lanciava appositamente, eppure Opo rifiutava questi "regali" dall'esterno: sceglieva da sola, sul fondo, con quale bottiglia giocare.

Un delirio collettivo, tutti a vedere e a giocare con la delfina che amava stare con le persone. Almeno così sembrava. Le parole di Piwai Toi spiegano fin troppo bene la situazione che si era creata: "Mi dispiaceva per lei, perché non sembrava avere nemmeno il tempo di mangiare, durante il giorno. Se anche sentiva il bisogno di allontanarsi, bastava mettere in moto un fuoribordo perché lei tornasse di nuovo dai suoi ammiratori". L'effetto di un condizionamento, seppure ottenuto involontariamente, è difficile da cancellare e facile da confondere con intenzionalità e libero arbitrio. Forse non aveva già più scelta.

Secondo i racconti dei presenti, dopo avere udito un grido di meraviglia dalla folla dopo un suo "numero", Opo rispondeva con un salto fuori dall'acqua.
Anche la sua iniziale timidezza per i contatti sembrava ormai superata. La maestra del paese, Mrs. Goodson, si fece fotografare mentre abbracciava fiera la delfina. E molti si poterono vantare di essere riusciti a farsi passare la delfina fra le gambe, in qualche caso portando come prova a supporto una caviglia dolorante per un colpo preso.
Resta memorabile un giorno di febbraio, subito dopo l'inizio dell'anno scolastico, quando fu organizzato appunto il picnic della scuola di Opononi. Finì con tutti i bambini in acqua, che a un certo momento formarono un grande girotondo con Opo che nuotava in cerchio in mezzo a loro o giocava con una palla, il tutto documentato da un filmato amatoriale.
L'entusiasmo, le continue richieste che arrivavano ad essere pretese, da parte degli ammiratori di Opo, erano difficili da contenere e qualche volta si raggiungeva l'eccesso, con la delfina letteralmente circondata da decine di persone.
Non tutti poi erano particolarmente gentili con lei: alcuni esageravano provando ad afferrarla per le pinne o per la coda, forzandola a girarsi nella loro direzione o a non andarsene da qualcun altro. In questi casi, e ci viene da dire finalmente, Opo mostrava segni di fastidio e impazienza, allontanandosi e sbattendo violentemente la coda sulla superficie dell'acqua. Un segno, chiamato *tail slap*, ben conosciuto dagli studiosi del comportamento e che indica chiaramente una situazione di forte tensione e stress.
Nel frattempo qualcuno, non solo a Opononi, si preoccupava per la salute della delfina. Magari la preoccupazione non arrivava a prendere in considerazione se ci fosse uno stato di stress o a valutare il benessere generale di Opo, ma almeno c'era chi pensava che la vita stessa della delfina potesse essere messa, volontariamente o meno, in pericolo.
Così, ripercorrendo quanto fatto una cinquantina di anni prima con Pelorus Jack, la prima settimana di marzo del 1956 il governo neozelandese annunciò che presto, sarebbe stata questione di giorni, una Fisheries (Dolphin protection) Regulations sarebbe diventata legge. E così, per ordine dell'Order in Council, la legge fu pubblicata l'8

marzo e divenne attiva dalla mezzanotte dello stesso giorno. Dal quel momento e per i seguenti cinque anni fu vietato a chiunque molestare un delfino nell'area dell'Hokianga Harbour.

La fine di Opo

Per uno strano e crudele scherzo del destino, lo stesso giorno in cui fu proclamata la legge che l'avrebbe molto genericamente "protetta", Opo non si fece vedere. Il giorno prima aveva giocato come al solito in mezzo ai bagnanti. Quella stessa mattina alcuni pescatori l'avevano vista, ma il pomeriggio una barca con a bordo una troupe, che doveva effettuare alcune riprese, non riuscì a trovarla.
Nessuno però ci badò più di tanto. Opo se ne era già andata altre volte per un giorno o due. Gli abitanti di Opononi continuarono a pensare al futuro, al loro delfino "privato", e i proprietari dell'albergo progettarono di costruire una nuova ala, visto come andavano gli affari.
Ma forse non tutti erano così tranquilli, se è vero che già il giorno dopo ben quattro barche uscirono a cercare Opo per tutto l'Harbour. Non la trovarono.
La trovò invece nel pomeriggio un anziano Maori che raccoglieva cozze sulle rocce, approfittando della bassa marea. Era morta. Il suo corpo era incastrato in uno stretto crepaccio in un luogo chiamato Koutu Point, cinque miglia da Hokianga Harbour. All'apparenza quello che era successo era che mentre Opo stava mangiando in mezzo alle rocce era sopravvenuta la bassa marea, che l'aveva intrappolata in una specie di pozza naturale, separata dal mare e con unica via di uscita la fessura fra le rocce, nella quale Opo si era incastrata e aveva trovato la morte.
Una morte naturale, dunque, anche se c'è chi dubita (e non a torto) che un delfino, dotato di sensi più che adatti a cogliere ogni variazione dell'ambiente circostante, non possa accorgersi che la marea sta calando, per di più mentre si trova in un luogo semichiuso e dunque potenzialmente pericoloso.
Ci sono anche altre ipotesi. Antony Alpers, il "biografo" di Pelorus Jack, ipotizza che Opo fosse ferita o disorientata e per questo non si sia accorta di essere in trappola. E sostiene che forse qualcuno stava

pescando con gli esplosivi proprio in quella "piscina" naturale fra le rocce, dove Opo stava mangiando.
Secondo Piwai Toi, invece, Opo aveva addirittura volontariamente cercato la morte. La sua voglia di contatto con la gente e la sua predilezione per i bimbi avrebbero, secondo lui, indicato un desiderio forte di maternità. Desiderio che era destinato a rimanere irrealizzato dato che la delfina viveva sola nelle acque dell'Hokianga Harbour.
La notizia della sua morte arrivò presto in paese e provocò una prevedibile ondata di scoramento. La sera, al tramonto, una piccola barca condusse il corpo di Opo sulla spiaggia vicino alla quale aveva sempre giocato. Una piccola folla la attendeva in silenzio. Per qualche ora fu (in maniera di certo un po' macabra) lasciata appesa al ramo di un albero, dove gli abitanti del paesino vennero a darle l'ultimo saluto. Il giorno dopo le fu tributato un grande funerale nella tradizione dei Maori, i quali avevano creduto che Opo fosse la reincarnazione di Kupe, l'antico navigatore che scoprì l'Hokianga. Fu seppellita a fianco della Memorial Hall di Opononi e la sua tomba fu letteralmente ricoperta di fiori.
La mattina dopo la notizia arrivò al resto della nazione e del mondo. E molte lacrime furono versate così come molte lettere giunsero a Opononi, a esprimere solidarietà e compassione. Una arrivò anche dal governatore. La squadra femminile di hockey della città di Whangarey giocò con il lutto al braccio. Più tardi allo scultore Russell Clark fu commissionata la statua che ora ricorda per sempre questa delfina che amava la gente e i bambini. E che da loro era amata.
La storia di Opo è una storia che nessuno a Opononi vuole lasciare andar via. Come la statua che la rappresenta, è scolpita nella roccia dei ricordi delle persone che allora c'erano e di quelle che non c'erano ma continuano a passare per Opononi, fermandosi nei pub per farsela raccontare ancora una volta dopo la visita al piccolo museo presso il centro informazioni di Omapere.
Restano due danze in onore di Opo, di cui una per bambini, così come due canzoni la ricordano: "Opo the friendly dolphin" (Opo il delfino amico) e "Remembering young Opo" (Ricordando la giovane Opo). Restano anche gli articoli di giornale, alcuni filmati e tante tante foto, come la celebre collezione, spesso in esposizione,

di Eric Lee Johnson. Molte delle immagini di quella estate straordinaria sono sue, come suo è lo scatto che ritrae la maestra Goodwin mentre abbraccia la delfina. Per quella, Johnson ottenne dal "New Zealand Herald" la cifra più alta che il giornale avesse mai pagato per una fotografia.
La vicenda di Opo e della gente di Opononi dura meno di un anno, ma la sua storia è ancora più viva che mai.

Canada
Stati Uniti
Johnstone Strait
Vashon Island

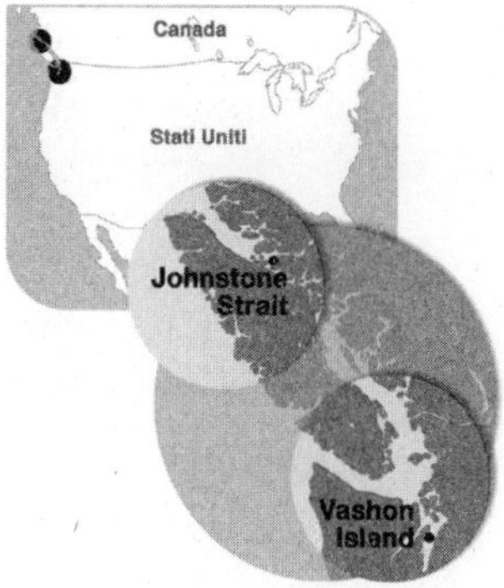

Springer torna a casa

Bellissime e terribili, affascinanti e spaventose. Secondo la classificazione, le orche sono delfini, essendo una delle circa trenta specie della famiglia dei delfinidi. Ma pochi lo penserebbero.
Lunghe fino a 8 metri, almeno i maschi, sono predatori formidabili e mangiano e attaccano veramente di tutto. Potenti, veloci, scaltre e abilissime, hanno una socialità e una intelligenza molto sviluppate. Sono animali straordinari, e sono passate dall'essere l'incarnazione del male (il pesce diavolo, l'orca assassina) a oggetto di passione e amore sfrenato da parte degli uomini. Quelle che seguono sono le storie di due piccole orche smarrite. E degli uomini che, a tutti i costi, vogliono riportarle a casa.

Orche assassine

Nel 1964 nessuna orca era mai stata catturata ed "esposta" in un acquario. Poi venne Moby Doll, che non è la protagonista della nostra storia, ma ci aiuta a comprenderla meglio. La sua vicenda comincia

quando il Vancouver Aquarium decide che, in seguito all'espansione delle sue strutture, vuole esporre una scultura a grandezza naturale di un'orca.
Oggi le orche hanno, nell'immaginario collettivo, un posto d'onore, suscitando soprattutto ammirazione e stupore per le loro dimensioni, la loro vita sociale, le loro tecniche di caccia. Non era così quarant'anni fa. Alle orche si sparava a vista. Erano animali considerati malvagi o aggressivi. I pescatori, se solo ne avevano la possibilità, uccidevano il "black fish", attivo rivale nella cattura degli stessi preziosi salmoni che anche i pescatori cercavano.
Tornando alla scultura, l'allora direttore dell'acquario, Murray Newman, pianificò dunque una spedizione per catturare e uccidere un'orca, in modo da poterla osservare e studiare e averne una riproduzione fedele.
Newman formò una squadra in cui c'erano dei pescatori (uno dei quali aveva esperienza con l'arpione), lo scultore e un manipolo di volontari. Si piazzarono a Saturna Island, sulla costa ovest del Canada, una cinquantina di chilometri a sud di Vancouver, in linea d'aria: un posto dove era sicuro il passaggio delle orche, nel periodo giusto. Arrivarono il 22 maggio e, man mano che il tempo passava, qualcuno se ne andava, rimpiazzato da qualcun altro. Aspettarono fino al 16 luglio e infine le orche arrivarono, l'arpione fu sparato e un'orca fu colpita sul dorso. Ma, per lo stupore di tutti, non morì. Così Newman partì in fretta e furia dal suo ufficio e arrivò lì dove si trovò ad avere a che fare con un'orca viva. E non sapeva che fare. Decisero di portarla "come un cane al guinzaglio" fino a un recinto in mare, nella zona a nord di Vancouver. Dopo un sondaggio pubblico, la chiamarono Moby Doll.
La notizia esplose come una bomba. Non era cosa da tutti i giorni poter vedere da vicino un'orca. Anche gli scienziati arrivarono da tutto il Nord America. Il giorno in cui aprirono i cancelli al pubblico si presentarono 20.000 persone.
Non si sapeva niente di orche, e dunque non si sapeva nemmeno di che sesso fosse quell'esemplare. Quando però una bimba chiese a suo padre "Cos'è quello?", fu chiaro che "quello" era un pene, e che Moby Doll era un maschio.
Per due mesi l'orca non mangiò nulla. Gli diedero carcasse di foche, lingue e grasso di balena, ma niente. Più tardi si scoprì che le orche

della popolazione delle residenti mangiano solo pesce. Poi venne spostata da un'altra parte e sottoposta a cure mediche, ma morì il 9 ottobre, meno di tre mesi dopo la sua cattura.
Prima che morisse, il Marineland del Pacifico aveva offerto 25.000 dollari per avere Moby Doll. Come scriverà Newman, "l'età dell'innocenza era finita". Da allora in poi ogni orca ebbe sulla sua testa una taglia. Iniziò quella che qualcuno chiamò la corsa all'oro, *the gold Rush*.
Nel 1973 una dozzina di acquari avevano orche in cattività, tutte provenienti dalla costa del Pacifico nord-orientale (dallo Stato di Washington e dalla British Columbia, in Canada). Ben 263 orche erano già state catturate, non tutte arrivarono in vasca. Alcune morirono prima, altre vennero tenute in attesa e poi rilasciate. Finalmente qualcuno fra i ricercatori e fra il grande pubblico cominciò ad alzare la testa e quello che vide non gli piacque: d'accordo alcuni esemplari catturati per scopi di ricerca, ma ora tutti questi animali, che andavano a esibirsi negli spettacoli dei grandi acquari arricchendone le casse! Paradossalmente, però, era anche grazie alla possibilità di vedere le orche da vicino che l'idea del pubblico sulle orche stava cambiando. Non più animali malvagi e aggressivi, ma creature quanto meno affascinanti. Gli studi in mare avrebbero fatto il resto.
Seguendo quest'onda che montava, il governo del Canada nel 1970 e quello dello Stato di Washington nel 1971 emanarono delle leggi che punivano ogni disturbo alle orche e introducevano la necessità di un permesso per catturarne una. Ma quanti permessi rilasciare? Insomma, quante orche si potevano catturare senza minacciarne la popolazione? Impossibile dirlo, senza sapere quante ce ne fossero là fuori. Così il governo canadese, insieme ai quattro stati americani che si affacciano sul Pacifico, decisero di intraprendere una ricerca per chiarire questo punto fondamentale. Ne fu incaricato il dr. Mike Bigg. Il progetto prese il via nel 1971 e terminò nel 1976 e cambiò totalmente l'immagine dell'orca. Le scoperte sul comportamento e sull'organizzazione sociale di questo mammifero marino, fino ad allora misconosciuto, fecero breccia nel cuore e nella mente di tantissime persone, e l'orca divenne ben presto un'icona, e dunque quasi intoccabile. Ma Bigg scoprì anche che la popolazione di orche lungo le coste della British Columbia e dello Stato di Washington contava davvero pochi esemplari: fra 200 e 350.

È proprio grazie a questa nuova immagine collettiva che la storia di Springer, l'orca di cui vogliamo raccontare adesso, è andata come è andata. Scrivono Daniel Francis e Gil Hewlett nel loro libro *Operation Orca*, "negli anni '60 a Springer avrebbero semplicemente sparato senza pensarci due volte. Negli anni '70 invece sarebbe stata catturata e avrebbe vissuto il resto dei suoi giorni in un oceanario. Al contrario, divenne l'oggetto dell'attenzione dei media, dei burocrati, della comunità scientifica e del pubblico".
Chi è dunque Springer e dove inizia la sua storia?

Le orche della British Columbia

Le orche del Pacifico nord-orientale rappresentano forse una delle popolazioni di cetacei più studiate e conosciute al mondo. Si è scoperto che esistono tre tipi di orche, in queste acque: le residenti, le transienti e le *off-shore*.
Sempre qui, ancora prima, sono state rivelate le fondamenta della vita di gruppo di questi mammiferi marini. Alla base della vita delle orche, in queste acque, è la famiglia. I gruppi sociali non sono altro che estesi gruppi familiari, detti pod. Il legame madre-figli è fortissimo (spesso respirano persino all'unisono), e non solo quando il figlio è ancora piccolo. In pratica, finché la madre vive, i figli vivono con lei: è la società matriarcale. In tutte le società matriarcali i maschi, quando raggiungono la maturità sessuale, lasciano il gruppo della madre. Non è così per le orche.
Ognuno dei tre tipi di orca del Pacifico nord-orientale ha la propria struttura sociale, la propria dieta e le proprie caratteristiche comportamentali e fisiche.
Le residenti vivono in pod di 10-25 individui, che si muovono lungo la costa in percorsi ben conosciuti. Soprattutto le aree dove passano le estati sono ormai ben definite. Le residenti del nord visitano i passaggi fra il Johnstone Strait e le aree fra la punta nord di Vancouver Island e la terraferma. Ce ne sono circa 215 esemplari. Ci sono poi le residenti del sud, che sono più o meno 85 e vivono all'estremità sud di Vancouver Island e giù fino al Puget Sound, cioè l'insenatura che scende a sud fino a Seattle o oltre. Un terzo gruppo di residenti, circa 350 orche, vivono invece nelle acque dell'Alaska. Praticamente

tutte le residenti sono ormai state identificate fotograficamente dai ricercatori e siglate con un codice (lettera più numero), molte hanno anche dei veri e propri nomi.
Le orche residenti mangiano pesce, salmoni in genere, il che le caratterizza molto dalle transienti che invece si nutrono di mammiferi marini: foche, leoni marini, delfini, balene.
Come si capisce dal nome, queste sono molto più attive delle residenti, muovendosi continuamente in cerca di cibo. In genere formano piccoli gruppetti di sei individui o meno. E non necessariamente restano col gruppo materno per sempre. I gruppi sono meno fissi e dunque più flessibili, per questo non è corretto nominare tali gruppi come pods. Nelle acque della British Columbia ne sono state identificate 220. Tra l'altro, le transienti sono più "silenziose" delle residenti, forse proprio per non spaventare i mammiferi marini di cui si nutrono. Le foche possono distinguere fra i suoni delle residenti e delle transienti, e scappano in preda al panico, se solo sentono queste ultime.
Residenti e transienti, anche se possono incontrarsi in certe aree, non si incrociano tra loro.
Infine, le *off-shore* difficilmente si fanno vedere sotto costa, preferendo abitare le acque sulla scarpata continentale, a una certa distanza. Formano gruppi anche molto grandi e non si mescolano con le altre. Non si sa quante ce ne siano. Fra l'altro sono state riconosciute come tipo a se stante solo alla fine degli anni Ottanta del Novecento.

Un cucciolo troppo solo

Tra la fine dell'autunno 2001 e l'inizio dell'inverno arrivarono alcune segnalazioni a Ken Balcomb, ricercatore dello statunitense Center for Whale Research, che aveva sede sulle San Juan Islands. Si trattava di avvistamenti di un'orca sconosciuta e stranamente solitaria. Il primo di novembre, un operatore di una società di *whale-watching* di Seattle comunicava che lungo il Puget Sound, lo stretto canale naturale che dalla Vancouver Island scende fino a Seattle, aveva appena visto spuntargli davanti una piccola orca, subito scomparsa.
Qualche tempo dopo, sotto Natale, un impiegato del traghetto che faceva la spola da Seattle verso Vashon notò che spesso, al mattino

presto, prima che i traghetti partivano, era facile vedere l'orca, che forse passava in quelle acque la notte, a riposo. Quando il primo traghetto accendeva i motori, se ne andava, ma poi, il giorno dopo, rieccola. L'uomo la chiamava Boo, che stava per Baby Orphaned Orca (piccola orca orfana).
Non molti giorni dopo, il 2 gennaio 2002, all'imboccatura del Puget Sound si spiaggiarono due orche adulte, una femmina e un maschio, probabilmente madre e figlio. Il secondo venne spinto in mare, apparentemente in buona salute, ma l'altra morì poco dopo sulla spiaggia. Nei giorni successivi si moltiplicarono gli avvistamenti di un'orca, sempre sola, nel Sound, nel canale. Era lo stesso animale avvistato in autunno o un cucciolo che accompagnava le due orche spiaggiate, ritrovatosi solo dopo la disavventura delle altre?
Finalmente il 12 gennaio una chiamata giunse a Mark Sears. Un esperto *whale-watcher*, che lavorava anche per la Seattle Parks and Recreation, segnalava che c'era una giovane orca lungo il Puget Sound, all'estremità nord-orientale della Vashon Island. L'uomo si recò sul posto e l'orca ben presto si fece vedere. Così telefonò a Ken Balcomb il quale volò a Seattle, i due si incontrarono e insieme andarono a cercare il solitario mammifero. L'animale, che poteva avere circa due anni e mezzo, sembrava in buona salute.
Chi era quell'orca solitaria dispersa in quelle acque? Che fosse la stessa piccola orca che l'estate precedente era apparsa più a nord, nel Nootka Sound, una profonda insenatura, quasi una ferita, sulla costa occidentale di Vancouver Island? Le possibilità che ci fossero due piccole orche contemporaneamente disperse erano minime, eppure era così. Il 7 febbraio l'altra orca venne infatti avvistata ancora nel Nootka: era Luna, ed era un'altra storia.

A73: Springer

Chi era allora il piccolo che vagava nel Puget Sound, anche lui solo? Tutte le orche residenti erano ormai state identificate e nominate. Le orche possono essere distinte le une dalle altre utilizzando alcuni parametri fisici molto ben visibili. Uno di questi è la forma della macchia biancastra che ne attraversa il dorso, dietro alla pinna dorsale, detta "sella". Altri caratteri sono proprio legati alla pinna dorsale e alle tacche e ai segni che con il tempo si accumulano su di essa. Ogni animale quindi era stato individuato e distinto con una sigla: una lettera (che indica il pod) seguita da un numero. A questo codice, per semplicità o forse per una forma di empatia verso gli animali studiati, di solito si aggiungeva un nome vero e proprio, in genere legato a una caratteristica fisica o comportamentale dell'animale.

Dall'esame delle foto la baby orca venne dapprima riconosciuta come una del pod G. Ma i ricercatori si sbagliavano. Altri studiosi infatti registrarono e analizzarono i suoni della piccola e da questi la riconobbero come appartenente al pod A, quello delle residenti del nord. Le registrazioni arrivarono infine all'esperta Helena Symonds e al suo orecchio allenatissimo ai vocalizzi emessi dalle orche. Helena riconobbe un suono che aveva già sentito molti anni prima, tipico di una giovane femmina, la A45 di nome Sutlej. Quel particolare suono, essendo emesso da un giovane, doveva allora essere prodotto da A73, il figlio di Sutlej, che da lei lo aveva appreso.

Il confronto con l'archivio fotografico avvalorò quanto scoperto da Helena: il cucciolo disperso era Springer, la giovane femmina siglata A73. Più tardi un test del DNA confermò la scoperta.

Che ci faceva però così a sud un'orca che apparteneva alle residenti del nord? Sapendo ora chi fosse quell'esemplare, e studiando i vecchi avvistamenti in archivio, ecco come venne ricostruita la vicenda.

Il primo avvistamento di Springer risale al giugno del 2000, l'anno in cui era nata, mentre nuotava con la mamma e il suo gruppo al nord della costa della British Columbia; venne rivista più tardi, quell'estate, al largo dell'estremità settentrionale della Vancouver Island. La madre poi deve essere morta per una malattia o qualcosa del genere. La piccola allora ha cominciato a vagare da un pod all'altro, a volte accettata, a volte no, e questo spiega come mai sia stata vista l'estate successiva in compagnia di G50, una vecchia femmina. A settembre il pod G fu avvistato molto a sud, nei pressi dello stretto di Juan de Fuca, che conduce a est verso il Puget Sound. Con l'arrivo dell'inverno le orche del G sono ripartite e forse Springer è stata cacciata, o è semplicemente rimasta indietro, vagando senza meta fino a infilarsi nel Puget Sound. Nessuno sa come siano andate veramente le cose, ma la ricostruzione è senz'altro plausibile.

Springer sta male

Mark Sears, il *whale-watcher*, dopo la sua prima visita a Springer in compagnia di Balcomb, tornò spesso a vedere la piccola orca. Ne controllava i tempi di respirazione e la durata delle apnee. La vedeva cacciare i pesci senza poter stabilire se riuscisse a nutrirsene. E la osservava anche sfregarsi a tronchi o grossi rami galleggianti, una pratica pericolosa, perché avrebbe potuto ben presto cominciare a farlo anche con altri grossi oggetti, in particolare gli scafi delle barche.
Il 5 febbraio una delegazione del Vancouver Aquarium, il cui staff aveva partecipato all'operazione sulle due orche spiaggiate il 2 gennaio, volò a Seattle per vedere Springer. I tre uomini vennero condotti sul posto su una barca malridotta del National Marine Mammal Lab di Seattle; le condizioni meteo erano inclementi e il video che ne ottennero, seppure rivisto con comodità più tardi, non diede loro grandi indicazioni.
Ritornarono una settimana dopo; questa volta la videro bene e vi si avvicinarono. La piccola orca aveva la pelle piena di lesioni, ed era in uno stato di denutrizione e di letargia. E, soprattutto, il suo fiato puzzava fortemente di acetone. Questo indicava una condizione chiamata "chetosi": l'animale stava metabolizzando le sue stesse riserve di grasso. Insomma, era alla fame. Inoltre, come già osservato, si sfregava insistentemente contro gli oggetti, un comportamento che venne interpretato come la manifestazione della mancanza dei suoi simili e in particolare della madre. Più tardi fu chiamata sul posto una biochimica, Bets Rasmussen, con uno strumento che serve a raccogliere l'aria che esce dallo sfiatatoio di un cetaceo. Era la prima volta che lo usavano in mare e ci sarebbero volute ore prima che Springer fosse abbastanza vicina da avere un campione significativo. Le analisi confermarono il disordine metabolico nell'organismo della piccola orca, per quanto l'origine rimanesse sconosciuta.
Dalle osservazioni di quei giorni un'altra cosa fu chiara: Springer viveva all'interno di una zona ristretta, una specie di gabbia dalle pareti immaginarie. Questo "imaginary box", come venne definito, copriva un'area di un chilometro e mezzo, da Voshon Island a Fauntleroy, sotto Seattle. Un tratto di mare povero di pesce e invece frequentatissimo da imbarcazioni di ogni tipo. Una combinazione che lasciava davvero poche speranze all'orca.

Lo staff del Vancouver Aquarium non aveva dubbi: bisognava agire. Il giorno dopo la loro visita spedirono una lettera al National Marine Fisheries Service (NMFS), l'ente governativo statunitense che si occupa della protezione e della gestione delle risorse e degli habitat marini. Ma l'orca era, in qualche modo, canadese e non si sarebbe potuto agire senza fare pressione anche sul governo del Canada. La lettera esprimeva grave preoccupazione per il futuro di Springer ed era corredata di un piano per catturare la piccola e portarla in un recinto a mare, dove poterla meglio esaminare ed eventualmente curare.
Il NMFS, che era già a conoscenza della presenza dell'orca solitaria, era dell'idea di lasciare che la natura facesse il suo corso. Ma la lettera li spinse a rivedere la loro posizione e una commissione di esperti si riunì il 22 febbraio 2001. Erano tutti d'accordo sul fatto che le condizioni dell'orca erano gravi e che l'idea di nutrirla lì sul posto l'avrebbe resa ancora più dipendente da quella piccola area di mare. Ognuno di loro, dentro di sé, non avrebbe scommesso un centesimo che il piano di riabilitazione proposto dal Vancouver Aquarium avrebbe funzionato, ma deliberarono che sì, un tentativo andava fatto.
Un meccanismo si era messo in moto. Avrebbe dovuto procedere con tutta l'urgenza del caso, ma la lentezza burocratica non è un luogo comune, nemmeno negli States. Il 2 marzo un dirigente del NMFS dichiarò al "Vancouver Sun" che qualcosa andava fatto e si sarebbe fatto "da lì a una settimana". Passeranno tre mesi. Ma l'attenzione dei media cominciava a puntare finalmente sull'orca e, come sempre succede, è qui che Springer inizia a diventare "un caso".
Sempre più barche uscivano in zona a cercare la piccola orca, e la gente sui traghetti affollava i ponti per poterla vedere. Spriger, dal canto suo, sembrava particolarmente interessata e legata a un traghetto in particolare, l'Evergreen State. Il personale di bordo la sentiva di notte muoversi e respirare intorno alla nave, in porto. C'era poi una ragazza, Kim Shride, che sembrava aver sviluppato un rapporto particolare con il cetaceo: era convinta che Springer la riconosceva e faceva dei giochetti per lei. Il legame dell'orca con l'Evergreen State divenne talmente stretto che più di una volta il comandante dovette rallentare i motori o cambiare direzione per non rischiare di investirla. Alla fine lo stesso capitano propose al NMFS di usare il suo traghetto per attirare l'orca fuori dal Puget Sound e condurla a nord. La proposta fu rifiutata.

Il NMFS si trovò a fronteggiare l'interesse esploso nella gente per Springer e convocò un'assemblea pubblica, il 4 marzo. La sala era piena e le opinioni divise in due fazioni. Chi diceva che la natura doveva fare il suo corso, chi invece era per intervenire, vedendo come unica alternativa la morte dell'animale. Tutti però concordavano nel guardare con diffidenza il coinvolgimento del Vancouver Aquarium. Il sospetto che si prospettasse un futuro in cattività per Spriger era fortissimo e la parola d'ordine sembrava essere "better dead than fed" (meglio morto che nutrito), intendendo "meglio che muoia libera in mare, piuttosto che vivere nutrita e servita, ma in vasca".
Un secondo incontro pubblico si tenne a metà aprile, questa volta a Voshon Island. Un veterinario del Vancouver Aquarium era lì come osservatore e notò quella che poi definì come una vera "paranoia" da parte della gente verso di loro. Nessuno credeva alle loro intenzioni. E il NMFS sentiva che non poteva ignorare questo sentimento crescente e diffuso.
Vitale era allora l'intervento scritto e letto in quell'occasione da Paul Spong, noto ricercatore conosciuto per le sue posizioni fortemente contrarie alla cattività. Sosteneva, in poche parole, che Springer non poteva restare lì. Se anche non fosse finita ferita o uccisa da una barca, sarebbe facilmente diventata una specie di fenomeno da baraccone, un giocattolone per chiunque avesse voluto raggiungerla e vivere l'esperienza di interagire con un'orca. Bisognava fare almeno un tentativo di portarla via da là e provare a riunirla con il suo gruppo familiare.
Il caso Springer, ormai di pubblico dominio e alimentato da giornali e televisioni, divenne oggetto di discussione e di intervento anche di associazioni non governative e ambientaliste. People for Puget Sound, Orca Conservancy, American Cetacean Society fra le altre non fecero mancare la loro voce e il loro parere (non sempre richiesto) sulla questione. Ma la più attiva sul posto era la piccola Project Sea Wolf (Progetto Lupo di Mare). Era capitanata dai "due Bob", Bob McLaughlin e Bob Wood, attivisti che avevano girato filmati e documentari contro la baleneria o comunque con mammiferi marini come soggetto.
I due cominciarono ben presto, con insistenza, a uscire sulla Shelmar, la loro barca, per tenere sotto controllo Springer. A ragione o a torto pensavano che nessuno si sarebbe preso cura della piccola orca, così si autonominarono suoi guardiani. Persino troppo. Secondo gli scienziati l'assidua vicinanza della barca nei pressi di Springer non

faceva che aumentarne l'abitudine all'uomo e ai suoi mezzi. La Shelmar divenne una presenza così costante che le persone in cerca di Springer bastava trovassero la barca: lì ci sarebbe stata anche l'orca. In effetti molte delle informazioni raccolte su Springer vennero dai due Bob, i quali aprirono anche un canale di informazione privilegiato con la stampa. Raccontarono e filmarono le interazioni con le barche (un giorno ripresero perfino una barca che gettava patatine fritte all'animale) e furono loro a ipotizzare che Springer non lasciava mai una particolare area (l'imaginary box).
Una buona parte della pressione che il NMFS sentiva addosso veniva dalla loro azione di foraggiamento dei media, attraverso i quali i due Bob si lamentavano e chiedevano a gran voce che qualcuno facesse qualcosa. Dal canto suo il NMFS sebbene potesse disporre di informazioni di prima mano proprio grazie al lavoro del Project Sea Wolf, non gradiva la loro continua presenza, né poteva mostrare una preferenza verso un'associazione piuttosto che un'altra. Ma chi è causa del suo mal, pianga se stesso, come recita il vecchio proverbio: più a livello governativo si rimandava ogni decisione, più la situazione si complicava e la tensione cresceva.

Abbiamo un piano

I primi di marzo un portavoce del NMFS se ne uscì con una dichiarazione, ripresa da un quotidiano, non proprio felice: "Il NMFS non se ne starà fermo a lasciar morire quell'orca. Che cosa faremo, è la grande questione". Appunto.
Che cosa fare non era invece in questione per lo staff del Vancouver Aquarium, che preparava il suo piano per catturare Springer, portarla in un recinto in mare, in Canada, riabilitarla e poi lasciarla libera. Facile a dirsi. Bisognava predisporre tutta la logistica per trasportare un animale, vivo, di quelle dimensioni, ottenere un recinto da posare in acqua, procurare cibo e assicurare il monitoraggio della sua salute, fino alla sicurezza che si potesse tentare il congiungimento con il suo pod di origine. Un'impresa titanica. E costosa.
L'acquario aveva appena subito la morte prematura della sua ultima orca, Bjossa, e il pubblico era in forte calo, anche in seguito alla tragedia dell'11 settembre. A posteriori, i responsabili della struttura

ammetteranno che “in quel momento, dal punto di vista finanziario, il coinvolgimento nella faccenda di Springer era l’ultima cosa che volevamo”. La loro preoccupazione era aumentata dal fatto di vedere impegnata buona parte del proprio staff in una operazione che non era nella ruotine giornaliera dell’acquario. E poi, cosa sarebbe successo se l’operazione fosse fallita? Era lecito spendere soldi e tempo per qualcosa che poteva rivelarsi un pericoloso boomerang a livello di immagine?

Di questo si discusse in una riunione dello staff dirigenziale dell’acquario, a metà marzo 2002. Questo meeting fu cruciale per il futuro di tutta l’operazione Springer. Ai dubbi della maggior parte dei membri dirigenti rispose Janet Landucci, una ex biologa poi diventata consulente di management per il governo, prima di entrare nel consiglio di amministrazione dell’acquario. Sì, disse Janet, Springer può peggiorare e morire proprio mentre è nelle nostre mani, e alla fine noi saremo i cattivi o gli incapaci. Ma il nostro staff sa il fatto suo e questo già riduce il rischio. Potremmo diventare i protagonisti positivi di una storia straordinaria, di un’operazione mai tentata prima. Il discorso funzionò: i recalcitranti ammisero che valeva la pena rifletterci su, gli scettici cominciarono a vedere un invitante spiraglio.

Così, il Vancouver Aquarium era pronto all’azione. Ma il NMFS no. A fine marzo Springer sembrava stare tutto sommato non troppo male, o perlomeno non peggiorava, e dunque la politica dell’ente governativo americano restava quella del non intervento. Oltre alla proposta del Vancouver Aquarium erano arrivati anche piani di cattura, sempre a scopo di rilascio, dal SeaWorld di San Diego e dall’Oregon Coast Aquarium, quello di Keiko/Free Willy. La gente era sempre più sospettosa e temeva che alla fine l’orca finisse in vasca. Meglio starsene tranquilli e monitorare semplicemente la salute dell’animale.

Ma non c’è tranquillità in questa vicenda ed è proprio la salute di Springer che dà una nuova spinta all’azione. L’alito di Springer sa ancora fortemente di metallo. Segno che la chetosi è ancora presente, dunque l’orca non mangia abbastanza. È stata vista più volte catturare del pesce, ma ci gioca solo, oppure lo mangia? È comunque sufficiente? Pare di no visto che sta ancora bruciando le riserve di grasso e proteine. La chetosi o è un segno di privazione di cibo o di un disturbo metabolico; in ogni caso, Springer sta male.

Paradossalmente l'ipotesi che la chetosi di Springer dipendesse da un disturbo del metabolismo, che fosse quindi una patologia e non una conseguenza della sua incapacità di nutrirsi, sarebbe stata ben presto smentita dalle analisi del sangue. Ma fu quel sospetto che accese la scintilla affinché la macchina dell'operazione Springer potesse avviarsi.

Infatti, il Vancouver Aquarium, che già scalpitava per l'immobilità del governo americano, reagì alla possibilità che Springer fosse di fatto ammalata, dando delle precise scadenze.

Se l'orca doveva tornare alla sua famiglia, allora doveva trovarsi nella Johnstone Strait prima della fine dell'estate, perché in quel momento le altre orche sarebbero state là. Prima di allora bisognava catturarla, trasferirla, monitorarla e poi rilasciarla. E ammesso che riuscisse a tornare al suo pod, era necessario seguirla per un po' di tempo, per assicurarsi che tutto andasse bene, ma prima dell'autunno, quando le orche avrebbero lasciato quell'area. E prima di ogni altra cosa, l'acquario doveva lanciare le sue iniziative di raccolta fondi e racimolare il necessario per coprire l'operazione. Il tempo stringeva. Era giunto il momento di darsi le scadenze, e di darle anche al NMFS.

Il 10 maggio dall'acquario avvisarono che il piano doveva essere approvato entro 5 giorni e Springer catturata entro il 21 dello stesso mese, altrimenti il NMFS avrebbe perso il suo principale partner dell'operazione. Pochi giorni dopo dichiararono: "Ci dispiace vedere Springer condannata a morte dalla lentezza burocratica e dall'indecisione".

La pressione sul NMFS aumentava, a metterci altro carico ci pensò il 16 maggio la senatrice della Stato di Washington, Maria Cantwell, che scrisse all'ente sollecitando una decisione. Tre giorni dopo, il 19 maggio, il NMFS riunì il suo gruppo di esperti che confermarono che l'orca andava catturata secondo il piano del Vancouver Aquarium.

Nell'area di mare dove Springer viveva e apparentemente soffriva, nonostante i numerosi cartelli che sollecitavano le barche a stare lontano da lei e a lasciarla in pace, l'estate stava arrivando e il traffico navale di conseguenza aumentava. Il 24 maggio, già oltre la scadenza posta dal Vancouver Aquarium, il NMFS organizzò finalmente una conferenza stampa per dichiarare che Springer sarebbe stata catturata per tentare la reintroduzione nel suo pod di origine. Tutta l'operazione sarebbe stata condotta dal Vancouver Aquarium. Il quale però non era presente alla conferenza: il NMFS si era ricordato di comunicare loro la notizia solo un'ora prima...

L'ora della cattura

Ignara della decisione finalmente presa sul suo futuro, nelle fredde acque del Puget Sound, Springer si muoveva all'interno del suo imaginary box, mentre la sua salute peggiorava lentamente ma costantemente e i suoi comportamenti si allontanavano dalla normalità. Trascorreva la maggior parte del suo tempo a giocare con un contorto bastone, che era ormai diventato il suo ossessivo passatempo principale.

Lo stesso bastone che, ai primi di giugno, il team che doveva occuparsi della cattura dell'orca utilizzerà per attirare Springer nei pressi della barca.

Erano cominciati i contatti diretti con l'orca e l'intento era quello di farla abituare dolcemente alla presenza dell'uomo molto vicino a lei. Il bastone, legato alla barca tramite una corda, permetteva agli uomini di avere Springer alla giusta distanza, abbastanza distaccata perché non rischiasse di essere colpita dalla stessa, ma vicina quanto bastava perché potessero, un po' alla volta, arrivare a toccarla. Ben presto i fugaci tocchi delle mani si trasformarono in carezze e grattate più convinte. In questo modo fu possibile prelevare campioni di sangue, fondamentali per stabilire lo stato di salute dell'animale.

A quel punto le cose si muovevano con decisione, e il 12 giugno il team guidato da Jeff Foster, lo stesso che si era occupato del trasporto di Keiko dall'Oregon all'Islanda, era pronto per la prova generale. Si sperimentò uno dei tre metodi possibili per catturarla. Uno di questi, la cattura con una rete, non fu mai né provato, né poi utilizzato.

Quel giorno provarono invece ad attirare Springer dentro un recinto galleggiante. La prova funzionò e Springer seguì docilmente gli uomini dentro il recinto. Tuttavia non sarebbe stata questa la tecnica messa in atto il giorno dopo, per il timore che le maree e le correnti potessero danneggiare il recinto e complicare le cose.

Intanto, una suggestiva e triste cerimonia veniva messa in atto a bordo del traghetto Evergreen State. La compagnia proprietaria

dell'imbarcazione aveva accettato la proposta di accogliere a bordo una delegazione di una tribù di nativi della zona, i Kuteeya Tlingit. Esistono molte tribù di nativi dell'area della British Columbia e dello Stato di Washington.
Molte di queste popolazioni hanno un rapporto antichissimo e particolare con le orche, molto spesso rappresentate come creature mistiche o incarnazioni di capi tribù morti. Il gruppo di nativi, tutti nei coloratissimi costumi caratteristici, inscenarono una danza di addio, che commosse molti degli spettatori, fra i quali non pochi impiegati dei traghetti che avevano condiviso per mesi i loro viaggi con l'orca, che ora vedevano partire. Non erano in pochi a pensare che l'operazione sarebbe stata un fallimento e che avrebbe portato alla morte della piccola orca.
Il giorno dopo la cattura fu portata a termine, come detto né con il recinto, né con le reti. Si optò invece per la terza possibilità, quasi brutale nella sua semplicità: legare una soffice corda attorno alla coda del cetaceo. L'operazione richiese in realtà molto tempo. Un gran numero di sub scesero in acqua con Springer per abituarla alla loro presenza, al tocco delle loro mani e della corda.
La tensione era massima. Ben quattro elicotteri ripresero tutto quanto, e ogni fase avvenne sotto gli occhi dei media e dei 5 milioni di persone che si collegarono in diretta, davanti alla tv. Molte volte la corda con il laccio pronto a stringersi sulla coda dell'orca fu calata in acqua, e altrettante fu ritirata con un nulla di fatto. Finché improvvisamente fu la volta buona e l'orca fu bloccata.
Docilmente e senza che si agitasse troppo, Springer venne poi condotta all'interno di un'imbracatura predisposta e con questa sollevata da una gru, messa a disposizione da un allevamento ittico della zona. Springer fu deposta su un letto di gommapiuma all'interno di un barcone dal fondo piatto, e mentre veniva continuamente spruzzata di acqua fredda, fu trasportata lentamente verso Manchester, Stato di Washington, dove venne di nuovo adagiata in acqua, questa volta dentro al recinto che l'aspettava.
Un'operazione perfetta, come fu riassunto efficacemente in un articolo del "Seattle Times", che commentava: "Tutto si è svolto come se l'orca sapesse cosa fare".

Nel recinto

Il recinto galleggiante, fatto essenzialmente di reti tenute distese verso il fondo da pesi, doveva essere, nei piani, la sistemazione di Springer per le successive due settimane, il tempo di praticarle tutti i test medici necessari, e poi trasportarla di nuovo, se tutto fosse andato bene, molto più a nord, nel Johnstone Strait, a casa insomma. In realtà Springer sarebbe rimasta lì per un mese quasi esatto, fino al 12 luglio.

Le reti che formavano il recinto erano sostenute da grossi galleggianti, sui quali correvano anche le passerelle utilizzate dal personale che avrebbe lavorato con Springer nel recinto. Personale che per la prima volta ebbe l'occasione di misurare Springer, che risultò essere 3,3 metri per 563 chilogrammi di peso.

Dal momento che i cetacei non bevono direttamente acqua salata, ma prendono i loro liquidi corporei dal cibo, Springer, essendo denutrita, era anche molto disidratata. Già sulla chiatta le furono dunque somministrate abbondanti dosi di liquidi. Questo migliorò in fretta quanto meno la vivacità e l'appetito dell'orca.

A fianco del recinto principale, ce n'era un altro, più piccolo, che conteneva un allevamento in miniatura di salmoni atlantici. I pasti di Springer. Questi venivano prelevati a orari casuali – in natura non si mangia a orari prestabiliti – e fatti scivolare all'interno di un tubo la cui estremità finiva nel recinto di Springer. L'altro capo del tubo, dove lo staff inseriva appunto il pesce, non era visibile a Springer. In questo modo non poteva associare la presenza di cibo a quella dell'uomo. Nelle settimane dentro al recinto, Springer avrebbe divorato circa 25 chilogrammi al giorno di salmoni atlantici.

Cinque telecamere monitoravano ogni istante della vita dell'orca nell'area recintata: una sospesa sopra la superficie dell'acqua, le altre sotto. Occhi umani seguivano costantemente la piccola orca, cercando di non farsi vedere, o di farlo il meno possibile. Altri occhi, le guardie della sicurezza, sorvegliavano il recinto per paura che gli animalisti tentassero un blitz per liberare la "prigioniera".

Springer, dal canto suo, non sembrava mostrare particolari segni di sofferenza per la libertà momentaneamente perduta, e non abbandonava il vizio di strusciarsi contro gli oggetti. Le vennero forniti così pezzi di legno, lunghe foglie di *kelp* o pezzi di altri oggetti naturali.

Il suo passatempo preferito divenne ben presto qualcosa di molto meno naturale. Qualcuno le comprò un coprisedile da auto, di quelli che spesso usano i tassisti, tutti fatti a palline. Un altro strumento molto gradito era un tubo di gomma con un regolatore di flusso in fondo, di quelli usati per innaffiare i giardini. Si poteva spruzzare l'acqua in diversi modi e la piccola sembrava gradire il gioco nelle sue varianti.

Questo tipo di stimolazioni che venivano fornite all'orca nel recinto facevano parte di una tecnica ormai diffusissima nelle vasche di cattività in tutto il mondo, che viene definita *enrichment* (arricchimento). Come sta a indicare il termine, si tratta cioè di rendere più varia e interessante la vita dell'animale in ambienti così strettamente confinati, utilizzando oggetti e strumenti diversi, ma anche sfruttando nuove forme della vasca stessa (le vecchie vasche circolari dei delfinari sono quanto di peggio si possa immaginare, per esempio, sempre uguali a se stesse) o ancora con giochi e situazioni che seguano schemi non ripetitivi.

Nel recinto di Springer tutto ciò era possibile solo in parte. Inoltre ci si muoveva costantemente su un filo sottile: da una parte interessare e stimolare la piccola, dall'altra non rendere quel recinto un luogo troppo piacevole. Springer avrebbe dovuto abbandonarlo senza rimpianti o ripensamenti, al momento dovuto.

Contribuivano a rendere meno piacevole il soggiorno di Springer i continui esami medici. Il fondo della rete veniva sollevato fino a lasciare poca acqua e poco spazio all'orca. Poi cinque o sei persone scivolavano dentro e quando necessario imbragavano l'orca. Springer non mostrò mai particolare insofferenza per queste routine. L'esame di questi campioni, di sangue soprattutto, ma non solo, era fondamentale per stabilire lo stato di salute di Springer e per assicurarsi che né lei, né le orche che avrebbe eventualmente incontrato, fossero a rischio.

Queste analisi richiesero un mese e furono anche oggetto di contenzioso fra americani e canadesi. Questi ultimi furono oltremodo scrupolosi nelle procedure, e non a torto, visto che qualunque malattia Springer avesse potuto introdurre nell'ambiente naturale, lo avrebbe fatto nelle acque canadesi.

Gli americani, d'altro canto, facevano presente in maniera pressante che meno tempo l'orca sarebbe rimasta nel recinto, più facile sareb-

be stata la sua reintroduzione in mare aperto. Ma la questione fra americani e canadesi si sarebbe ben presto risolta. Le acque natali di Springer erano canadesi, e là sarebbe tornata.
Dunque ora era il canadese Department of Fisheries and Oceans (DFO) che, con la collaborazione del Vancouver Aquarium, avrebbe preso in mano la questione. Infatti, mentre proseguivano i test nel recinto, i due enti erano alla ricerca del posto ideale, per la seconda tappa del viaggio della piccola orca. Sarebbe stato il luogo dove Springer avrebbe atteso il definitivo ritorno alla libertà, con l'auspicabile ricongiungimento con il suo gruppo. Questa volta sarebbe stato molto più a nord, nello Johnstone Strait, all'estremità settentrionale della stretta insenatura che stacca Vancouver Island dalla terraferma.
Quello che gli esperti cercavano era una piccola baia, vicina a un centro abitato, tanto da avere un facile accesso al mare, ma appartata quanto basta da essere poco o per nulla frequentata da imbarcazioni di diportisti e curiosi. Avrebbe dovuto permettere, come dimensioni, il posizionamento del recinto e della gru necessaria agli spostamenti del grande mammifero. Ancora più importante, doveva essere vicino all'area di passaggio del pod A4, quello di Springer, in modo che in estate le orche, quella nel recinto e le altre fuori, potessero sentirsi e magari scambiarsi comunicazioni.

Il secondo recinto

Il posto c'era già. Su una delle isole nello Johnstone Strait, Hanson Island, si trova l'OrcaLab un centro di ricerca sulle orche marine. L'OrcaLab da anni spingeva sul SeaWorld di San Diego affinché rilasciasse in mare Corky, una vecchia orca in vasca ormai dal 1969. Era già stata identificata l'area per il primo contatto con il mare, in un primo momento dentro a un recinto, come per Springer. Questa area ideale era la Dong Chong Bay, una piccola insenatura sulla costa nord dell'isola, a due passi dall'OrcaLab. Gli esperti del Vancouver Aquarium andarono a dare un'occhiata ed ebbero poche esitazioni: era il posto giusto.
Mentre Springer viveva gli ultimi giorni nella tranquillità del suo "ritiro" al sud, mangiando, nuotando e costantemente migliorando in

salute, quegli stessi giorni vedevano un delirio di attività e frenesia, su al nord. Alla prima idea di chiudere direttamente la baia con una rete fu sostituito il progetto di collocare invece due recinti nella baia, uno per Springer e uno per i salmoni vivi che l'avrebbero alimentata, forniti da una grossa compagnia locale. Altre società private si lasciarono coinvolgere nell'operazione, mettendo a disposizione fra l'altro i due recinti e una potente gru.

Mancava ancora una barca di appoggio per le operazioni. Un professore di religione in pensione e una sua amica americana offrirono il loro yacht di 16,5 metri, lo Shadow. L'ultimo tassello fu la sistemazione degli alloggi del team che avrebbe seguito l'orca nel recinto nella Dong Chong Bay. Il problema fu risolto da una grossa compagnia di pesca canadese che donò una enorme chiatta che serviva come fabbrica di ghiaccio, per le imbarcazioni da pesca. Un mostro meccanico, che però servì bene lo scopo, anche se dovette essere ancorato a 3 chilometri di distanza dal recinto, in quanto esageratamente rumoroso.

Nel Puget Sound intanto, tutti i test medici erano positivi, così finalmente la DFO diede l'ok. Springer sarebbe stata trasferita il 12 luglio. Come?

L'idea del trasporto aereo fu ben presto scartata, in quanto troppo costosa. Fu invece ben accolta la proposta della Guardia Costiera canadese, di utilizzare un loro potentissimo hovercraft. Un gioiellino di 27 metri e per di più molto veloce. Peccato che ben presto la stessa Guardia Costiera, rendendosi conto di non avere un mezzo valido per sostituire l'hovercraft durante la sua assenza, ritirò l'offerta. Ed è qui che tornarono di nuovo in gioco i "due Bob" del Sea Wolf Project. I quali, sebbene si fossero visti rifiutare le loro proposte di aiuto al National Marine Fisheries Service, e fossero pure stati "cacciati" dal recinto di Springer, non si persero d'animo.

Contattando una ditta che produceva imbarcazioni in acciaio e alluminio, rimediarono e misero a disposizione un catamarano. Costruito per funzionare da traghetto fra Los Angeles e l'isola di Catalino, l'imbarcazione era un gigante di 44 metri di lunghezza per 12 di larghezza, che poteva trasportare fino a 500 passeggeri. In effetti fu necessario rimuovere molti seggiolini per far posto a un "passeggero" così speciale. Fu così che il Catalina Jet divenne ufficialmente la nave di Springer.

Giunti al fatidico giorno, si trattava di partire con il catamarano, che era ormeggiato all'isola di Whidbey, e andare a prendere l'orca. Ma il personale del Vancouver Aquarium e degli enti governativi che avrebbero accompagnato Springer lungo il viaggio, si trovarono il catamarano pieno di gente. Forse duecento persone erano già a bordo, festose ed equipaggiate con birre e frigo portatili per godersi il viaggio. A nulla valsero le proteste del personale "ufficiale". Tutti erano stati invitati da Matt Nichols, il padrone dell'imbarcazione, che non volle sentire ragioni: o si partiva con tutti gli ospiti o non si partiva affatto.

E così il catamarano lasciò l'isola con il suo carico di gitanti. Per fermarsi però poco dopo: qualcosa non andava, il mezzo non riusciva a prendere velocità. Il problema fu ben presto individuato, i denti di cane (piccoli crostacei incrostanti meglio noti come balani) avevano ricoperto le parti sommerse della barca nei precedenti sei mesi di inattività. Erano stati rimossi dallo scafo ma non dagli ugelli dei motori. L'intervento fu infine effettuato, ma per lo sconforto della folla di giornalisti e telecamere che aspettavano, l'operazione fu rimandata al giorno dopo.

Il 13 luglio finalmente tutto era pronto. Nel frattempo, Nichols si era convinto che non sarebbe stato molto serio fare arrivare il catamarano davanti agli occhi dei giornalisti carico di gente, neanche fosse un party acquatico. Così, con i due terzi di passeggeri in meno, e un aspetto forse più professionale, l'imbarcazione prese il largo all'alba di quel sabato. E questa volta andò tutto incredibilmente liscio, Springer fu sollevata dall'acqua e caricata sul catamarano. Alle 7,30 del mattino l'imbarcazione stava già lasciando la baia che per un mese era stata la casa della piccola orca, diretta a nord.

Mentre il catamarano scivolava veloce con il suo prezioso carico, nella Dong Chong Bay si preparava per Springer un caldo bentornato a casa. La voce dell'arrivo dell'orca, quel pomeriggio del 13 luglio 2002, era già corsa in lungo e in largo, e soprattutto era giunta alle orecchie delle popolazioni dei nativi, in particolare della tribù dei Kwakwaka'wakw.

Queste genti avevano da sempre conosciuto e condiviso i loro territori con le orche, conoscendo le loro abitudini e tributando a questi animali grande rispetto e devozione. Le orche per loro sono i Primi Antenati, creature mitiche che uscirono dall'acqua e assunsero

sembianze umane per dare origine alle tribù dei nativi. L'arrivo di Springer sarebbe stata una festa e un'occasione per omaggiare una creatura leggendaria. Le acque della baia si riempirono di canoe e le coste furono ben presto gremite di gente, festosa e lieta per il ritorno a casa dell'orca. Alcune boe delimitavano l'area per gli addetti ai lavori, ma fuori di queste la festa si stava preparando. Sembrava quasi fossero in attesa di una processione.
L'impressione era la stessa anche per chi stava navigando con Springer. Mentre la protagonista inconsapevole di tutto ciò veniva amorevolmente accudita sul catamarano – grattata da mani amiche e continuamente bagnata con l'acqua del mare, che diventava via via più fredda spostandosi verso nord – attorno all'imbarcazione era un folle carosello. Tre elicotteri carichi di giornalisti seguivano il viaggio, mentre attorno al catamarano navigavano a mo' di scorta non poche barche, tra cui quelle dei governativi americani (NMFS) e canadesi (DFO).
Finalmente nel pomeriggio la carovana di barche entrò nella Dong Chong Bay, dove, senza intoppi, una gru sollevò ancora una volta Springer, per posarla delicatamente dentro al nuovo recinto. Una canoa condusse un capo tribù dei nativi ai bordi del recinto dove in inglese e poi nella lingua locale diede il benvenuto a Springer e cantò una canzone per chiedere al Creatore di prendersi cura di lei.

A casa

Mentre il sole calava e la folla si disperdeva, Springer, che non mostrava minimamente di avere sofferto per lo stress del viaggio, prendeva confidenza con il nuovo, si sperava temporaneo, ambiente. Osservava con la testa fuori dall'acqua i dintorni, nuotava veloce lungo il perimetro, cacciava i salmoni che le erano stati gettati, saltava, sbatteva e faceva tutto quanto ci si aspetti possa fare un'orca inserita in un nuovo ambiente. E ovviamente vocalizzava. Il che era un bene perché era lì proprio per quello.
Quello che ci aspettava era che un gruppo di orche passasse e la sentisse, e lei sentisse loro. Magari non un gruppo qualunque, ma il suo pod. Il gruppo familiare di Springer non era lontano da lì. Era condotto da Kelsey, una vecchia femmina nata nel 1967, nonna di Springer, nome in codice A24. Kelsey aveva avuto sette figli, ma

quattro di questi erano morti nei primi quattro anni di vita. Anche la madre di Springer, Sutlej (A45), era morta giovane ma aveva fatto in tempo a dare alla luce un primo piccolo, poi morto, e la stessa Springer.

Nella stessa zona nuotava anche un altro gruppo di orche, quello guidato da A11, Yakat, la sorella di Kelsey. I due gruppi avevano dialetti talmente simili da essere quasi sovrapposti, e per Springer sarebbe stata una famiglia adottiva altrettanto valida.

Attorno al recinto i microfoni messi in acqua dagli scienziati registravano ogni rumore subacqueo, aspettando di sentire proprio le voci delle orche nelle vicinanze. Intanto, finalmente, quella notte molti dormirono sonni tranquilli. Dopo tutto, Springer era a casa. Non libera, non ancora parte del proprio ambiente, ma almeno nuotava nelle acque del suo mare, e i suoi familiari non erano troppo lontani. Così gli uomini e le donne di Springer dormirono il sonno dei giusti, e sognarono di orche amiche che venivano a prendere la piccola orca nel recinto.

Ma non fu un sogno ciò che li svegliò bruscamente solo poche ore dopo. Alle 1,30 del mattino, gli idrofoni registrarono suoni inequivocabili: orche che si avvicinavano alla baia. Gli esperti riconobbero vocalizzi che potevano appartenere alla famiglia di Springer. Stavano arrivando a prenderla?

Le cuffie rimandarono i suoni delle orche fuori dalla baia, e dall'interno di essa i vocalizzi di Springer. Aveva sentito anche lei i richiami ed emetteva suoni fortissimi. Era eccitata. Infine un giovane si staccò dal gruppo ed entrò nella baia. Le due orche si scambiarono segnali acustici, suoni a noi poco o per niente comprensibili, ma di qualche significato per loro. Poi il giovane tornò indietro dal gruppo che si stava allontanando.

Springer era fuori di sé. Emetteva suoni fortissimi, grida diremmo noi umani, e spingeva il muso contro la rete in direzione dell'imboccatura della baia. E saltava, sbatteva la coda e nuotava in preda all'esaltazione. Dopo due ore e mezzo le orche se ne andarono. Non erano entrate nella baia, se si esclude la visita del giovane, e non c'era stata l'occasione per aprire il recinto e fare andare Springer. Troppo rischioso. Ma era la prima notte e questo era senza dubbio un buon inizio.

Il recinto di Springer dentro la Dong Chong Bay era un quadrato di 15 metri per 15, ed era quanto di meno confortevole si potesse pen-

sare. Nessuno sapeva quanto tempo l'orca sarebbe rimasta lì dentro. Quello che però era chiaro era che quella non era la casa di Springer. Per lei doveva rappresentare un luogo da lasciare il prima possibile e senza rimpianti. Quindi niente giocattoli in acqua stavolta, niente che potesse spezzare la noia delle ore lì dentro.
Una volta aperto il recinto, Springer avrebbe dovuto scapparne via come un lampo.

Libera

E sembrava che in effetti il fato avesse in serbo per Springer una permanenza molto breve. La mattina del giorno dopo due scienziati del DFO stavano seguendo un gruppo di orche che lentamente si muovevano proprio in direzione della Dong Chong Bay. Incredibilmente in mezzo a loro c'erano elementi della famiglia di Springer. La notizia arrivò al recinto e la tensione salì subito alle stelle. Venne dato l'ordine di applicare alla piccola orca i trasmettitori satellitari che erano già stati preparati, con le loro ventose da far aderire sulla pelle lucida del dorso. I sub scesero in acqua pronti ad abbassare la rete per fare uscire Springer. Aspettavano un segnale, qualcosa, nemmeno a loro era chiaro cosa. Uno scambio di suoni, un comportamento particolare, poi avrebbero liberato l'orca. L'attesa fu tutt'altro che facile.
Chi non ebbe dubbi fu proprio la piccola orca. Mentre le altre passavano davanti alla bocca della baia, Springer si agitava e vocalizzava come non mai. E non fu invano. Improvvisamente le altre orche cambiarono direzione ed entrarono nella baia. Poi si bloccarono di colpo davanti al recinto, a circa 300 metri di distanza. Si muovevano in acqua lentamente e cominciarono a battere le pinne pettorali sulla superficie. Le radio, che collegavano i sub in acqua con il personale esterno, tacquero per un po', poi fu dato l'ok. La rete fu lasciata cadere sul fondo, e le mani gentili degli uomini di Springer la spinsero lentamente fuori. Tutt'attorno fu un lungo applauso e chi non aveva la bocca spalancata per la meraviglia del momento tanto atteso, gridò di gioia. Poi la baia piombò nel silenzio mentre gli occhi di tutti seguivano Springer muoversi verso il pod.
Si fermò a circa 50 metri, guardando verso le orche, che a loro volta

guardavano lei. Gli idrofoni non registrarono un singolo suono. Fu un attimo e la magia svanì, le orche si voltarono verso l'uscita della baia, Springer invece si dirigeva dalla parte opposta.

Mentre qualcuno dello staff girava lo sguardo per non mostrare le lacrime, tutti sapevano di avere assistito a un fallimento. Springer era in mare, nelle sue acque natali, d'accordo, ma sola e rifiutata dalle altre orche.

Al di là di tutto, l'intera operazione era costata circa 1 milione di dollari, la maggior parte donata direttamente da privati o da quelle compagnie che avevano offerto gratuitamente attrezzature e strumenti. Era così che doveva finire?

Lo staff dell'operazione non lo pensava, o magari semplicemente non voleva rassegnarsi. Così fecero quello che potevano fare: continuarono a seguire la piccola orca, prima con una barca a contatto visivo poi, quando anche questo fu perso, si affidarono ai trasmettitori satellitari. La giovane orca stava viaggiando lungo la costa, forse esplorando il suo nuovo ambiente. Era molto attiva e dunque almeno una preoccupazione era scongiurata: non si sarebbe fermata dentro un box immaginario come durante la sua permanenza nel Puget Sound. Né si avvicinava alle barche, almeno per ora, le quali comunque erano tutte state avvisate di stare alla larga. Il tramonto del primo giorno di ritrovata libertà per Springer giunse così, mentre speranze e dubbi albergavano nei cuori di ognuno.

La mattina del giorno successivo, lunedì, trovò Springer ancora sola ma la novità era che non lontano da lei c'era lo stesso gruppo di orche che ne aveva "provocato" il rilascio. Era il pod di A11, Yakat, la sorella della nonna di Springer, ed era potenzialmente un buon gruppo adottivo per lei. Springer li seguiva, era evidente. Quando loro acceleravano, lei faceva altrettanto, quando si riposavano, si riposava. C'era la possibilità che si stessero in qualche modo studiando.

Alla fine del pomeriggio, le orche si diressero verso le spiagge di Robson Bight, una piccola baia sulla costa della Vancouver Island, pochi chilometri all'interno dell'imboccatura occidentale dello Johnstone Strait. Questa piccola area, protetta come santuario delle orche, è conosciuta come una *rubbing beach*, cioè una spiaggia dove le orche vanno a... grattarsi (*rubbing*). È cioè uno dei due posti, in questa zona, dove le orche si fermano anche per ore e tutte insieme strusciano fianchi, dorso e insomma tutto il corpo, sulle rocce levigate che si trovano a pochi metri di profondità. Un comportamento che ha un significato non solo pratico, ma anche profondamente sociale, un po' come quando le scimmie si spulciano l'una con l'altra. Springer seguiva il gruppo poco indietro e non troppo tempo dopo, per l'emozione dei suoi angeli custodi, si mescolò alle altre. Il carosello di orche che giocavano e usavano le rocce per grattarsi fu come sempre frenetico e concitato, e Springer non fu più riconoscibile. Ma era là, in mezzo alle altre, e solo questo contava. Un segnale davvero positivo, che rimase tale anche quando le orche si allontanarono e lasciarono indietro Springer, di nuova sola, a seguirle a poca distanza. Ma un altro fatto si aggiungeva a raffreddare gli entusiasmi. Il corpo di Springer ora mostrava, inequivocabili, i segni dei morsi delle altre orche. I morsi vengono usati dai cetacei odontoceti durante i corteggiamenti, ma anche e soprattutto nelle interazioni sociali, in cui si stabiliscono gerarchie e distanze. Non ferite profonde dunque, ma messaggi. Quello per Springer era chiaro: non sei affatto, o forse non sei ancora, una dei nostri.

Il giorno dopo, martedì, un altro duro colpo per le speranze del popolo di Springer. Un pescatore sportivo sulla sua barca, si vide spuntare un'orca a stretto contatto. Sapeva riconoscere un'orca molto giovane, e sapeva della storia della piccola orfana, così capì di avere a che fare con Springer. La quale tra l'altro aveva preso a strusciarsi contro la chiglia della barca. Voleva giocare e quando la barca tentò di allontanarsi, l'orca lo impedì, mettendo se stessa a rischio di finire nelle eliche. Insomma, non si stava mettendo bene per la piccola Springer, sempre sola, forse rifiutata dai suoi simili, e bisognosa della presenza e del contatto con l'uomo.

Il 18 luglio, giovedì, la barca che era fuori cercando di rintracciare Springer venne avvisata di una grande concentrazione di orche dalle parti della riserva di Robson Bight, più a sud, già parecchio dentro allo Johnstone Strait. Era un cosiddetto super-pod, cioè un insieme temporaneo di diversi pod.

Uno dei pod che fu identificato era l'A5. Verso metà pomeriggio fu evidente che un membro di quel pod, Nodales (A51), una femmina di 16 anni, aveva accanto a sé non solo il suo piccolo, ma anche un'altra orca molto giovane, di cui nessuno sapeva niente. Troppo grande per essere un nuovo nato, appena fu possibile osservare meglio, fu chiaro che era Springer. Non solo, dunque, era ora all'interno di un pod, ma addirittura sembrava essere stata "adottata" da una femmina adulta. Una situazione ideale. Purtroppo quando il gruppo iniziò a muoversi verso est, il contatto visivo fu perso. E passarono ben cinque giorni, cinque lunghi giorni di preoccupazioni e di catastrofiche ipotesi, prima che venisse invece avvistata di nuovo, sana e salva e ancora in compagnia di Nodales. Altri dieci giorni di avvistamenti, e poi una nuova sparizione, più lunga questa volta. Infatti si dovette attendere fino al 27 agosto per incontrarla ancora. E c'era una novità, non troppo bella. Springer non era più con Nodales. La loro unione non aveva "tenuto". Ma era ancora in mezzo alle orche, e questo era fondamentale; ora stava con Nahwitti (A56) una femmina di 12 anni, che tra l'altro faceva parte proprio del suo pod natale. La situazione perdurò fino a ottobre, poi fu il momento per il pod di migrare. Con l'arrivo dell'inverno le orche residenti del nord si muovono ancora più a nord lasciando l'area dello Johnstone Strait. L'inverno è un periodo durissimo, e la mortalità cresce. Springer ce l'avrebbe fatta?

Dopo il 6 ottobre, Springer sparì col suo pod, e tutti sapevano che non l'avrebbero rivista più fino alla primavera successiva. Ammesso che riuscisse davvero a sopravvivere nei lunghi mesi invernali. Ammesso che avesse totalmente riacquistato le sue capacità e i suoi istinti. Furono mesi passati col fiato sospeso, per lo staff di Springer. Lei era là fuori, dove doveva essere, ma i dubbi sulla sua sopravvivenza erano tormentosi. La primavera finalmente arrivò, ma non Springer. Due segnalazioni, una di marzo e una di fine maggio non furono confermate. L'attesa si prolungava e le possibilità di rivederla viva sembravano scemare.

I primi di giugno alcuni membri dei pod A4 e A5 furono avvistati molto a nord, quasi al confine con la punta meridionale dell'Alaska. Springer non fu riconosciuta. Poi, finalmente, il 9 giugno, una foto di un'orca presa ben fuori dallo Johnstone Strait, ma comunque di nuovo nella British Columbia, ritraeva la piccola, viva e vegeta. Springer era tornata.

Il 9 luglio, un mese esatto dopo, rieccola di nuovo, ancora più a sud, non troppo lontano dall'imboccatura dello Johnstone Strait. Springer stava bene ed era in compagnia di Nahwitti, la stessa femmina con la quale aveva lasciato lo stretto, l'autunno precedente. Con loro c'era anche la decana Yakat (A11) e un vecchio maschio. Non solo, appariva in splendida forma e non mostrava alcun interesse per le barche.

Gli avvistamenti continuarono per tutta l'estate, e fu ben presto evidente che i suoi legami con le altre orche erano un po' particolari. Non sempre frequentava il gruppo di Nahwitti: a volte tornava nel vecchio pod, quello di A5, Nodales, e c'erano brevi periodi in cui nuotava da sola. Appariva anche un po' troppo piccola per la sua età, forse a causa della malnutrizione che aveva patito al momento della perdita della madre. Ma per il resto tutto era perfetto.

L'operazione Springer era riuscita. Il reinserimento di un'orca nel suo habitat natale e naturale, evento senza precedenti, contro ogni difficoltà e previsione, era stato un successo.

Da allora, ogni estate Springer è stata regolarmente avvistata. Ed è così ancora oggi; lei è là, orca fra le orche, libera e selvatica.

Canada
Stati Uniti
Vancouver Island
Gold River

Il destino di Luna

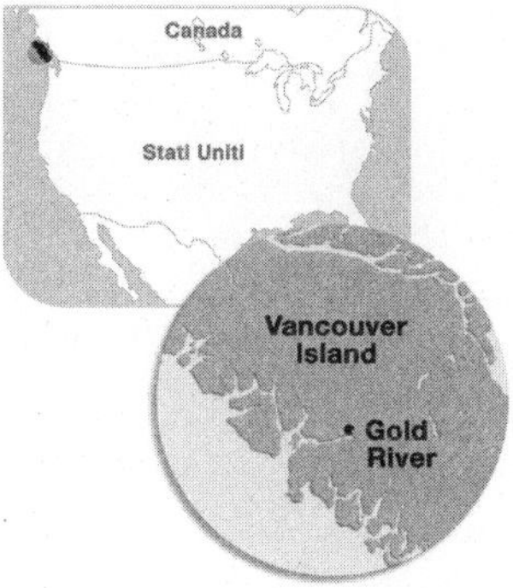

Leggendo la storia della piccola orca Springer e del successo della sua reintroduzione nel suo ambiente natale, si può essere indotti in errore. È facile infatti lasciarsi prendere dal liscio scivolare degli eventi che hanno condotto a un così bel lieto fine. C'è stato qualche intoppo, ma in definitiva tutto è andato secondo i piani e ora Springer è là dove deve stare. Tutto sommato un'operazione difficile e impegnativa ma di routine.

Chi giungesse a questa conclusione commetterebbe un grosso errore. Quando si lavora con animali vivi, le difficoltà sono evidenti. Soprattutto se si parla di creature acquatiche e pesanti qualche tonnellata. Al di là dello stress e dei pericoli nascosti dietro ogni angolo, le variabili da considerare sono davvero innumerevoli. E alcune di queste sfuggono totalmente la capacità umana di previsione e controllo. Bastava che il gruppo di orche che ha accolto Springer l'avesse aggredita e messa in fuga, per avere un finale davvero differente.

Inoltre non sempre gli esseri umani che si impegnano in un'impresa del genere vanno d'amore e d'accordo. Anzi, spesso prevalgono

individualismi e gelosie e molto frequentemente non c'è nemmeno un'identità di vedute su cosa fare e su come farlo.
La storia di Luna ha talmente tante analogie con quella di Springer, compresa la quasi contemporaneità e più o meno l'ubicazione, che purtroppo funziona benissimo per spiegare quanto un'operazione quasi perfetta, come quella di Springer, rappresenti più l'eccezione che la norma.

Il piccolo Luna

L67, altrimenti conosciuto con il più simpatico nome di Splash, nel 1999 era un'orca di quattordici anni. Viveva dalle parti del Puget Sound, a sud della Vancouver Island.
Il 19 settembre, Tom McMillen, proprietario da diversi anni di una barca che usava per condurre persone a fare *whale-watching* nel Sound e attorno alle San Juan Islands, notò Splash – saranno i ricercatori più tardi a identificarla come tale – in compagnia di un neonato, sicuramente suo. Anche perché, molto stranamente, erano soli, e non circondati dai familiari del pod, come sarebbe normale in questi casi. Inoltre la mamma non pareva nemmeno troppo attenta al piccolo: si limitava a stargli vicino mentre lui apparentemente vagava senza meta.
Il pod L, insieme a quelli J e K, contava novanta orche, che vivevano molto a sud nell'area della British Columbia, al confine con lo Stato di Washington. Splash, come detto, apparteneva al pod L, ed era figlia della matriarca L2, Grace. Del gruppo facevano parte anche tre fratelli di Grace, uno dei quali (L39), Orcan, ritroveremo più avanti. Il piccolo di cui stiamo parlando è Luna, ed è un maschio, nonostante il nome.
I ricercatori giunti sul posto a osservare il neonato, e che già si domandavano come mai i due fossero soli, ebbero ben presto modo di stupirsi ancora. A un certo momento, infatti, arrivarono in zona le orche di un altro pod, il K.
Dopo essere rimaste un po' lì attorno, quasi bighellonando, improvvisamente tre di queste orche nuotarono via velocemente. Sorprendendo tutti, il piccolo Luna le seguì, senza che Splash facesse nulla per opporsi o richiamarlo a sé. Madri e figli molto piccoli sono, nelle

orche, ma in tutti i delfinidi in generale, davvero inseparabili. Vederne uno che, a poche ore dalla nascita, si staccava dalla madre era inusuale e allarmante.
McMillen, che di orche ormai se ne intendeva, concluse che il piccolo non doveva essere davvero il figlio di Splash, ma che era nato all'interno del pod K e che Splash gli stava facendo semplicemente da "babysitter", un comportamento non inusuale in questa specie, con legami di gruppo così sviluppati. Nei due o tre giorni successivi, Luna rimase sempre con il gruppo K, ma a un certo punto ecco riapparire Splash. Ed ecco Luna tornare da lei come se niente fosse, e come se in definitiva fosse davvero lei la sua mamma. Nei pochi giorni passati col pod K probabilmente Luna aveva trovato la disponibilità e... il latte di Kishka, una femmina che aveva avuto, lei stessa, un neonato. Spiegazione plausibile, ma restava l'allarmante idea che Splash avesse comunque abbandonato per qualche giorno il figlio neonato. Un segno purtroppo premonitore di quello che sarebbe accaduto in seguito.
In ogni caso, la primavera successiva tutto appariva normale, le orche erano tornate dalle parti di San Juan Islands e Luna era regolarmente in compagnia della presunta madre, Splash. Così fu più o meno per tutta l'estate. In autunno, alla partenza delle orche verso i territori invernali, Luna se ne andava a fianco invece dello zio, Orcan. Fu l'ultima volta che qualcuno vide Orcan. L'inverno fra il 2000 e il 2001 il pod L subì delle perdite, non si sa per quale motivo, e cinque orche scomparvero, certamente morirono. Fra queste anche il venticinquenne zio di Luna.
L'avvistamento successivo di Luna avvenne nell'estate del 2001. Era solo, fuori dal suo territorio, sperduto.

Solo, lontano da casa

La costa occidentale della Vancouver Island, quella che si affaccia sull'Oceano Pacifico, è segnata da numerosi fiordi, cale, canali naturali e isole. Una di queste insenature, fra le più ampie, è il Nootka Sound, la quale ha una baia ampia che si apre sull'oceano, e che verso est immette in uno slargo da cui emergono diverse isole, la più ampia delle quali è Bligh Island.

Da qui, come tre scheletriche dita, partono in direzioni diverse lunghi e stretti canali (detti *inlets*): da nord verso sud sono il Tahsis Inlet, il Tupana Inlet e il Muchalat Inlet.
I primi di luglio del 2001, i coniugi Lazuk conducevano la loro barca, in genere dedicata al trasporto di pescatori sportivi, lungo il Muchalat Inlet, quando videro una piccola orca solitaria, proprio nella baia che si trova all'imboccatura dell'Inlet, la Moojah Bay.
Continuarono ad avvistarla anche i giorni successivi, e ne sapevano abbastanza di orche per comprendere che qualcosa non andava. In trent'anni di attività non avevano mai visto un'orca così giovane senza il suo pod. Segnalarono dunque la cosa al network che si occupa di avvistamenti di cetacei della British Columbia, che aveva base al Vancouver Aquarium.
Il quale, per la verità, non dette troppo peso alla cosa. Per quanto ne sapevano le orche non frequentavano quasi mai il Nootka Sound, figuriamoci da sole. L'idea era che si trattasse di un altro cetaceo, forse una focena di Dall, una specie che da una certa distanza può magari essere confusa con un'orca.
Così si fece ottobre, prima che qualcuno, approfittando di una ricognizione aerea, andasse a dare un'occhiata. L'orca era ancora là e, sorpresa, era davvero un'orca. La cosa era abbastanza strana da dedicarle, nei giorni successivi, ulteriori ricognizioni. Fu così identificato come Luna, un maschio di due anni che si pensava fosse morto già da un po'.
In ogni caso non sembrava esserci ragione di intervenire: l'animale era lì già da un po' di tempo, e sembrava stare bene. Non si curava neanche troppo degli esseri umani e delle barche, per fortuna, e preferiva giocare con dei tronchi galleggianti, che spingeva qua e là. Come già Springer, anche Luna aveva costruito il suo box immaginario, una piccola area di circa 1,5 chilometri quadrati, dalla quale difficilmente usciva.
Il Dipartimento della pesca e degli oceani (DFO) canadese, informato della cosa, decise di non rendere pubblica la notizia, in modo da evitare la curiosità e l'accorrere di gente sul posto. Sul momento, nemmeno la comunità scientifica fu informata della cosa. Si preferì invece attendere un convegno di esperti di cetacei, che si sarebbe tenuto a Vancouver nel dicembre successivo, per indire una riunione di un ristretto gruppo di esperti, che finalmente vennero a sapere

del solitario Luna. Gli scienziati si mostrarono d'accordo con l'idea di non divulgare la notizia al pubblico, ma anche risentiti per essere stati informati così tardi.
Pochi giorni dopo, nel gennaio del 2002, un'altra giovane orca solitaria appare nelle acque per lei insolite del Puget Sound. È Springer e tutta l'attenzione e l'azione si spostano su di lei. Luna resta solo per tutto un altro inverno.
Perché Springer sì e Luna no? Le motivazioni degli esperti ci sono, e le vedremo poco più avanti, ma a volte è il caso o il bizzarro volere dell'uomo a metterci lo zampino.
In questi casi l'uomo diventa un po' il padrone del destino di un animale in difficoltà. Intervenire o no, farlo subito o senza fretta, a ogni bivio una fetta del destino di una creatura viene messo in gioco, involontariamente o meno. E così lì un animale muove mezzi e persone, mentre poco più in là altri muoiono nell'indifferenza. Quanto è strano che, visto dalla parte delle leggi della natura, un uomo possa decidere o meno di salvare la vita a un animale, e solo a quello, solo in un determinato momento, a volte per una imprevedibile coincidenza di eventi.

Intervenire o no?

Lungo la costa occidentale dell'isola di Vancouver vivono diverse popolazioni di tribù di nativi, dai nomi complicati come Kwakwaka'wakw o Nuu-chah-nulth. Popoli che da sempre hanno basato la loro sopravvivenza adattandosi e cacciando, o giovandosi dei frutti della terra, al ritmo delle stagioni.
In primavera e in estate si muovono dai territori più protetti dell'interno, alle coste, per pescare o per cacciare balene; megattere e balene grigie soprattutto. Non cacciano le orche, perché sono troppo difficili da catturare e anche perché per loro rappresentano in qualche modo i guardiani delle leggi del mare. Inoltre è credenza diffusa che spesso le orche abbiano in sé lo spirito di persone defunte, in particolare dei capi tribù.
Il caso volle che proprio pochi giorni prima dell'apparizione di Luna nel Nootka Sound, fosse morto il capo della Mowachaht First Nation, il quale aveva predetto che si sarebbe reincarnato in un'orca.

A luglio 2002 il figlio del capo defunto, divenuto capo a sua volta, dichiarò che Luna sarebbe stata chiamata Tsu'xiit in onore del padre. Una decisione che peserà sul futuro dell'orca.
Come sappiamo, il felice ritorno di Springer nelle acque natie avvenne a luglio del 2002. Soltanto allora, con i cuori leggeri e confortati dal successo, gli occhi e l'attenzione tornarono su Luna, sempre solo, nel suo box immaginario. Bastava ripetere quanto fatto con la prima orca ed ecco che una seconda grandiosa operazione si sarebbe conclusa positivamente. Ma il parere degli esperti e dei governativi in questo caso era del tutto differente.
Laddove Springer era stata trovata malata, in una zona molto trafficata e senza nessuna possibilità di ritrovare i membri del suo clan, Luna era in buona salute, si nutriva regolarmente di sardine e si trovava in una zona dove per il momento il traffico navale e la presenza dell'uomo non destavano preoccupazioni. Inoltre Luna avrebbe dovuto essere spostata, nel caso, nel Puget Sound o nello Stretto Juan de Fuca, sue aree native, che sono passaggi navali estremamente trafficati. Se non fosse poi avvenuto il ricongiungimento, la sua vita sarebbe stata a rischio. Si sarebbe trattato di muovere Luna da una situazione tutto sommato tranquilla a una particolarmente rischiosa.
Per questi motivi il DFO canadese non sentiva particolari pressioni nel caso di Luna. Il quale però stazionava nel Sound già da un anno e le voci immancabilmente erano girate. Cominciavano a vedersi diverse barche recarsi sul posto a vedere l'orca, e c'era chi sosteneva con crescente insistenza che quanto fatto per Springer andava ripetuto per Luna.
Il DFO rispose mettendo dei cartelli che indicavano di fare attenzione all'orca e di starne alla larga. Incaricarono poi un gruppo locale, chiamato Marine Mammal Monitoring Project, di tenere d'occhio l'animale. Furono inviate sul posto due persone con l'incarico di monitorare Luna.
Già alla prima uscita si resero conto di quanto l'orca fosse cambiata. Luna iniziò subito a farsi vedere attorno alla barca e giocare con questa, spingendola in qua e là. Questi comportamenti con le barche e le persone divennero sempre più marcati mentre l'estate avanzava, e spesso era difficile per i curiosi allontanarsi perché Luna non lo permetteva, bloccando e spingendo la barca.

D'altra parte era difficile tenere lontana la gente, che non rispettava i cartelli, e invece fermava la barca sempre a contatto con l'orca. Salvo poi, una volta sorpresi e rimproverati, giustificarsi con fantomatici danni al motore. Incredibile quante persone, quell'estate, "ruppero il motore" proprio nei pressi di Luna.
Ben presto l'ormai sempre meno selvatico Luna valicò anche i confini immaginari della sua area preferita, uscendone per visitare porti e baie e anche per seguire con frequenza l'Unchuck III, un traghetto di linea. Gli osservatori cominciarono a riferire con insistenza che la situazione sembrava degenerare di giorno in giorno. Le barche aumentavano, le persone interagivano con Luna incuranti della presenza della barca di controllo nelle vicinanze. Cominciarono ad apparire sul corpo di Luna ferite e cicatrici, alcune delle quali sicuramente causate da eliche.
La situazione divenne paradossale, perché l'unico modo che gli osservatori avevano di tenere Luna lontano dalle barche era di attirarlo vicino alla loro. Il loro compito divenne improbo: le poche volte in cui riuscivano a isolare l'orca dai contatti con gli umani, la vedevano triste e completamente sola, e spesso erano alla fine loro stessi a giocare con lei per impedire che lo facessero gli altri.
Furono sollevati dall'incarico a metà settembre, con il termine di questa prima tranche di monitoraggio: con l'arrivo dell'autunno e la conseguente riduzione del traffico di navi e curiosi non sembrò più necessario. Il DFO era ancora riluttante ad agire, preferendo lasciare che l'inverno, che mostrava meno pericoli, facesse il suo corso. La presa di posizione del DFO fu duramente contestata, in particolare dall'organizzazione canadese Orca Network, la quale accusò il DFO, e in primis la sua responsabile Marilyn Joyce, di volere semplicemente sperare che l'orca se ne andasse per conto suo o di avere un piano segreto per catturarla per un acquario.
Per quanto infondate fossero le accuse rivolte dall'Orca Network, la Joyce si sentiva delle pressioni addosso. Alla fine di tutta la storia confesserà che l'operazione Luna "è stata l'operazione più complessa in cui sono stata coinvolta".
Ma la situazione in acqua stava davvero degenerando. Luna ormai si avvicinava spesso al porto, in cerca di contatto con la gente. Si moltiplicavano racconti di persone che si erano tuffate in acqua per nuotare con lei, che le gettavano cibo, o che lasciavano penzolare

bambini sopra la sua testa o sospesi sulla sua bocca aperta, per foto davvero sorprendenti. I rischi per le persone e per l'orca stessa crescevano di giorno in giorno, senza che ci si potesse fare molto. Il 12 febbraio 2003 una donna venne multata di 100 dollari per avere arrecato disturbo a Luna.
Curiosamente proprio quel giorno si riuniva il gruppo di esperti convocato dalla Joyce, che comprendeva personale del Vancouver Aquarium, del National Marine Fisheries Service americano, ovviamente del DFO canadese, di OrcaLab, insieme a ricercatori impegnati nel Puget Sound.
La discussione fu animata, ma le conclusioni tutto sommato condivise. Erano tutti consapevoli di quanto Luna fosse cambiata nei confronti degli esseri umani, e di come la situazione peggiorasse inesorabilmente. Si rendevano conto anche del fatto che Luna era un maschio, e che se nel frattempo avesse raggiunto la maturità sessuale, le cose sarebbero ulteriormente peggiorate.
Come si è visto in acquario, in mancanza di femmine un maschio di orca può rivolgere le sue "attenzioni" verso altri oggetti. E in questo può essere davvero... esuberante. Salti, piroette, spinte e vigorose strisciate contro l'oggetto del desiderio sono all'ordine del giorno. E se questo fosse stato una piccola barca? Senza contare la curiosità che avrebbe suscitato nella gente la vista di un pene eretto di quasi 2 metri.
Ma gli esperti, a confronto, sempre di più vedevano o preferivano sottolineare i rischi di un intervento per riportare Luna in altre acque. E se non fosse stato accolto di nuovo nel pod? Se fosse stato un animale asociale e dunque non smarrito, ma volutamente allontanato dal gruppo? Se l'estate successiva fosse invece arrivato il suo pod a riprenderlo lì, dov'era ora?
La commissione di esperti scontò, di fatto, le conoscenze ancora scarse sulla socialità e le regole che governano le società delle orche, anche di quelle tanto seguite e studiate della British Columbia. Ancora qualche mese e Luna sarebbe stato nel Nootka Sound da ben due anni. Springer era rimasta sola per sei mesi, ma cos'era successo allo sviluppo sociale e comportamentale di Luna, rimasto per così tanto tempo in solitudine? Aveva abbastanza "conoscenze", anche di linguaggio, per comunicare con gli altri membri del pod e farsi riconoscere come uno di loro? E ancora: e se Luna, come era stato già

osservato in altri casi, avesse invece trasferito i suoi comportamenti ambigui e pericolosi – la ricerca degli esseri umani, i giochi con le barche – al resto del gruppo?
L'inevitabile conclusione del meeting fu che Luna in effetti avrebbe dovuto essere portato via da là, ma in quel momento erano troppe le incognite che pesavano sull'operazione. Era però urgente valutare quale fosse al momento lo stato di salute della piccola orca.
Lo staff del Vancouver Aquarium accettò di formare una spedizione per recarsi sul posto, prendere campioni di sangue e vagliare le condizioni di Luna. Le osservazioni visive furono semplici, Luna si lasciava avvicinare o meglio, era lui stesso a cercare il contatto con gli uomini sulla barca. Ma di prendere campioni di sangue non ci fu verso. Dopo il primo tentativo fallito, bastava la vista dell'ago perché Luna si allontanasse deciso.
Ma i veterinari e i biologi sulla barca videro qualcosa di ancora più preoccupante, che fu poi confermato dai racconti della gente del posto. Il nuovo passatempo di Luna era quello di strusciarsi contro i lunghi galleggianti che permettono agli idrovolanti di atterrare sull'acqua. E la cosa peggiore era che Luna vedeva gli aerei arrivare e li attendeva proprio nel punto di atterraggio. La possibilità che una volta o l'altra fosse colpita dall'aereo stesso che planava sull'acqua, era agghiacciante, per l'orca e per le conseguenze che l'impatto avrebbe avuto sul velivolo.

Al momento non si fa niente

Il 29 maggio Marlyn Joyce riconvocò la commissione di esperti e annunciò che il DFO non si riteneva pronto a intervenire, ma avrebbe comunque continuato a monitorare la situazione.
Luna sembrava in salute e mangiava regolarmente e i rischi di un fallimento della reintroduzione nel pod a questo punto erano troppo alti. Gli esperti erano consapevoli dei rischi per le persone che il comportamento di Luna portava, ma questi sarebbero aumentati, ricollocando l'orca in un'area dove la presenza di pubblico e di imbarcazioni era maggiore.
Decisione salomonica o no, non a tutti i membri della commissione piacque. Alcuni avrebbero almeno voluto un intervento di qualche

tipo. Ad esempio c'era il problema dei canoisti che frequentavano assiduamente la zona. Una canoa colpita da un'orca sarebbe volata via con chi vi si trovava sopra. Perché non "insegnare" a Luna a stare lontano dalle canoe?
Altri suggerirono di addestrare Luna a seguire una barca, che lo avrebbe condotto fino ai suoi territori originari. Ma il DFO non voleva assolutamente che la passione di Luna per le barche fosse rafforzata.
E giù al Puget Sound gli attivisti cominciavano a far sentire la loro voce: volevano che la loro orca tornasse a casa.
Tutti volevano la cosa migliore per Luna, ma cosa fosse meglio non era chiaro. Inoltre c'era qualcun altro che aveva le sue idee su quell'orca, e sentiva di avere più diritto di tutti di esprimerle, il diritto di chi, nel Nootka Sound, ci viveva da sempre. I nativi avevano avuto le loro riunioni ed era tempo per loro di entrare in gioco.

Un'orca sempre meno selvatica

E così iniziò l'estate del 2003, la terza di Luna nel Nootka Sound. Con il caldo ritornò la gente, ma tutto sommato fino ad allora la strategia del DFO di stare a vedere come andavano le cose, senza intervenire, non sembrò poi così peregrina. Luna era ancora lì, però erano passati tre anni senza che fosse successo niente di male. Ma è proprio allora che la situazione, lasciata a se stessa, prese ad andare fuori controllo.
Verso metà giugno, una barca con a bordo quattro pescatori sportivi restò senza benzina. I quattro non si persero d'animo, la barca era piccola e a forza di remi si poteva riguadagnare la costa. Sul percorso però incontrarono Luna, che subito andò loro incontro con l'evidente intenzione di giocare.
La barca era lunga meno di 6 metri: per Luna era poco più di un giocattolone. Cominciò a spingerla con la testa divertendosi molto, a quanto pare, a farla girare in tondo. Il gioco si fece ancora più interessante quando Luna riuscì anche a stringere in bocca una cima che penzolava, o che forse gli venne gettata dalla barca. L'orca ebbe così l'occasione di prendere la barca a traino e la condusse al largo, dove ricominciarono i giochi. Si faceve notte e il cucciolo non accennava a

demordere, mentre gli uomini, stanchi ma tutto sommato non troppo preoccupati – Luna non mostrava mai segni di ostilità – attendevano il corso degli eventi. Finalmente un peschereccio li vide e, alla luce dell'alba imminente, li riportò a riva.

Nel frattempo erano tornati sul posto gli osservatori del Marine Mammal Monitoring Project, per l'occasione ribattezzati "Luna Stewardship Project". Avevano di fronte un'estate non facile. Si piazzarono principalmente nel vicino porto di Golden River e cominciarono incessantemente a ricordare alla gente in uscita con le barche di limitarsi a guardare Luna, senza interagire con lui, tanto meno portargli disturbo. Facile a dirsi: la gente non resisteva alla tentazione e comunque faticava a credere che fosse sbagliato dare confidenza e fermarsi a giocare con un animale che in maniera così evidente cercava il contatto con l'uomo.

Era chiaro che la situazione stava degenerando. Luna continuava a cercare le barche e l'uomo, non aveva perso la pericolosa passione per i galleggianti degli aerei e spesso si trovava addirittura dentro ai porti, dove si cercava di impedire alle barche di uscire.

I turisti arrivarono a frotte, ma il sindaco di Golden River, tutt'altro che contento, voleva Luna lontano da lì prima che qualcuno si facesse male davvero. Il 12 luglio, per ironia della sorte un impiegato del DFO finì davanti a un giudice con l'accusa di aver colpito Luna con un'asse: aveva perso la pazienza perché non riusciva a levare l'orca di torno dalla sua barca. La vicenda non ebbe conseguenze per Luna e neanche per l'uomo, che fu in qualche modo assolto. Andò peggio a un pescatore, che in agosto fu multato di 250 dollari per avere toccato Luna, nelle acque del porto di Golden River.

La situazione non era più gestibile. Per Luna le barche non avevano più segreti. Era attirato dal suono dei trasduttori attaccati agli scafi, piccoli strumenti che calcolano parametri come la velocità della barca o la profondità dell'acqua e li trasmettono in coperta. Luna seguiva il suono, trovava lo strumento e immancabilmente lo staccava, rompendolo.

Altre persone assistettero impotenti alla scena di Luna che puntava dritto al loro timone, mandandolo in pezzi: l'orca aveva imparato che, senza quello, difficilmente una barca se ne sarebbe potuta andare via. Piccoli incidenti, che magari fanno sorridere, ma che indicano una deriva comportamentale e un quadro sempre meno tranquillo. E immancabilmente, nonostante la provata abilità di Luna nell'evitare le eliche, ecco arrivare anche la prima ferita seria dovuta proprio al contatto con un'elica. La cicatrice rimase visibile per parecchio tempo sulla testa dell'orca, e una settimana dopo un'altra ferita apparve sul suo corpo. La storia di Luna fece un ulteriore salto in avanti.

Le ferite su quel corpo lucido e liscio risaltarono nell'immaginazione del pubblico più della loro reale entità. Diverse organizzazioni non governative americane, capitanate dalla Orca Conservancy, cercarono di forzare la mano del governo canadese, chiedendo un intervento. Dichiararono anche di essere in grado di raccogliere i soldi necessari per riportare Luna "a casa".

Gail Laurie, che lavorava nell'ospedale della sua città, Campbell River, impressionata dalla vista della gente che toccava e giocava in maniera scriteriata con Luna, cominciò ad allestire un sito internet, ReuniteLuna.com, che divenne ben presto la fonte di informazioni principale sulla storia dell'orca.

Ed ecco nuovamente Marilyn Joyce del DFO al centro del mirino: la donna ricevette in pochissimo tempo quasi un migliaio di email, che le chiedevano espressamente di fare qualcosa. Ma cosa?

Il 10 settembre, il DFO riconvocò la commissione di esperti e li informò che a causa delle crescenti interazioni fra l'orca, le barche e gli esseri umani in genere, aveva cambiato idea, ed era pronto ad autorizzare lo spostamento di Luna, a patto che venisse presentato un buon piano d'azione. Venne dunque chiesto agli esperti di elaborare questo piano, e di averne pronto almeno un altro, nel caso che il ricongiungimento di Luna con le altre orche non fosse andato a buon fine. Il DFO voleva anche sapere in quali circostanze sarebbe stato necessario, in casi di fallimento, pensare alla cattività, o addirittura all'eutanasia, per il piccolo Luna.

Gli scienziati della commissione non erano affatto contenti della piega che la vicenda aveva preso. Prima, l'ente governativo canadese aveva deciso di non ascoltarli, lasciando Luna dov'era, in attesa di novità. Adesso che la situazione si faceva grave, voleva il loro consenso per un'operazione ad alto rischio. Ma fecero buon viso a cattivo gioco e si rimisero al lavoro.

Abbiamo un piano

Appena una settimana dopo, il 17 settembre, presentarono il loro piano di azione. Questo implicava la cattura di Luna in un recinto galleggiante, come quelli usati per Springer, e il trasporto via camion o nave, verso il luogo prescelto: la Pedder Bay, nei pressi della città di Victoria, proprio nella punta sud della Vancouver Island. Laggiù, Luna avrebbe atteso il passaggio delle amiche orche, con le quali si sperava si sarebbe ricongiunto. I dettagli dell'operazione sarebbe stati definiti per i primi di ottobre.

Tutto pronto dunque? Ovviamente no, mancavano i soldi. Il DFO fece ben presto sapere che non aveva soldi da investire nell'operazione. L'ente governativo americano, il NMFS disse più o meno la stessa cosa. Insomma, i due governi aspettavano che qualcuno si facesse avanti, in modo da potersene poi stare comodamente a dirigere le operazioni, magari mettendo qualche paletto qua e là. La strategia di attesa non funzionò, e alla fine di ottobre (il tempo continuava a scorrere veloce), gli americani dichiararono che erano pronti a mettere non più di 100.000 dollari nel progetto. In un attimo il DFO ferito nell'onore, fece lo stesso. Con 200.000 dollari pronti si andò quindi a bussare all'unica porta che ragionevolmente poteva aprirsi, quella del Vancouver Aquarium. Il quale, forte del successo ottenuto con Springer, non si tirò indietro.

Ormai si era in autunno inoltrato, impensabile muoversi adesso, bisognava lasciare Luna nel Nootka Sound per un altro inverno. Le associazioni ambientaliste si agitarono parecchio, preoccupate per quello che sarebbe potuto accadere a Luna, per un altro inverno da solo. Della situazione approfittò, ma in modo del tutto positivo, l'associazione OrcaLab, il cui membro Paul Spong faceva parte anche della commissione di esperti messa in piedi dal DFO. Spong accettò a stento il fatto che il piano di azione fosse stato forzatamente spostato a dopo l'inverno, ma fece buon viso a cattivo gioco, e propose di sfruttare l'inverno per predisporre un progetto di ricerca sull'orca. Si trattava di osservare i comportamenti del piccolo da due punti differenti, uno dalle scogliere alle spalle del porto di Golden River e un altro dall'ingresso del canale Muchalat Inlet. I ricercatori avrebbero utilizzato come alloggio e come mezzo di trasporto, il traghetto Henrietta. Lo studio comprendeva anche la registrazione dei suoni emessi da Luna, con gli idrofoni. Si occupò di quasi tutto il progetto la ricercatrice Lisa Larsson che, sola nel freddissimo inverno del Nootka Sound, si arrampicava su e giù dalle scogliere, si spostava con l'Henrietta e studiava Luna. E vedeva un'orca che, seppure sempre e desolatamente sola, se la cavava e viveva la sua vita, curiosa delle cose degli uomini, e tutto sommato indipendente. Talmente a suo agio che tutti all'OrcaLab cominciarono a pensare che, tutto considerato, forse era meglio lasciarla lì, e aspettare che un giorno il suo pod si spingesse da quelle parti. L'istinto animale avrebbe fatto il resto.

Nel maggio 2004, la possibilità di un ricongiungimento naturale fra Luna e il suo gruppo era diventata la speranza principale, quasi fosse questo il progetto da seguire. Quelli dell'OrcaLab ormai erano presi dalla loro – vogliamo dire romantica? – idea. Se le residenti del sud fossero arrivate da quelle parti, loro avevano addirittura una grossa imbarcazione, l'Anon, pronta a intervenire per sollecitare l'incontro. E nel loro appassionato pianificare avevano il pieno appoggio delle tribù dei nativi.

Nessuno arriva

Ma a giugno nessuna orca arrivò a portare via Luna, allontanandosi con lui verso un poetico tramonto. Arrivarono invece di nuovo le barche, e la gente, e i comportamenti così poco selvatici della piccola orca. Compresa la passione per gli idrovolanti. Fu installato un meccanismo che produceva rumore sott'acqua per tenere lontano Luna, ma funzionava solo quando qualcuno era lì per farlo andare. Ben presto Luna arrivò a danneggiare il timone di un aereo, nel porto di Golden River.

Un'attività molto fiorente, da quelle parti, è il commercio del legname, che viene "spedito" via fiume, in forma di enormi tronchi d'albero, che poi vengono raccolti nei porti. La nave che si occupava di questo, a Golden River, era il nuovo esaltante giocattolo di Luna. Passava ore a guardare il carico dei tronchi, e si divertiva a ronzare attorno alla zona delle operazioni. Per fortuna l'elica dell'imbarcazione era protetta, per non essere danneggiata dagli stessi tronchi, da un grosso cuneo di metallo, una specie di muso. Luna lo colpiva in

continuazione, forse nell'intenzione, come aveva già fatto molte altre volte, di danneggiare il timone, ed evitare che la barca se ne andasse. Un altro passatempo era osservare il lavoro di Brian Konrad. Brian aveva un preciso compito. I tronchi galleggianti venivano raccolti, per evitare che se ne andassero ovunque, in un recinto fatto di altri tronchi, uniti uno all'altro da catene che potevano essere agganciate o liberate. Per farlo, Brian usava un lungo bastone con un gancio in cima. Evidentemente Luna capiva bene quale fosse lo scopo del lavoro di quell'uomo, visto che un giorno pensò di aiutarlo. Raccolse una catena che pendeva in acqua, se la portò sul muso e così la porse allo sbigottito Brian, che poté completare il lavoro.
Tutte queste attività, anche divertenti se osservate dal nostro punto di vista, rappresentavano però sempre e comunque un pericolo in agguato, per l'orca e per gli uomini. Qualcosa poteva succedere da un momento all'altro. Mai come allora era tempo di passare all'azione.
Prima dell'inverno, avevamo lasciato il Vancouver Aquarium con un compito da svolgere e 200.000 dollari per farlo. Il piano era pronto, ed era in tutto simile a quanto fatto per Springer. Catturare Luna in un recinto galleggiante, lì, nel Nootka Sound. Eseguire tutti gli esami medici necessari. Preparare un altro recinto nel luogo prescelto, la Pedder Bay. Muovere Luna, via mare o via terra. Aspettare che il contatto con le altre avvenisse e la natura facesse il suo corso. Questo era il piano perfetto, soprattutto per il DFO che, consapevole di avere aspettato troppo e di avere reso così le cose molto più complesse e le probabilità di successo inferiori, ora era ansioso di passare la "patata bollente" nelle mani esperte del Vancouver Aquarium e chiudere la questione. Ma ormai non c'era pace per l'ente governativo canadese. Le associazioni animaliste fiutavano il sangue, e nonostante il recente successo di Springer continuavano a gridare a gran voce che il DFO aveva in realtà in mente di destinare Luna alla cattività. Per la verità niente sembrava condurre a questa conclusione, ma la "passione" e forse l'abitudine ad attendersi il peggio giocavano la loro parte.
Un problema però, ancora più serio, stava montando; e di mezzo c'era ancora il DFO, e la sua responsabile, Marilyn Joyce. I nativi rumoreggiavano. Erano del parere che spostare Luna non fosse affatto necessario, e lamentavano di essere stati poco informati e coinvolti nella decisione presa l'autunno precedente. Alla fine di mag-

gio si rese necessario un incontro fra il capo Maquinna e la Joyce. Quest'ultima ebbe un bel dire che spostare Luna ora era necessario e che bisognava anzi agire molto in fretta. Trovò un muro. I nativi, oltre al rispetto dovuto a quello che forse era la reincarnazione dello spirito del loro vecchio capo, pensavano che Luna dovesse rimanere dov'era, se così voleva. Semmai era necessario evitare i continui contatti con le barche. Infine, tanto per non farsi mancare niente, anche loro temevano che l'animale fosse stato "promesso" al Vancouver Aquarium. La situazione non migliorò, anzi continuò a inasprirsi. Il DFO e il Vancouver Aquarium liquidarono con forse troppa sufficienza le obiezioni dei nativi, e ne sottovalutarono il risentimento.

In un modo o nell'altro, si parte

Il 6 giugno 2004, subito dopo aver sistemato anche le ultime questioni economiche (il Vancouver Aquarium aveva raccolto, tramite il proprio fund-raising, altri 65.000 dollari), con la garanzia del DFO che avrebbe coperto ogni spesa aggiuntiva, dovuta a imprevisti o necessità impellenti, il progetto Luna ebbe il definitivo "go".
Il clima era elettrico, la pressione enorme, e furono stilati piani, e piani di riserva e piani di riserva delle riserve. L'attenzione a ogni dettaglio fu maniacale, al punto per esempio di fare riverniciare di nero tutte le corde che sarebbero servite attorno al recinto, perché in origine avevano un colore troppo forte che avrebbe potuto infastidire l'orca. Dal momento che si pensava al trasporto su strada, fu fatto percorrere tutto il tragitto a un camion con un contenitore pieno d'acqua sul retro, come quello che avrebbe contenuto Luna, come prova generale. La vasca dietro mal sopportava curve e saliscendi, così si rimediarono una trentina di pneumatici usati, con i quali circondare la vasca, bloccandola e ammortizzandone gli urti.
Mentre in acqua si predisponeva il recinto, fuori il DFO bloccava l'accesso a tutta l'area delle operazioni, e a tutte le persone non coinvolte direttamente nei lavori. Il pubblico e la stampa potevano solo osservare il progredire dei lavori da un porticciolo a circa un chilometro di distanza dall'area del recinto. Inutile dire che tutto ciò non fece che aumentare i sospetti che qualcosa di poco chiaro si stava preparando là dentro.

Con suo grande disappunto, anche Paul Spong e il suo OrcaLab scoprirono di non essere nella lista delle persone ammesse nell'area dei lavori. Da sempre un grande oppositore della cattività, e dunque fermo antagonista del Vancouver Aquarium, l'OrcaLab era però stato un valido supporto nella cattura di Springer. Ma stavolta erano fuori. Spong divenne così un feroce critico del DFO e dei suoi piani.
Una delle cose che preoccupava Spong era la possibilità, che era stata ventilata come piano B nel caso non fosse stato possibile condurre Luna nel recinto, di catturare l'orca con una corda legata attorno alla coda. Una volta immobilizzata, come già fatto per Springer, sarebbe stata adagiata su una barella, e con quella portata nel recinto. Luna, con i suoi attuali 1600 chili di peso, per oltre 4 metri, era più grande e pesante di Springer, e la corda avrebbe potuto, almeno secondo Spong, danneggiargli la colonna vertebrale. Pensavano lo stesso, magari ben informati da Spong, anche i nativi, che comunque non credevano che questo fosse un bel modo di "trattare" il vecchio capo reincarnato.
Martedì 15 giugno, quando ormai era tutto pronto per la cattura, i Mowachath/Muchalaht organizzarono una conferenza stampa per dichiarare ancora una volta, e questa volta pubblicamente, che erano contrari alla cattura di Luna. Invitarono chi era d'accordo con loro a una pubblica e pacifica manifestazione, il giorno dopo, mercoledì, nel loro villaggio nei pressi del porto. Ma fecero ancora di più: quel giorno due canoe condotte da nativi attirarono l'attenzione di Luna, e si fecero seguire, portandolo lontano da Golden River e dal recinto. I media ripresero la notizia con un certo clamore, e le venne dato un taglio di parte e molto significativo: i nativi avevano "salvato" Luna dalla cattura. Ormai, per l'opinione pubblica, non era più un'operazione di salvataggio, quella messa in piedi da DFO e Vancouver Aquarium, ma un vero e proprio rapimento. Facile capire da che parte si schierasse l'opinione pubblica.
La solita Marilyn Joyce non poteva credere alle complicazioni che stavano montando. Tirava una pessima aria. Il giorno dopo, mentre le canoe erano ancora in azione, la Joyce incontrò i capi dei nativi. L'incontro, inizialmente teso, si concluse con la promessa di rimandare la cattura a dopo il weekend, in modo che i nativi potessero salutare, magari con una cerimonia, la partenza di Luna. In realtà il giorno dopo i nativi, attraverso il loro capo, ribadirono il loro no alla

cattura, e chiesero di poter essere loro a provare a condurre con le canoe Luna verso le sue acque di origine. Se non avesse funzionato, meglio lasciarla dov'era.
Capo Maquinna rivelò questo alla stampa, ma Marilyn Joyce non lo sentì direttamente, e il lunedì successivo si illuse che tutto sommato i nativi non avrebbero osteggiato la cattura.

Il piano di cattura

Il 22 giugno, giorno previsto per la cattura, nella baia galleggiavano quattro recinti. Due di questi erano pieni di salmoni vivi, uno era il grande recinto che avrebbe accolto Luna durante il periodo degli esami medici. La quarta struttura aveva un lato apribile, ed era da lì che sarebbe dovuto entrare Luna, seguendo una barca a getto d'acqua (che quindi non aveva un'elica che lo potesse ferire) con la quale spesso giocava appunto all'inseguimento. Una volta dentro, un lato del recinto fatto di reti, sarebbe stato sollevato verso l'alto, in modo da ridurre lo spazio a disposizione di Luna. Insieme a lui, a questo punto quasi immobilizzato, sarebbero scesi gli uomini del Vancouver Aquarium, che lo avrebbero assicurato alla barella, in modo da permettere a una gru di sollevarlo e posarlo nel recinto definitivo, dove sarebbe rimasto, secondo i piani, una settimana. Poi, completati i test, la partenza verso la Penner Bay.
Ecco dunque scendere in acqua quattro gommoni pronti per attirare l'attenzione di Luna verso il recinto. Cercavano Luna, e poco dopo lo trovarono. Vicino a lui però c'erano due canoe dei nativi, con l'intento evidente di distrarlo ed evitare che seguisse i gommoni verso il recinto. Alla fine lo avevano fatto davvero. I nativi stavano difendendo le loro decisioni rispetto alla piccola orca, e lo facevano attivamente sabotando la cattura.
La mattina trascorse nel tira-e-molla fra gommoni e canoe, che attiravano a turno l'attenzione di un disorientato Luna. Che probabilmente si stava divertendo, per una volta oggetto delle attenzioni di molte barche, lì proprio per lui.
Nel primo pomeriggio la situazione volse in favore dei gommoni, che infine riuscirono ad attirare Luna dalle parti del recinto, dove era previsto che entrasse in azione la barca a getto d'acqua, per l'ultimo

tratto che doveva portare Luna dentro il confino. Ma non era così facile. Luna seguì diverse volte la barca fino al recinto, ma poi nuotò via, timoroso. Una o due volte entrò appena all'interno, ma non quanto bastava perché si potesse dare l'ordine di chiudere i cancelli. La giornata era nata male ed era proseguita peggio. E non era destinata a migliorare, perché di lì a poco sarebbe giunta la notizia che un aereo era caduto proprio lì vicino e servivano aiuti. Persone e mezzi lasciarono in fretta e furia Luna per accorrere a dare una mano. Sull'aereo c'era Brian Hanson, un biologo del NMFS che stava arrivando sul posto della cattura di Luna. Il piccolo idrovolante, dopo due tentativi di ammaraggio andati male a causa del forte vento, aveva finito per prendere una corsa troppo lunga sul pelo dell'acqua, andando a piantarsi sulla spiaggia. Miracolosamente, né il pilota né il biologo avevano subito gravi danni, anzi se l'erano cavata con poco. Intanto nella baia, la barca a getto d'acqua tentava ancora con Luna. Ma nel frattempo, all'ingresso della piccola baia che conteneva il recinto, erano arrivate anche le canoe dei nativi. Non entravano nemmeno dentro alla rada, ma si fermavano all'imboccatura e gli occupanti cominciavano a gridare, cantare e battere contro le pareti delle canoe. Luna li sentì, e già abbastanza annoiato dal va e vieni con l'altra barca, si allontanò per vedere che succedeva là fuori. Dalla barca, come ultimo tentativo, gli gettarono del pesce, ma il trucco funzionò solo per un attimo, poi Luna se ne andò definitivamente. La cattura era saltata.

Dentro la baia c'era rabbia e sconforto. Dall'altra parte i nativi esultavano. "Luna ha scelto di venire con noi, invece che entrare nel recinto. Siamo stati benedetti e onorati della sua scelta".

Il DFO era fuori di sé, accusava i nativi e capo Maquinna di non aver rispettato i patti di non interferenza, o almeno la richiesta di mantenersi a distanza di sicurezza dalle operazioni. Capo Maquinna rispose di non aver mai promesso niente del genere. A questo punto fu guerra aperta, con la sensazione che i nativi, forti della vittoria, fossero ancora più motivati e decisi a fare quanto era in loro potere per evitare la cattura di Luna.

Avevano anche tutta l'opinione pubblica dalla loro parte. Solo una settimana prima, gli abitanti di Golden River salutavano il personale del Vancouver Aquarium come gli eroi venuti a salvare Luna. Ora la parola d'ordine sembrava diventata "lasciate in pace la nostra orca".

Il temporale arrivò davvero. Il giorno dopo, il 23 giugno, ci furono comunque altri tentativi di cattura, ma le canoe dei nativi erano ancora lì e, complice un traffico di imbarcazioni davvero caotico nella zona, mandarono di nuovo all'aria ogni cosa.

La frustrazione di Marilyn Joyce raggiunse il massimo quando, quello stesso pomeriggio, decise di incontrare capo Maquinna per tentare un nuovo accordo. Maquinna arrivò più bellicoso che mai, la accusò di non aver capito niente di quanto detto nel loro precedente incontro, e di aver completamente travisato le decisioni e il pensiero dei nativi. Non bastava: le comunicava di aver appena inviato una lettera ai dirigenti del DFO chiedendo la sua testa, per incapacità di gestire tutta la situazione.

Joyce uscì dall'incontro arrabbiata e sconsolata per l'attacco personale, eppure pensando ancora che una speranza ci fosse. Il giorno dopo era previsto un altro tentativo di cattura, il terzo in tre giorni. Venne l'alba e in un attimo fu il delirio. In acqua c'erano barche ovunque, oltre a quelle dello staff e alle solite canoe dei nativi. La polizia a sua volta scese in acqua per allontanare curiosi, stampa e disturbatori. Nessuno li ascoltò, in un caos infernale dove l'orca giocava ormai un ruolo di secondo piano. Gli interessi umani avevano superato quelli dell'animale. Di cattura non se ne parlava, ovviamente.

Quello stesso pomeriggio, diversi rappresentanti delle tribù dei nativi si incontrarono con gli ufficiali del DFO, a Ottawa. Il risultato dell'incontro fu il sorprendente comunicato dell'ente governativo che annunciava che, per motivi di sicurezza pubblica, rinunciava alla cattura di Luna. Furono ancora i nativi a esultare: "Lo spirito di capo Tsu'Xitt è libero e non permetteremo a nessuno di catturarlo o comprarlo!". La notizia arrivò allo staff come una doccia fredda. All'incredulità si mescolava il risentimento per tutto il lavoro svolto, e soprattutto il timore per Luna.

Per Springer tutti si erano uniti in uno sforzo comune, per un obiettivo condiviso. All'opposto, nel caso di Luna, il lato peggiore della natura umana era emerso. Gelosie, sospetti, interessi politici e particolari, avevano ben presto superato l'obiettivo di partenza, la salvezza della piccola orca, rimasta sola.

Persino la posizione dei media fu nettamente differente. Per Springer la stampa faceva il tifo per il lieto fine o comunque remava nella stessa direzione, per Luna i media addentarono il boccone ghiotto di far apparire il governo come inetto e prepotente nell'imporre ai nativi le proprie decisioni. Di certo i risultati furono disastrosamente differenti.

Pian piano, il polverone sollevato attorno alla baia di Golden River e alla piccola orca solitaria cominciò a posarsi, lasciando un paesaggio più desolato. Il circo mediatico se ne era andato, la squadra di soccorso per Luna anche. Restava la gente del posto e, poco distante, i nativi, entrambi con la dolce sensazione di aver vinto almeno una battaglia. Ma restava anche un'orca solitaria, lontana dai suoi simili e con il rischio continuo che qualcuno, e soprattutto lei stessa, potesse farsi male, involontariamente o meno. Un'orca che si apprestava a passare la sua quinta estate lontano da casa, o forse in quella che considerava ormai la sua unica casa.

Durante l'estate del 2004, DFO e nativi si incontrarono ancora. Il primo, convinto che la situazione fosse ancora molto pericolosa. I nativi dal canto loro restavano sulle loro posizioni, che erano più o meno riassunte nel motto "lasciamo che la natura faccia il proprio corso". Qualunque esso fosse, evidentemente. Anche se la natura ormai c'entrava sempre meno con i comportamenti di Luna verso le barche.

Diverse erano ormai le voci e i resoconti di barche danneggiate dal giovane mammifero marino. Potevano essere racconti fatti e uditi davanti a un boccale di birra in qualche bar del porto, o storie passate di bocca in bocca, ma c'erano e bastava impegnarsi un po' per raccogliere una bella casistica.

È quello che fece Greg Middleton, ex cronista di nera in pensione, sulla rivista "Pacific Yachting" e alla radio. E aveva i suoi motivi. Mentre viaggiava sulla sua barca, la Cat's Paw, verso la metà di agosto di quell'anno, fu avvicinato da Luna "che era sbucato dal nulla". L'orca si mise a giocare con la barca e ben presto ruppe il timone. Il natante senza controllo fu raggiunto da un lavoratore di uno degli allevamenti di pesce della baia, e condotto in porto dove gli venne montato un timone provvisorio. Appena ripreso il mare, ecco arrivare subito Luna, che evidentemente aveva in simpatia o in antipatia questa barca. Altri giochi e il nuovo timone ancora in pezzi. Di nuovo senza controllo, la barca rimase per molte ore in balia dell'orca, che la colpiva e la sbatteva qua e là, probabilmente divertendosi un

mondo. Un po' meno si divertì il buon Middleton, che anzi dichiarò di avere provato una paura del diavolo.
A settembre, la montagna degli incontri fra DFO e nativi partorì il classico topolino. Il progetto aveva anche un nome: "Tsux'itt Guardians".
Per la verità, e fuori da ogni cinismo, in quella situazione fecero quello che si poteva fare. Tramontata l'ipotesi di spostare Luna, bisognava convivere con la presenza dell'orca nella baia, e con le sue interazioni con gli esseri umani. Furono stampate delle brochure che indicavano i comportamenti da tenere in presenza dell'orca. Al porto di Golden River apparvero nuovi cartelli che esortavano a fare attenzione e a evitare ogni tipo di contatto con il giovane cetaceo. Anche i nativi accettarono di effettuare regolari controlli in mare, per verificare e riportare eventuali interazioni fra Luna e le persone. Tutto questo almeno fino alla fine della stagione di massimo traffico navale.
Il DFO riconvocò anche la sua commissione di esperti, i quali sottolinearono che, con l'avvicinarsi dell'adolescenza di Luna, c'erano da aspettarsi ancora maggiori interazioni con le barche. Ma nessun nuovo piano di cattura e trasporto fu messo in cantiere. Tutta la faccenda di Luna aveva raggiunto il suo climax con i tentativi di cattura del giugno 2004. La bolla era scoppiata e ora la situazione era più simile a una stagnante calma piatta.
Luna restò così nella sua baia, limitata dalle linee immaginarie che racchiudevano il tratto di mare che si era scelto, o era stato costretto a scegliersi, come sua dimora abituale. Luna andava e veniva dal porto di Golden River. Seguiva i traghetti, giocava con le barche, si avvicinava ai moli e alle banchine del porto. Si strusciava sulle chiglie, giocava con i tronchi, esplorava gli allevamenti di pesce.
Le foto della residenza di Luna nel porto nel Nootka Sound sono incredibili per la loro sensazione di normalità e consuetudine, ma non è affatto consueto né normale vedere un'orca semi-addomesticata muoversi fra le barche, riposare al riparo di uno scafo, giocare con cime, ancore, prore e poppe.
Ma così ormai era, e così incredibilmente sarà per un altro anno e mezzo. Ogni tanto succedeva qualche piccolo incidente, sufficiente a fare ritornare sull'argomento "pericolo Luna". Ogni tanto qualcuno ritornava a parlare di portare via Luna da lì, magari facendole

seguire una barca di cui si fidava (la "natural relocation" di cui abbiamo già parlato). Il 2005 passò così, in una situazione in cui le cose non vanno benissimo, ma tutto sommato potrebbero andare peggio: si potrebbe quasi riassumere così tutta la storia di Luna.

In effetti non tutti erano proprio felici di avere un'orca, per di più dispettosa e incline a giochi dannosi, nelle acque che frequentavano ogni giorno per lavoro.

Ecco allora che iniziarono a circolare voci insistenti, secondo le quali i pescatori della zona sarebbero stati tutt'altro che contenti di questo *status quo*. E da più parti c'era chi era pronto a giurare di avere sentito dire che qualcuno stava pianificando di sparare a Luna. Di liberarsi così del problema di timoni rotti, danni alle attrezzature e contrattempi dovuti allo strano spirito di un'orca che non era più selvatica. Il sito Reuniteluna.com confermò queste paure e sollevò più di un timore per l'incolumità dell'orca.

La (inevitabile?) fine

Fra le persone decisamente preoccupate del futuro di Luna, o meglio del suo presente a rischio di fucilate, c'erano anche due scrittori americani, Michael Parfit e Suzanne Chisholm, i quali avevano anche assistito ai tentativi di cattura falliti nel 2004.

Essi scrissero al DFO esponendo le loro preoccupazioni riguardo alle voci del livore crescente verso l'orca. Non contenti, anche perché non ebbero mai risposta, elaborarono il loro personale progetto per riportare Luna alla sua vita precedente e al suo pod.

Era di nuovo il solito piano di una ricollocazione naturale, dunque senza catture o recinti. Ma la differenza stava nel fatto che, in un primo momento, si sarebbe dovuto lavorare sulla costruzione di un pod artificiale, fatto di esseri umani.

L'idea era di isolare Luna evitandogli tutti i contatti con le persone, tranne un ristretto numero di individui, che comprendeva anche alcuni nativi. Una volta che Luna fosse stata allontanata dal resto della gente e si fosse assuefatta al suo nuovo gruppo sociale, lo si sarebbe indotto a seguirlo, portandolo nelle sue acque natìe.

Il piano, nemmeno troppo strampalato, aveva la sua debolezza in quella che era anche la sua forza. Luna sarebbe sì stato allontanato

dai suoi sempre più stretti e pericolosi contatti con la gente, ma per dirigere tutte le sue attenzioni verso un gruppo comunque di esseri umani. Sarebbe stato insomma, ancora meno selvatico e sempre più lontano dalla sua natura selvatica. Sarebbe poi stato in grado di riunirsi al suo pod? E le altre orche, l'avrebbero accettato?
La proposta non ebbe riscontri ufficiali, ma il piano fu comunque avviato. Parfit e Chisholm passano l'inverno 2005-2006 sul loro gommone a seguire Luna e a cercare di evitargli guai, abituandolo anche alla loro presenza.
Avrebbe mai potuto funzionare il piano dei due scrittori? Chissà. La risposta è rimasta nascosta nel vorticoso roteare delle pale dell'elica del General Jackson, una grossa chiatta che il 10 marzo 2006 conduceva lentamente un ampio carico di tronchi nel Muchalat Inlet.
Quel venerdì Luna seguì a lungo il barcone, mentre il personale a bordo fotografava e si godeva lo spettacolo. Luna seguiva la barca e giocava a poppa; il capitano dell'imbarcazione regolava la velocità, variandola, proprio per evitare pericoli all'animale. Poi fu un attimo. Luna fu risucchiato dall'elica e fatto a pezzi. La storia di questa orca, durata anni, terminava in una fine improvvisa, crudele e sanguinosa.
Il sito di Luna venne invaso di lettere di persone tristi o arrabbiate, o entrambe le cose. Gail Laurie, la creatrice del sito stesso, riassumeva il tutto con poche, amare parole: "Non è stata quella barca che ha ucciso Luna, è stata la politica".
E questo sentimento era condiviso da quanti avevano lavorato per catturare l'orca nel tentativo di riportarla nelle sue acque originali. La sensazione fu che le parti in gioco – gli enti governativi, i nativi, ma anche i media e le diverse fazioni, pro e contro – avessero lavorato per un obiettivo che era particolare; il bene dell'animale era così passato in secondo piano rispetto alla volontà e agli interessi degli interlocutori.
Due mesi dopo, in giugno, Michael Parfit organizzò una crociera commemorativa per Luna, anzi, come fu chiamato, un "viaggio di riconciliazione". Sul traghetto Unchuck III, uno dei preferiti di Luna, in viaggio da Golden River a Mooyah Bay, gente giunta da ogni dove si raccolse per ricordare l'orca e forse per guarire le coscienze ferite da una morte che sembrava sempre più conseguenza di incomprensioni e prese di posizione.

Dal traghetto, storie e racconti su Luna riempirono gli spazi e i cuori, mentre fiori venivano gettati in acqua. Forse un eccesso di commozione, ma per un animale che comunque era stato capace di muovere le coscienze e risvegliare l'attenzione di gente di tutto il mondo, gente che continua a mandare messaggi sul sito di un'orca sfortunata.

Nel dicembre del 2008 Parfit e Chisholm realizzarono il film-documentario "Saving Luna", accolto benissimo dalla critica e vincitore di ben ventiquattro premi internazionali. Almeno il ricordo di Luna è ancora vivo.

Irlanda
Dingle

Fungie l'indipendente

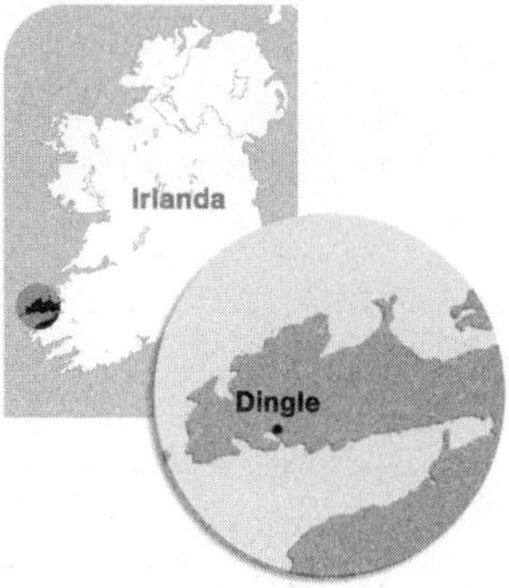

Graham Timmins è un appassionato – se così si può dire – di delfini solitari e di nuotate con loro. Oltre ad averne raggiunti diversi in varie parti del mondo, per più di quindici anni ha avuto a che fare con Fungie, il grosso tursiope di cui racconteremo ora. Graham ha scritto un lungo resoconto (disponibile anche online) della storia di Fungie, testo al quale molto spesso faremo riferimento.
Il suo racconto inizia nel 1989, quando Fungie frequentava il porto naturale di Dingle già da 5-6 anni, e termina nel 2004: da allora il resoconto non è più aggiornato anche se Fungie è ancora vivo e vegeto. E termina con una lunga frase che crediamo utile riportare prima di iniziare la storia di questo delfino, uno dei *solitary dolphin* più famosi nel mondo: "L'esperienza di interagire con un delfino selvatico alle sue condizioni è soprattutto qualcosa di personale e soggettivo, e quello che conta possono non essere i comportamenti e i movimenti esteriori osservati, che sono essi stessi così difficili da quantificare, ma gli infinitamente meno tangibili – ma non meno preziosi – processi interni, di aspettativa, contatto, armonia e risposta emotiva, che

si sperimentano durante l'interazione. Centinaia di persone hanno vissuto questo momento misterioso di silenziosa comunicazione che attraversa la barriera fra le specie e che è così difficile da definire, tanto meno da predire e dirigere, e che fa sì che tutta l'attesa e il disagio di infilarsi una muta che presto diviene fredda e umida valgano comunque la pena. Ogni anno qualcuno in più si aggiunge alla comunità degli auto-confessantisi maniaci dei delfini – che hanno goduto un po' di qualcosa di così speciale e unico che ci si può davvero aspettare che accada solo una volta nella vita, e che non sarà mai nemmeno intravisto dalle centinaia di migliaia che vedono solo scomparire il dorso di un delfino dalle altezze sicure di un affollato ponte di una barca turistica che ne insegue l'ultimo soffio. È ancora possibile fare parte di questa banda di fortunati, diciassette anni dopo – oggi serve solo un po' più di impegno e di fortuna, tutto qua!".
Insomma, oltre all'invito sconsiderato a lasciare le osservazioni dei cetacei da una barca per provare l'esperienza di nuotare o interagire con loro direttamente in acqua, anche una bella dichiarazione di un (autoproclamatosi) "maniaco" dei delfini. E per fortuna queste parole si trovano appunto alla fine del racconto di Timmins: forse leggendole all'inizio si sarebbe portati a essere quanto meno prevenuti sull'obbiettività dei racconti del nostro appassionato autore.
Per la verità la storia di Fungie, il "Dingle Dolphin", così come esce dalla penna di Timmins, non è poi tanto distorta dalla sua palese passione. Ed è comunque una storia che vale la pena raccontare.

La casa di Fungie

Una storia che ha come scenario un bel porto naturale, la Dingle Bay. Un luogo riparato, un braccio di mare che si insinua tra le terre e che è congiunto al mare aperto solo attraverso un passaggio largo non più di 100 metri.
Siamo nell'area sud-occidentale dell'Irlanda, dove le coste rocciose e frastagliate si spingono verso l'Atlantico come dita protese. Sul lato meridionale di uno di questi promontori, a poca distanza l'una dall'altra, ci sono due insenature naturali, che curiosamente hanno una forma molto simile. La più interna delle due accoglie nel suo ventre protettivo il porto di Dingle, un porto molto attivo e frequentato

che ha visto negli ultimi anni un notevole sviluppo di imbarcazioni da diporto. E questo nonostante lo stretto canale di comunicazione con il mare aperto che, come si diceva, è largo appena 100 metri, ma in più è profondo solo 10 ed è percorso da forti correnti di marea.
Fungie viveva qui, ma non come si potrebbe pensare all'interno del porto naturale, bensì appena fuori da esso, in una piccola e riparata cala chiamata Slaidin. Oltre la baia di Slaidin c'è l'imboccatura del canale che porta alla Dingle Bay. Qui Fungie viveva sotto l'occhio indifferente del pittoresco faro che, in alto sulle rocce, indicava ai naviganti l'entrata del porto, in un'area di poco più di un chilometro quadrato e che comprendeva anche un'altra piccola baia (di Binn Bàn). Raramente Fungie lasciava questa zona e in ogni caso non si allontanava mai troppo. Anche quando risaliva il canale verso Dingle, non era mai stato visto lasciare per più di due chilometri la sua area di residenza.
Fungie era un tursiope, un maschio grosso e robusto che arrivava a 3,7 metri e poteva pesare più di 300 chili. Un adulto di certo, e forse lo era già quando arrivò a Dingle, nel 1984. I suoi denti erano consumati e questo, insieme alle dimensioni ragguardevoli, indicava chiaramente un delfino di una certa età.
Lo si riconosceva, tra l'altro, da una tacca profonda sul lobo sinistro della coda e da un'incisione più piccola ma comunque evidente alla base della pinna dorsale, tipicamente arrotondata. Spesso aveva ferite o "bernoccoli" sul rostro, una costante per i delfini troppo socievoli con l'uomo, segni dovuti in genere a incontri troppo ravvicinati con le eliche delle barche.

I primi anni

Timmins incontrò per la prima volta il delfino di Dingle nel 1989. Interessato alla sua storia, cercò alacremente di ricostruire gli anni precedenti di questa vicenda, che come già detto comincia con ogni probabilità già nel 1984, se non addirittura nel dicembre dell'anno prima. Questi primi anni li si ritrovano anche nei due libri dedicati a Fungie, quello introvabile di Ronnie Fitzgibbon del 1988, *The Dingle Dolphin*, e quello di tre anni dopo di Sean Mannion, *Fungie. Ireland's Friendly Dolphin*.

Nella seconda metà degli anni Ottanta del Novecento c'era un'intensa attività di pesca locale nella zona. Piccole barche che pescavano a strascico poco fuori dal canale di ingresso della baia, o pescatori che calavano le nasse per pescare aragoste o gamberi proprio lungo le coste rocciose. Attività che in genere possono avere interesse per un delfino curioso e in cerca di movimento. In effetti ogni pescatore ha qualche aneddoto da raccontare sul delfino, anche se non è sempre facile valutare l'attendibilità di queste storie, collezionate sugli sgabelli di un pub, magari sollecitati da qualche birra.
Non solo. Una volta che il delfino salì agli onori della cronaca cominciarono ad arrivare in zona gli immancabili media che a volte tendono, come dire, a forzare un po' la mano, se la storia che viene raccontata non è abbastanza succulenta, con il risultato di renderla più televisiva infiorettandola un po'. Meglio dunque attenersi alle fonti originali, i pescatori dunque, pur con qualche riserva.
Sarà forse per questo che i racconti raccolti da Graham Timmins sono abbastanza differenti rispetto a quanto da lui vissuto direttamente dopo il 1989. A volere dunque dar credito alle storie "di seconda mano", i comportamenti di Fungie nei primi anni di residenza in zona erano non solo molto vari, ma anche testimonianze di una grande propensione al contatto e all'interazione con gli esseri umani. Si parla dunque di ragazzini portati a spasso sul dorso, di pesci catturati e lanciati sulle barche dei pescatori o di episodi di aiuto ai pescatori stessi nel sollevare dall'acqua le nasse piene di aragoste. Sappiamo quanto questi comportamenti possano comparire in alcuni delfini socievoli, ma quello che stupisce Timmins è il fatto che, nella sua osservazione diretta di Fungie, raramente, se non mai, ha visto interazioni così spinte.
Filtrando dunque fra le diverse testimonianze, una di quelle ritenute affidabili aiuta a collocare nel tempo l'arrivo di Fungie all'ingresso della baia di Dingle. L'imboccatura del canale naturale è infatti chiusa ai lati da due altopiani rocciosi, suggestivi e selvaggi, su uno dei quali, quello più orientale, si trova il faro. Una costruzione bianca, affiancata dalla casa del custode, tipicamente nordica con il tetto spiovente e tutto il resto. È in questo scenario da cartolina che Paddy Ferriter, l'allora guardiano del faro, disse di aver visto comparire Fungie per tutto l'inverno fra il 1983 e il 1984, spingendosi a fissare il suo primo arrivo nell'ottobre 1983. La parola di Paddy è l'unica che

ci sostiene fino all'aprile del 1984, quando due esperti subacquei, John O'Connor e Ronnie Fitzgibbon, si accorsero della presenza costante del delfino e iniziarono una lunga serie di immersioni, con le bombole o semplicemente con maschera e boccaglio, insieme a lui, che durarono fino al 1987. Fitzgibbon poi scriverà il già citato libro sul delfino di Dingle. Fungie si mostrò praticamente da subito attento e interessato verso i due uomini in acqua. Chiaramente però, almeno all'inizio, non si fidava e manteneva le distanze, salvo poi abituarsi gradualmente alla presenza dei due intrusi, fino a consentire contatti e interazioni. Questa sequenza di comportamenti si ripresentava ogni volta che il delfino incontrava nuovi compagni di gioco, dimostrando tra l'altro di assuefarsi col tempo, non genericamente agli esseri umani, ma alle singole persone, che dunque era in grado di riconoscere individualmente.

Altre persone in seguito sono state indotte da questo comportamento a credere di avere a che fare con un animale selvatico, "iniziato" da loro stessi al gioco con l'uomo. È quello che affermano altri due sub, Sheila Stokes e Brian Holmes, che scoprirono Fungie nell'estate del 1986 iniziando con lui una lunga serie di nuotate. Sheila e Brian dichiararono di essere stati i primi a stabilire un rapporto particolare col delfino, proprio perché all'inizio lo vedevano timoroso e poco propenso ad avvicinarsi e poi gradualmente riuscirono a ottenere una lunga e varia sequela di interazioni con lui, e per un periodo di oltre tre anni. Queste interazioni, documentate da immagini fotografiche, erano costituite anche da contatti fisici veri e propri, con Fungie che si lasciava toccare e grattare senza troppi problemi. Cosa che a quanto pare, più avanti, non concederà più.

Fitzgibbon descriveva, senza però documentarli, anche comportamenti che si spingevano oltre: si parlava di bambini portati in giro sul dorso del delfino. Non mancavano poi, ma questo è più facile da credere, i classici comportamenti investigativi, quindi con il delfino che indagava su oggetti, ma anche su parti del corpo di persone in acqua con lui, usando il rostro o la bocca aperta. Sempre Fitzgibbon raccontava anche quanto già descritto da qualche pescatore, e cioè che Fungie poteva offrire dei pesci alle persone, o anche lanciarne direttamente sulla barca; si racconta che in un'occasione ben 22 merluzzetti furono generosamente gettati dal delfino su un'imbarcazione. Pare infine sia stato visto riportare oggetti caduti accidental-

mente sul fondo, come una maschera da sub, ai legittimi proprietari. Insomma, quello che ci si presenta è un primo periodo, lungo alcuni anni, in cui Fungie prese familiarità con il suo nuovo ambiente, e occasionalmente incontrò persone in acqua, spesso subacquei, ma anche semplici bagnanti sulle spiagge di Beenbawn o Salidin, proprio all'imboccatura del porto naturale. Fungie era curioso e al tempo stesso diffidente, ma superata con la consuetudine questa cautela interagì con le persone in maniera molto varia e senza troppe limitazioni. C'erano tutti i presupposti perché la storia di questo delfino amichevole cominciasse a crescere e viaggiare.
I contatti con i bagnanti non furono più così casuali, e molti giunsero apposta dalle località vicine per vedere il delfino, e magari nuotare con lui. Da lì all'interesse dei mezzi di comunicazione il passo è breve, e infatti nel luglio del 1987 Fungie finì sul "Sunday Press", una rivista settimanale irlandese. Nell'autunno successivo se ne parlò più volte in televisione e nel 1988 era ormai una star. Al punto che arrivò sul posto per filmarlo – e come poteva mancare – Horace Dobbs, che ritroveremo più avanti, il quale realizza un film per la tv dal titolo "The Dolphin's Touch" seguito da milioni di persone sui canali nazionali inglesi. Fungie era ormai famoso e tantissima gente, che lo aveva visto in tv, arrivava a Dingle per vederlo con i propri occhi.

Fungie e Sheila

Volente o nolente, Fungie si ritrovò circondato di "attenzioni" e di gente che lo cercava e voleva nuotare o giocare con lui. Ma contrariamente a quanto visto per esempio nella storia di Opo, la spirale di avvenimenti non precipitò.
Nel 1989 quando Timmins visitò per la prima volta Fungie, lo trovò ancora curioso e disponibile all'interazione con i bagnanti, ma per la verità non mostrava più la varietà di comportamenti descritta da Fitzgibbon. Fungie restava sempre un po' distaccato, non superava mai la linea che forse lo avrebbe portato in situazioni dalle quali, come abbiamo visto, sarebbe stato difficile tornare. Non che si voglia vedere in questo un'intenzione, semmai una naturale ritrosia, un lato del suo carattere che, in qualche modo, lo metteva al riparo da comportamenti troppo invasivi.

Si comportava così con tutti tranne che con una persona: Sheila Stokes che, dopo aver frequentato regolarmente il delfino dal 1986 al 1989, a questo punto della storia non andava spesso da lui e aveva ridotto le sue visite a incontri occasionali. Ogni volta che Sheila era in acqua Fungie la riconosceva subito e lasciava qualunque attività per rivolgere le sue attenzioni solo a lei. La donna era l'unica cui era concesso regolarmente di toccare il delfino, e l'unica con cui Fungie cambiava atteggiamento.

Mentre era in acqua con altre persone lui nuotava loro intorno, andava e veniva, giocava e interagiva con loro secondo modalità spesso imprevedibili, casuali. Con Sheila invece molto spesso si tranquillizzava completamente, rimaneva fermo in acqua a farsi grattare e accarezzare il petto, la pancia o le pinne. Qualcuno aveva pensato che questo comportamento fosse legato all'abitudine della donna di indossare dei grossi guanti arancioni da portiere, invece che i classici di neoprene, usuali per i sub. Ma diverse prove con guanti simili indossati da altri si rivelarono fallimentari. Dipendeva da Sheila, non dai suoi guanti.

Fungie e gli altri

Dunque questo era il rapporto speciale fra Fungie e Sheila. In ogni caso nuotare con Fungie non doveva essere così male: le interazioni e i giochi non mancavano.

Fungie era un animale molto attivo e giocoso, a volte addirittura impetuoso. Saltava spesso completamente fuori dall'acqua, sia che stesse nuotando sull'onda di prua di una barca, sia che stesse giocando da solo. Oppure si divertiva a spruzzare le persone, o persino i cani, che erano su piccole imbarcazioni, investendoli con l'acqua sollevata dai suoi tuffi. Vittime della sua esuberanza erano anche foche o uccelli marini, ai quali si avvicinava di soppiatto, per poi emergere all'improvviso dietro di essi, facendoli fuggire spaventati.

Più o meno lo stesso atteggiamento furtivo e cauto che teneva con persone nuove in acqua. Tendeva ad avvicinarsi senza essere visto o da direzioni inaspettate. Chi nuotava in acqua senza mettere la testa sotto difficilmente si sarebbe accorto della sua presenza, salvo sentirsi poi gridare: "È dietro di te!".

Se la persona gli piaceva o era interessato a qualche oggetto che aveva con sé cominciava con ripetuti passaggi sott'acqua, sempre guardingo, ma ogni volta un po' più vicino. Con i nuotatori più audaci e meno timorosi si approcciava più velocemente e con rapidi scatti, con quelli più timidi i suoi modi erano molto più lenti e graduali.
Sempre nell'ambito delle interazioni con gli esseri umani, Fungie restava particolare, e forse unico, per aver spesso, e in maniera molto varia, interagito anche con un'altra "categoria" di persone: i canoisti.
Una piccola canoa, un kayak per intenderci, si è rivelato uno strumento che ben si presta per avere a che fare con un delfino in acqua. È leggera e, per taglia e più o meno per forma, è simile a un delfino (ma chissà se il delfino la pensa allo stesso modo...). È decisamente più manovrabile e maneggevole di una barca, essendo di fatto un'estensione del corpo del canoista stesso, e più veloce di un nuotatore. Inoltre a bordo di una canoa si resta più o meno all'asciutto e dunque si può prolungare di molto la permanenza in acqua, soprattutto in luoghi dove l'acqua non è propriamente tiepida, come in Irlanda.
Dovevano pensarla allo stesso modo anche Adrian Devlin e Mary McGillycuddy, che furono i primi a sperimentare quanto ai delfini piacesse il kayak. A partire dall'estate del 1987 e per due anni, quasi ogni weekend i due partivano dalla vicina Tralee per recarsi a pagaiare nei pressi di Dingle, insieme al loro nuovo amico.
Superata la paura che all'inizio questo "bestione" di quasi quattro metri incuteva a Mary, ben presto i due si resero protagonisti di una serie di giochi con Fungie.
Uno dei più divertenti era fare surf sull'onda di pressione creata dal delfino stesso che nuotava vigorosamente a grande velocità. Più convenzionale era invece far scivolare la pala di un remo lungo la superficie dell'acqua, il che segnalava a Fungie che stava per cominciare una sessione di grattatine e colpetti, sempre portati con il piccolo remo. Il contatto leggero di questa pagaia pareva piacere molto a Fungie, e diverse foto lo dimostrano, tanto che un altro giochetto era per lui scivolare lungo il fianco della canoa mentre il remo proteso verso l'esterno passava gradevolmente sul suo fianco. Lo stesso remo a volte veniva spinto, a mo' di giocoliere, fuori dall'acqua per quasi un metro, in equilibrio sul rostro del delfino.

Abbiamo dunque un delfino adulto, stabilitosi in un'area in prossimità di un porto naturale, che appare socievole e curioso verso gli esseri umani. Anche se mai troppo. Nessuno a questo punto può realmente dire di avere instaurato un qualche tipo di relazione stabile con il delfino, a parte Sheila, che però lo frequenta solo occasionalmente. Fungie è già stato visto in diversi programmi televisivi, ed è abbastanza noto. Alcuni vengono da altre parti dell'Irlanda o dalla Gran Bretagna per vederlo o nuotare con lui, ma non è ancora un fenomeno di massa e soprattutto resta legato ai periodi estivi, in particolare ai fine settimana. Poi dal 1989, ed è qui che entra in gioco in prima persona Graham Timmins, le cose cambiano. Fungie non diventerà mai una "celebrità mondiale", e crediamo che il luogo in cui si trovava, di certo poco ospitale dal punto di vista climatico, abbia avuto un suo ruolo in questo. Però a partire da quel periodo, alcune persone cominciano a stabilirsi nell'area di Dingle per avere la possibilità di nuotare con il delfino. Una comunità di "dolphins nuts" (matti per i delfini) come li definisce Timmins. E lui ne fa parte.
Ne fa talmente parte che alla fine del 1989 decise di trasferirsi a Dingle. Per guadagnarsi da vivere ebbe un'idea: affittare mute da sub, offrendo così la possibilità a molti di nuotare con il delfino. Il 17 marzo del 1990, giorno di San Patrizio, aprì la sua attività, Seventh Wave, la settima onda; in pratica parcheggiò il suo furgone Volkswagen carico di mute sul molo di Dingle. Fuori dal furgone, un cartello scritto a mano: "Swim with the dolphin". Bisogna tenere presente che l'idea di nuotare nelle acque di quella zona nella stagione fredda non era assolutamente praticata. Solo pochi bagnanti, e solo in piena estate, si avventuravano a bagnarsi in quelle acque, soprattutto dalle piccole spiaggette di Slàidin o Beenbawn. Gli unici che frequentavano la zona con assiduità erano invece i sub, grazie alle mute.
Nonostante i diversi passaggi in tv del delfino di Dingle, solo pochi fino ad allora si erano spinti fin lì a vederlo dal vivo e un pugno di subacquei aveva già nuotato con lui. Qualche barca organizzava uscite ad hoc, ma senza tanti clienti, per la verità. E i pochi barcaioli, così come i pescatori locali, risero e presero per pazzo quello strampalato inglese con le sue mute per nuotare con il delfino. Invece, naturalmente, l'idea funzionò. E ben presto i possessori delle barche non

si presero più gioco di lui, anzi, lui era diventato la fonte dei loro guadagni. Timmins preparava i nuotatori con le mute e loro li portavano da Fungie. La gente cominciò ad arrivare prima dalla Gran Bretagna e poi anche da altre parti d'Europa. La cosa crebbe ancora quando i media cominciarono con una certa frequenza a farsi vivi in zona e cercare Timmins per intervistarlo. L'esposizione mediatica portò ovviamente ancora più gente a mettersi in viaggio per vedere il delfino o scendere in acqua con lui. Questo non sembrava avere effetti negativi sul delfino, o almeno così dichiara Timmins, perché comunque in acqua c'erano solo poche persone alla volta.

Momenti di gloria

Il delfino sembrava gradire i giochi che venivano messi in scena con lui. Molto praticato era il "paddle game", con il remo di un kayak. La grattata sul fianco portata con il remo restava la passione di Fungie, che vi si prestava anche quando non era interessato alle persone in acqua. E fa sorridere, o magari inquieta, Timmins quando afferma che "per due anni furono fatti molti tentativi per trovare e adattare il 'remo perfetto': lungo abbastanza per permettere al delfino di non avvicinarsi troppo e corto il giusto per poter scivolare senza sforzo nell'acqua, resistente ma leggero." Tutte le persone che andavano da Fungie si portavano un remo; era essenziale come le pinne e la maschera. Finché nel 1995, riporta fedelmente Timmins, il delfino perse interesse per quel gioco. Si concedeva solo qualche grattatina ogni tanto e solo da persone su piccole barche e kayak...

I salti erano un'altra peculiarità di Fungie, almeno nell'intensità e nell'energia con cui si impegna in questo tipo di manifestazioni. Salti singoli e spesso molto alti ed energici, o lunghe serie di balzi, fanno parte del suo repertorio, così come di quello di ogni delfino, per la verità. Ma Fungie non ha paura di saltare anche piccole barche da un lato all'altro. E salta anche, per lo stupore degli inconsapevoli nuotatori, le persone che nuotano in acqua con lui. Con precisione millimetrica esce in verticale dall'acqua a pochissima distanza dal soggetto di turno, che resta impalato a guardare 300 chili di delfino che si arcuano sulla sua testa e ricadono dall'altra parte. Ci piace pensare che in questo caso si diverta molto di più il delfino dell'uomo.

Al contrario, per ottenere un'attenzione quasi ipnotica da parte del delfino bastava fare rumore con una catena, ad esempio di una barca o di una boa. Fungie sembrava particolarmente attratto da questo suono e restava incantato ad ascoltare a mezzo metro dalla catena; a volte era così distratto che non si accorgeva delle persone che si erano raccolte attorno a lui, ma solo finché qualcuno cercava di toccarlo: allora con un colpo di coda, mollava tutti e se ne andava.
Anche il gioco della catena a un certo punto finì; circa due anni e poi a Fungie non piaceva più o non ci faceva più caso. Ma Timmins e gli altri "adepti" del delfino continuavano a cercare nuovi oggetti con cui interessarlo: galleggianti di vario tipo, palloni, una tromba, ombrelli, materassini gonfiabili, sonaglini, delfini a molla e cetacei di plastica (!), giubbotti salvagente e bidoni vuoti. Tutto funzionava per un po', per poi perdere di interesse.
E questa in definitiva, sembra essere la forza di Fungie, e forse anche ciò che gli ha permesso di vivere così a lungo pur essendo l'oggetto dell'attenzione di tanta gente: questo suo non concedersi mai più di tanto, questo "gioco finché mi diverto io e non quanto vorreste voi". Non si lascia toccare. Se in acqua c'è un novizio che gli nuota incontro perché non vede l'ora di arrivargli a tiro e magari toccarlo, verrà lasciato a se stesso, senza soddisfazione. Chi lo rispetta può guadagnarsi una nuotata fianco a fianco.
Nell'ottobre del 1990 la troupe cinematografica di una casa produttrice di Londra filma a lungo il delfino e nell'autunno dell'anno successivo esce "The Dolphin's Gift", che gli darà ancora più popolarità. Nel 1994 anche la Natural History Unit della BBC filma Fungie e produce "Dolphin dreaming"
La fama del delfino prospera e, in misura minore, anche la fortuna di Timmins, che nel 1991 abbandona il suo furgone e acquista una vecchia casa da ristrutturare. L'idea è di farne un centro per "celebrare" i delfini e promuovere la conservazione degli ambienti marini. Dopo due anni di lavoro, aiutato da decine di volontari ripagati con l'affitto gratis di mute da sub, il centro è pronto e apre i battenti con mostre, foto e informazioni sul delfino di Dingle. Con il centro migliorano anche i servizi offerti ai clienti, e dunque anche gli affari. Persino troppo. Infatti, fiutato il business, un forte concorrente apre i battenti: "I due Jimmy Flannery", padre e figlio, non solo affittano mute ma, essendo proprietari di barche, forniscono il pacchetto completo.

La Seventh Wave subisce duramente il colpo. Ma un po' come la volpe e l'uva, Timmins dichiarò che era comunque ora di cambiare attività. Questo perché, e non è un dettaglio da poco, tornando a parlare del nostro delfino, ormai il traffico di barche nella baia è diventato talmente intenso che i bagnanti sono sicuri solo al mattino presto o nel pomeriggio avanzato. Così nel 1995 la Seventh Wave chiude i battenti.

L'invasione delle barche

Fungie intanto continuava, nella sua maniera un po' distaccata, a interagire con le persone in acqua. Alcuni fortunati risvegliavano all'istante il suo interesse, metre per molti altri ci volevano settimane se non mesi di perseveranza per ottenere la sua attenzione. Che a volte arrivava poi all'improvviso e altre volte non giungeva affatto. Si può dire che in quegli anni c'era quasi sempre un gruppetto di persone, diverse in ogni periodo, che avevano sviluppato un qualche tipo di relazione con Fungie, mentre il resto, la maggioranza, restavano contatti occasionali. Il picco dei nuotatori resta concentrato fra il 1992 e il 1993 dove mediamente, in una giornata estiva, in acqua avremmo trovato 2 o 3 nuotatori "regolari", 10-15 visitatori occasionali e altre 20-30 persone che assistevano alle loro evoluzioni dalla spiaggia o dalle barche. Alla fine sono queste ultime a prevalere e ben presto gli affari generati da Fungie saranno principalmente legati a questo tipo di opportunità. Il numero di licenze disponibili fu fissato a 12, ma le dimensioni delle barche crescevano sempre, fino ad arrivare natanti da 42 o anche 70 posti.

Purtroppo non c'erano e mai ci saranno limitazioni sul numero di barche che potevano contemporaneamente uscire in mare. Nessun regolamento è mai stato emesso a protezione del delfino. L'area di Dingle divenne una specie di "dolphin circus": fino a 20 barche a contendersi il delfino e puntare su di lui senza riguardo ogni volta che usciva a respirare. Tuttavia la fortuna (o forse l'astuzia e il carattere di Fungie) fecero sì che il delfino non avesse a subire conseguenze troppo pesanti da questa asfissiante attenzione.

A onore del vero bisogna anche dire che il delfino mostrò sempre di preferire le barche alle persone in acqua, soprattutto se dotate di un

rumoroso motore fuoribordo. E comunque chi si avventurava per nuotare con lui vide restringersi sempre più le possibilità a pochi momenti nella giornata, facendosi strada fra le piccole imbarcazioni. Ben presto i due Flannery cominciarono a portare fuori la gente anche al mattino presto, utilizzando spudoratamente una "catcher boat", cioè una barca che spingeva il delfino a restare in zona "turisti paganti" anche quando non avrebbe avuto più interesse per la cosa.
A metà degli anni Novanta i nuotatori erano ormai rarissimi. Gli appassionati, che regolarmente nuotavano con Fungie, si concentravano alla fine dell'estate, da settembre fino a quasi Natale, ma pochi di loro resistevano ed erano quasi tutti uomini. Tranne Jamie. Jamie cominciò a nuotare con Fungie nel 1995 e proseguì in maniera assidua e regolare dal 1996 in poi. Oltre a sessioni di lunghe e profonde immersioni con il delfino, e agli immancabili giochi con il remo, Jamie riuscì spesso ad avere contatti con Fungie in acque molto basse. A volte il delfino arrivava a spingersi dove non c'era più di un ginocchio d'acqua per stare con la ragazza. Il che non può non sorprendere, ricordando la natura davvero diffidente di Fungie.
Così la storia di Fungie scivola gradualmente nel nuovo millennio. Ormai solo un manipolo di persistenti temerari nuota con Fungie in maniera regolare. Non in estate, a causa delle barche, non in inverno a causa del freddo e dell'acqua torbida. E anche l'interesse del delfino pare comunque assopito e sembra addirittura che resti solo un periodo, da ottobre a gennaio, in cui la voglia di Fungie di interagire con i nuotatori si manifesta nuovamente. Chissà se è vero o se è solo un'interpretazione degli umani.
A noi piace pensare che ancora una volta sia Fungie a decidere, almeno in parte, della sua vita. Un po' come ha sempre fatto, concedendosi ma senza esagerare, senza dare mai troppo e forse ricevendo altrettanto. Resta il fatto che, forse proprio grazie al suo carattere particolare, Fungie è ancora là, dopo quasi vent'anni. E basta andare su internet e cercare Dingle, per trovarlo fra le principali attrazioni turistiche. Anche se noi ora sappiamo che non è proprio così, che di certo lui non è lì per loro, mentre sarà vero spesso il contrario. Perché in fondo Fungie ha sempre fatto a modo suo. E difficilmente cambierà.

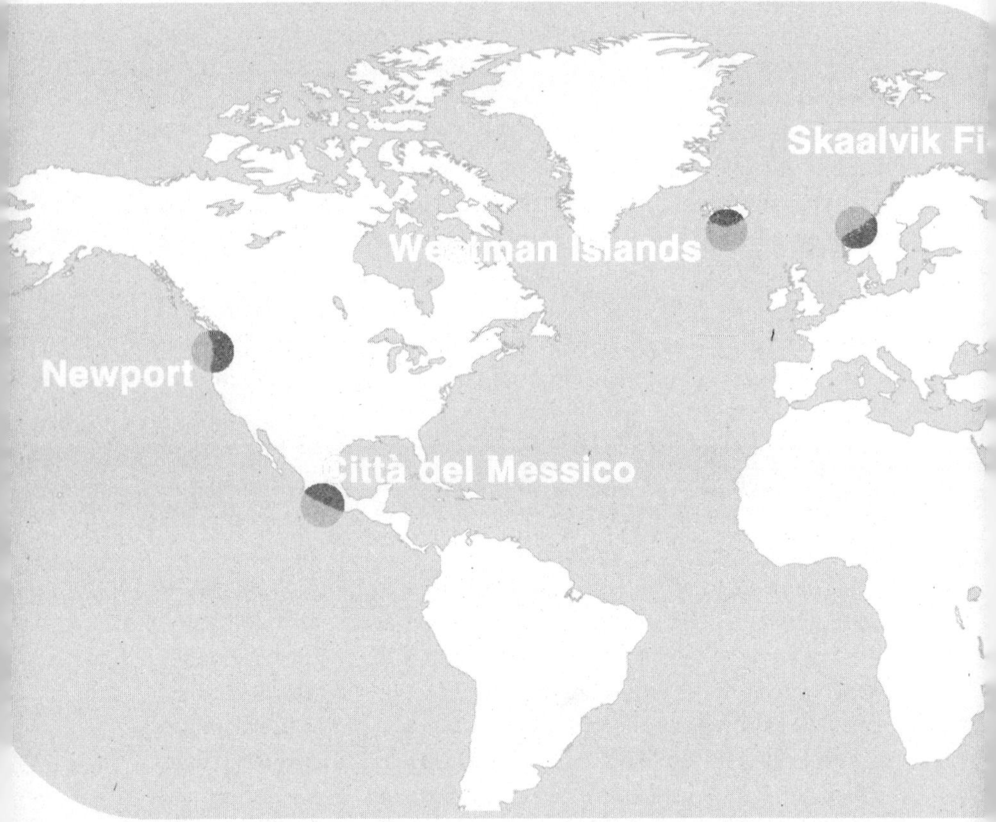
Skaalvik Fi
Westman Islands
Newport
Città del Messico

L'odissea di Free Willy

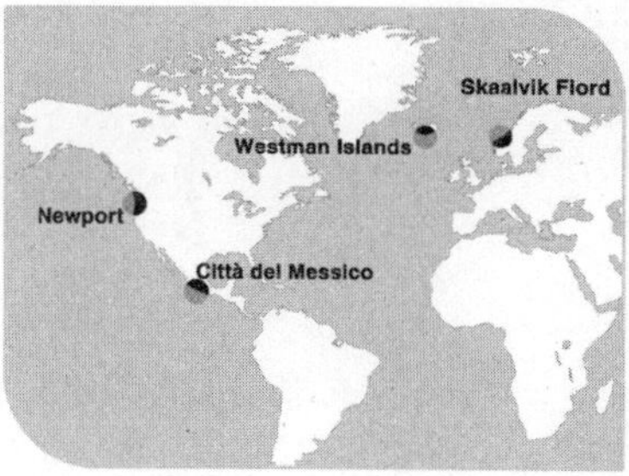

La storia di Keiko, l'orca che molti conoscono con il nome di "Free Willy", dal titolo del film di cui è stata protagonista, è lunga e complessa. Diversi libri sono stati scritti, film e documentari prodotti per raccontare questa saga che, almeno in alcune fasi, ha davvero dell'incredibile.

Quella di Keiko è anche una vicenda che si presta a molte letture: un successo, un tentativo incoraggiante e da ripetere, un clamoroso fiasco, una lezione da imparare.

Di certo, almeno da un dato momento in poi, la storia di quest'orca da storia della nascita di un simbolo diventa cronaca di un delirio. Una concatenazione di eventi che improvvisamente, proprio a causa del film già ricordato, esplode e prende la mano, cresce e si nutre di progetti e speranze, di obiettivi alti e di investimenti folli. La saga di Keiko a un certo punto va oltre Keiko, va oltre il bene di quella singola orca, di quell'animale sventurato, e riguarda più l'uomo e la sua volontà di modificare, se non il corso della storia, almeno quello di *una* storia.

L'investimento di forze, tempo, lavoro, denaro, ha una sproporzione mostruosa rispetto allo scopo che si voleva raggiungere: liberare un'orca dalla cattività e restituirla alla vita selvatica. Non tutti gli animali rinchiusi, non tutti i cetacei, non tutte le orche, ma una, una sola. Il simbolo forse della coscienza sporca di una specie, quella umana, che spesso dispone delle altre creature a sua volontà e capriccio e che, quando vuole andare contro questa sua natura di dominatore, lo fa di nuovo da dominatore.

C'era una volta una piccola orca...

La storia di Keiko dura quanto la sua breve vita, 26 anni, e ha inizio nelle fredde acque dell'Irlanda, nel 1979. Poco lontano dai fiordi islandesi che guardano verso oriente, un gruppo di orche, superbi mammiferi marini, era a caccia. Seguiva un banco di aringhe, le quali a loro volta erano finite nelle reti di un grosso peschereccio, il Gudrun. Le orche adulte sanno rubare il pesce dalle reti, qualunque delfino sa farlo. Ma un giovane maschio di appena due anni, seguendo con maldestra frenesia l'esempio dei grandi, finì per rimanere impigliato nella rete. La storia di Keiko non sarebbe neanche cominciata, se i pescatori avessero lasciato andare l'insolito pescato. Invece, dopo avergli dato il nome di Siggi, come il figlio del capitano della barca, i pescatori decisero di vendere il cucciolo al piccolo acquario islandese di Saedyrasafind. Qui, dopo essere stato ribattezzato con il nome di Kago ("ragazzino") restò per tre anni. Fino a che, nel 1982, ormai troppo cresciuto, un altro acquario si fece avanti per acquistarlo. Di nuovo un viaggio, questa volta ben lungo, attese il piccolo Kago: fino in Canada, al Marineland di Ontario.
In realtà il parco canadese non necessitava di un'orca delle dimensioni di Kago, ma un po' per liberarlo dalla piccola vasca islandese, un po' con il progetto di addestrarlo a dovere e poi rivenderlo, comprò il malcapitato. Il quale capitò davvero male, in quanto si trovò a dividere la vasca con altre cinque orche, che lo vessavano e maltrattavano in ogni modo, essendo lui l'ultimo arrivato e il più piccolo del gruppo. Vuoi per lo stress, vuoi per la sua indole o il suo carattere, Kago non sembrò molto adatto come animale da spettacolo. Inoltre era debole e vulnerabile alle malattie.

In Messico

Eppure, nonostante tutto, passarono così altri cinque anni. Ovvero già ben otto anni di vita in cattività per l'ormai non più cucciolo Kago. E certo non la migliore delle vite per lui: il distacco brutale e precoce dalla famiglia, la vita in vasca, le prepotenze dei suoi simili, per quanto poco delle orche selvagge restasse in quegli animali forzati a un ambiente artificiale e restrittivo. Ma al peggio sembrò non esservi fine per il nostro protagonista, perché dopo cinque anni in Canada venne venduto di nuovo. Questa volta il compratore fu Reino Aventura, un parco acquatico del torrido Messico.
Arrivato laggiù, i suoi nuovi padroni decisero come prima cosa di cambiare il suo nome. Così Kago diventò Keiko. Ironia della sorte, Keiko in giapponese significa "il fortunato". Dove fosse la fortuna per un essere vivente che, strappato a forza dalle gelide acque natìe, viene spedito a vivere in un paese dalle temperature tropicali, è difficile comprendere... Ed è facile invece capire che non c'era davvero nessuna buona sorte per Keiko, il quale passò dieci anni in condizioni disastrose. La sua vasca era lunga solo 27 metri (cinque volte la lunghezza dell'animale) per una larghezza di 13 metri. La profondità della vasca era minore di quanto Keiko fosse lungo: nessuna immersione profonda per lui, semmai un lungo, incessante rollìo inerme in superficie. L'acqua, non refrigerata, era troppo calda per un'orca, e Keiko si muoveva il meno possibile per non surriscaldarsi. Aveva ulcere allo stomaco, in genere segno di stress, ma anche di poca cura se è vero, come si racconta, che abbia ingoiato, in quegli anni, un galleggiante, una corda e un pallone. I suoi denti erano rovinati dal continuo mordere nervoso i bordi della vasca.
Ai tempi del Canada aveva contratto, dai suoi compagni di vasca, un'infezione della pelle, un papilloma. Mentre nelle altre cinque orche l'infezione andava e veniva, in Keiko, a causa dello stress, si era subito cronicizzata. In Messico esplose. Le lesioni, che a volte sanguinavano, coprivano il dorso, il peduncolo caudale, la coda, ma soprattutto l'attaccatura delle pinne pettorali. In molte scene del film *Free Willy* si vedono benissimo.
Città del Messico, dove si trova Reino Aventura, è a circa 2300 metri sul livello del mare e non è il posto adatto dove andare se si vuole mangiare pesce fresco. Keiko lo scoprì subito. Di solito, ogni setti-

mana o ogni due, un camion partiva da Città del Messico, viaggiava per oltre 2200 chilometri, arrivava al SeaWorld di San Diego, caricava quanto più pesce poteva e poi rifaceva il viaggio contrario. Ma il camion non era refrigerato e il pesce che Keiko mangiava, con davvero poca convinzione e ancora meno gusto, non era di buona qualità. Keiko era costantemente sottopeso. La sua pinna dorsale, alta e triangolare come quella di ogni maschio adulto di orca, cominciò allora a incurvarsi da un lato, crollando e ripiegandosi su se stessa, così come si vede nel film *Free Willy*.

La star

Nonostante il ben misero spettacolo di una grande e potente creatura ridotta a un essere magro, sempre malato, lento e pigro, Keiko in Messico diventò una star. Era l'unica orca in tutto lo stato e la gente accorreva per vederlo, pur se regolarmente troppo accaldato o malato per lavorare bene negli spettacoli. Ed era imprevedibile. Se sbagliava un esercizio, mollava a metà lo spettacolo e se ne andava nella piccola vasca secondaria, quella per le cure mediche, restando lì, senza più muoversi. Diventò una specie di disadattato, un po' come Willy, il "personaggio" che andò a interpretare di lì a poco.
In questo scenario, l'unica nota positiva era l'affetto della gente, alla quale Keiko non sembrava molto interessato.
Nel 1993 aveva 16 anni, 14 dei quali passati in cattività. Cominciò allora la sua notorietà a livello mondiale. In quell'anno infatti uscì il film *Free Willy*. La sceneggiatura risale all'anno prima, quando Keith Walker scrisse un soggetto per un film con protagonisti un bambino e un'orca. Il bambino, muto dalla nascita, alla fine del film riesce a ridare la libertà a un'orca fino ad allora vissuta in vasca, e proprio in quel momento riacquista la voce e grida: "Free Willy!" (*free* vuol dire "libero"). Ma la storia così non funzionava e i produttori la trasformarono un po', il bambino muto diventò un ragazzino con problemi comportamentali. Approvato il soggetto, la Warner Bros., che si era impegnata a produrre il film, dovette trovare un'orca e per di più una che vivesse da sola in un parco, per rendere le riprese più semplici, senza l'interferenza di altre orche "non protagoniste". Ovviamente bussò ai parchi americani, che si mostrarono tutti molto

interessati fino al momento di leggere la trama del film: i proprietari del parco che tiene in cattività il povero Willy sono stupidi e cattivi, e alla fine addirittura l'orca torna in mare? Nessuno di loro ci teneva a farsi una pubblicità tanto negativa. Così il film fu girato in Messico, dove Reino Aventura aveva solo un'orca in vasca, Keiko, e meno scrupoli per il messaggio del film, chiaramente a sfavore della cattività. Il parco "affittò" Keiko, la sua vasca e i suoi addestratori per le riprese del film, per la cifra di 40.000 dollari. Un vero affare.

Tutti pazzi per Free Willy

Nel frattempo, ecco una fatalità che ebbe un peso fondamentale in tutta la storia futura di Keiko. Uno dei co-produttori, Richard Donner, decise che nel film non ci starebbe stato male anche un messaggio generale a favore delle balene. Donner, che sull'argomento non sapeva niente, telefonò a David Phillips, presidente dell'Earth Island Institute, una grossa associazione ambientalista, con un settore dedicato ai mammiferi marini. A Phillips piacque l'idea e sulle prime si pensò a come modificare il film perché questo messaggio arrivasse agli spettatori. Non trovando un'idea che potesse funzionare, Phillips propose di aggiungere semplicemente una frase alla fine del film, con l'invito rivolto agli interessati alla conservazione delle popolazioni di balene nel mondo, a chiamare un numero gratuito, al quale avrebbe risposto l'Earth Island Institute. Il film avrebbe avuto una grossa distribuzione, così fu necessario essere pronti a ricevere molte telefonate, si stimava attorno alle 25.000.
Il film uscì a luglio e non era un capolavoro, per di più con errori marchiani: per esempio l'orca che alla fine salta sopra al ragazzo per riconquistare la libertà, viene inquadrata da sotto e non ha organi genitali né ano! In effetti in molte scene non fu Keiko a "recitare", ma un animatronic, cioè un robot con fattezze di orca. Ma solo pochissimi erano in grado di notare certe inesattezze e la storia era anche leggera ma anzi, forse proprio per questo, al pubblico piacque. Il film ebbe successo.
Il messaggio lungo i titoli di coda diceva: "Puoi aiutare a salvare le balene del mondo chiamando 1800 4 WHALES". E la gente chiamò. Le 25.000 telefonate attese si rivelarono una stima davvero al ribas-

so: furono 300.000 e non fu l'unica sorpresa. Le persone che chiamarono, soprattutto i bambini, molto spesso non vollero sapere di delfini e balene del mondo, ma di un'unica orca: Keiko. Chi era davvero quell'orca? E qual era la sua storia?
Fu questo il sassolino che rotolando si trasformò in valanga: l'interesse del pubblico per il singolo animale, ancora più che per la salute delle balene del mondo.
Alla stampa la cosa piacque e cavalcò la notizia, amplificandola: bambini che chiamavano in massa per sapere chi fosse davvero Willy e che fine avesse fatto. La Warner Bros. era già sotto pressione. La gente seppe che il film stava incassando milioni, anche grazie a Keiko, e si chiese che cosa intendesse fare la casa di produzione per quel singolo animale. La Warner ancora una volta si rivolse all'Earth Island Institute, ma Phillips dal canto suo non si mostrò interessato alla cosa, perché l'istituto si occupava solo di cetacei in natura, non in cattività. Neanche sapeva chi fosse Keiko, prima del film, né in quel momento era al corrente delle sue pessime condizioni di vita.
Alla Warner arrivarono diverse proposte, non tutte sensate. Un Center for Whale Research voleva liberare Keiko in un recinto in mare, alle Bahamas, altri volevano costruire per lui una nuova vasca a Cape Cod, nel nord-est degli Stati Uniti. Un cetologo esperto di orche si offrì di addestrare Keiko a seguire la sua barca, per poi pian piano ricondurlo in Islanda. Si fece vivo persino Michael Jackson, di cui una canzone accompagna i titoli di coda del film. Jackson si mostrò interessato a costruire una vasca per Keiko a Neverland, la sua tenuta in California.
In questo circo mediatico la Warner non poteva far finta di niente, così richiamò Phillips e gli promise un grosso aiuto economico affinché l'istituto si prendesse cura di Keiko. Phillips tentennò, dubbioso. "Sono sempre stato contrario alla preoccupazione per il singolo animale" disse. "Il nostro interesse sono gli ecosistemi. Non ci è mai piaciuto antropomorfizzare gli animali. Non abbiamo mai parlato di un singolo animale. Abbiamo sempre parlato di tutti i cetacei".
Alla fine, però, Phillips accettò. L'Earth Island Institute si sarebbe occupato di Keiko a una condizione: se l'affare fosse diventato troppo impegnativo, l'Institute si sarebbe chiamato fuori e al suo posto sarebbe stata creata una nuova fondazione ad hoc. A questo punto tutto era quasi pronto per dare il via a questa incredibile sfida: un'or-

ca da anni in cattività sarebbe stata riportata in mare. Ovviamente prima sarebbe stata adeguatamente rieducata, e anche rimessa in salute, e ci sarebbe voluta una nuova "casa".
Ma che cosa ne pensava Reino Aventura di tutto ciò? Tutto il mondo era disgustato dalle condizioni in cui veniva tenuto Keiko, e il parco si trovò al centro delle attenzioni, nella parte del cattivo. Per come si erano messe le cose, i responsabili della struttura dichiararono di essere contenti di liberare l'orca senza ricevere nulla in cambio, ma allo stesso tempo senza dover pagare nulla. L'unica condizione fu che alcuni addestratori potessero seguire Keiko nella nuova struttura in modo che l'orca potesse passare gradualmente alla nuova realtà.

Via dal Messico

Arrivato in Messico, Phillips si rese conto che i problemi erano solo all'inizio. Gli avevano detto che Keiko era malato, ma mai si sarebbe aspettato il misero essere galleggiante, inerme, che si trovò davanti. Bisognava agire in fretta o non ce ne sarebbe stato più bisogno. L'opinione del veterinario chiamato a consulto fu identica: l'orca avrebbe potuto riprendersi, perché i suoi problemi erano generati dalle condizioni in cui era tenuto (la vasca piccola, il cibo pessimo, l'acqua troppo calda), ma bisognava fare presto.
Le associazioni contro la cattività proposero di rimetterlo in mare, così di punto in bianco. Veramente una bella fiaba, ma in realtà sarebbe finita male davvero. Magari allora in un recinto in mare? Il National Marine Fisheries Service gelò le aspettative. In sostanza il suo messaggio fu di agire liberamente ma non nelle acque statunitensi. Keiko era un vettore di troppe patologie, e non si potevano mettere a rischio i cetacei selvatici per la salute di una singola orca.
Dopo avere saggiato poche altre possibili destinazioni, risultò chiaro a tutti che non solo Keiko non poteva tornare direttamente in mare a causa delle sue condizioni di salute, ma che bisognava anche costruire ex novo una vasca per lui.
Stando così le cose, l'Earth Watch Institute non si ritenne più in grado di gestire un affare del genere. Nacque allora la Free Willy Keiko Foundation, grazie a 2 milioni di dollari messi sul tavolo dalla Warner e altrettanti devoluti da un anonimo donatore. L'obiettivo

fu trovare un luogo adatto per costruire la nuova "casa" per Keiko. Questa doveva essere spaziosa, vicino al mare in modo da potere avere a disposizione acqua salata naturale, e possibilmente a nord. Lungo la costa pacifica nord-occidentale degli Stati Uniti, in Oregon, si trova la città di Newport, sede di una struttura principalmente didattica, l'Oregon Coast Aquarium. Al suo interno non c'erano animali impiegati per gli show, anzi non c'erano nemmeno cetacei. E nessuna intenzione di occuparsene: troppi problemi sia per la gestione sia per le relazioni con le varie associazioni contrarie alla detenzione in cattività dei cetacei. Per la verità neanche avrebbero voluto averci a che fare. Ma l'offerta della Free Willy Keiko Foundation era di quelle che non si rifiutano a cuor leggero. La Fondazione avrebbe pagato completamente la costruzione di una nuova vasca, 7,5 milioni di dollari più o meno, e avrebbero pensato a trasportarvi il cetaceo più famoso del mondo. E l'acquario ci avrebbe anche guadagnato in immagine, diventando agli occhi di tutti "quelli che cercavano di salvare Keiko". La risposta arrivò, e fu un sì. Così, la Fondazione cominciò una capillare ricerca di fondi, tra le cui azioni spiccò la vendita di un "kit di adozione" di Free Willy/Keiko, acquistato per 21 dollari e 25 centesimi da tantissimi bambini. E per i più grandi un'occasione ancora più ghiotta: per un costo variabile da 250 a 5000 dollari si poteva avere il proprio nome inciso sui mattoni della nuova vasca di Keiko: più sono i soldi donati, più grande è scritto il nome. Il flusso di dollari cominciò ben presto a essere cospicuo, e a febbraio del 1995 iniziarono i lavori di costruzione, che procedettero rapidamente fino al completamento, nel gennaio del 1996.
Nel frattempo la salute di Keiko continuava a peggiorare, al punto che la Warner fece installare alcuni refrigeratori per la piscina messicana. Buon per Keiko, ma non per i quattro delfini che vivevano con lui e che mal sopportavano il freddo... e che furono dunque confinati dietro a un plexiglass, in una ristretta porzione della stessa già piccola vasca. Keiko passava il tempo con il muso contro il plexiglass, a guardare i suoi ex compagni.
All'inizio del 1996 si susseguirono gli ultimi giorni di Keiko in Messico. La gente lo sapeva e in media 20.000 persone al giorno andarono a vederlo e a salutarlo. Sabato 6 gennaio, data della partenza, attraverso i cancelli del Reino Aventura passarono 27.000 visitatori, molti in lacrime, venuti ad augurare buona fortuna all'orca. Molti, com-

prese le due addestratrici, Renata e Karla, erano contente che l'orca potesse andare in un posto migliore, ma non credevano al progetto del ritorno in mare. Che cos'ha ormai a che fare Keiko con le orche selvatiche del mare di Islanda? In ogni caso le due ragazze lo avrebbero seguito negli States, per rendere meno traumatico l'impatto con il nuovo ambiente.
Quella stessa notte, un camion scortato da un imponente numero di poliziotti trasportò Keiko verso l'aeroporto. Nonostante l'ora piccola e la presunta segretezza dell'operazione le strade erano fiancheggiate da centinaia di persone, che salutavano, festeggiavano, urlavano impazzite e cercavano di arrampicarsi sulla vasca di Keiko. Fu come una parata nazionale, e durò due ore, quando in realtà ci sarebbe voluto molto meno a raggiungere l'aeroporto. Al termine di questa follia, su un aereo cargo C-130 messo a disposizione gratuitamente dalla società di spedizioni UPS, Keiko volò via dal Messico per non tornarci più.

Benvenuto in Oregon!

Il viaggio verso nord fu lungo e difficile, a causa dell'elevato peso del carico e del cattivo tempo, che impedì per un po' l'atterraggio. Alla fine Keiko toccò il suolo statunitense con diverse ore di ritardo sulla tabella di marcia. Ad attenderlo, molta meno gente di quanta lo avesse salutato in Messico, ma centinaia di giornalisti. Quando ormai il sole era già tramontato da un po', Keiko venne immerso per la prima volta nell'acqua pulita e fresca della sua nuova vasca da 7,5 milioni di litri di acqua, filtrata con le più moderne tecnologie.
L'8 gennaio 1996 fu il primo giorno di Keiko in Oregon. Era un lunedì. Tre ore prima dell'apertura dei cancelli al pubblico, cominciò a formarsi una fila di ragazzini, che avrebbero dovuto essere a scuola, e di adulti, che allo stesso modo dovevano avere trovato una buona scusa per i loro datori di lavoro. Normalmente al lunedì l'Oregon Coast Aquarium era visitato da una media di 200 persone. Quel giorno alla fine, gli ingressi dei paganti furono più di 2500. La cittadina era piena di striscioni e cartelli: "Welcome Keiko" o "We love Keiko" ornavano le porte dei negozi e dei ristoranti. Magliette, cappellini e souvenir andarono a ruba. Per Keiko l'arrivo a New-

port significò anche l'amore sviscerato dei suoi nuovi concittadini. Chi aveva meno motivi per gioire era invece David Phillips che, alla soddisfazione per avere portato a termine un primo e decisivo passo del cammino di Keiko verso la libertà, contrapponeva la preoccupazione per la situazione finanziaria di tutta l'operazione. I soldi erano fluiti a fiumi, in un senso e nell'altro, ma il bilancio finale era di 2,5 milioni di dollari: di debito. L'impresa di costruzioni che aveva messo in piedi la nuova struttura per Keiko sapeva delle difficoltà economiche in cui versavano i suoi committenti, ma non avevano fermato i lavori. Sapeva bene cosa c'era dietro all'operazione Keiko, ovvero sapeva delle aspettative di tutti. E sapeva di tutta l'attenzione dei media. Per questo non aveva lasciato il lavoro a metà, e Free Willy a marcire in Messico.

Ma ora Keiko era sistemato, in una vasca bella e scintillante, e i conti dovevano essere pagati. La Warner dichiarò di essere disposta a un altro sforzo: se si fosse trovato un milione e mezzo, il milione mancante lo avrebbero aggiunto loro. Un milione e mezzo di dollari da trovare in poco tempo… Era ora di tornare a bussare alla porta dell'ignoto benefattore. Ignoto a tutti, ma non a Phillips e ai suoi.

Nel 1996 Craig McCaw aveva solo 47 anni ed era miliardario. Aveva fatto montagne di soldi con la telefonia mobile e i suoi affari continuavano ad andare a gonfie vele. Cosa lo avesse spinto a donare due milioni di dollari per uno sfortunato mammifero marino è difficile saperlo. Ma avrebbe allargato i cordoni della borsa un'altra volta? Beh, la risposta fu sì. Ma stavolta ci furono delle condizioni. McCaw era un uomo d'affari, dopo tutto.

I collaboratori del magnate avevano preparato un piano dettagliato, ma principalmente erano tre le cose che McCaw chiedeva per impegnarsi di nuovo per Keiko. Prima di tutto c'era da spremere un po' l'Oregon Coast Aquarium. Questi signori si erano visti costruire in casa una vasca da 7,5 milioni di dollari, e che avrebbe portato loro milioni di visitatori in più, senza avere messo un centesimo? Inconcepibile, era ora che mettessero la loro parte. La seconda condizione fu che la Warner mantenesse la parola data e firmasse il nuovo assegno. Tra l'altro, nel 1995 la casa di produzione aveva fatto uscire *Free Willy 2*, il sequel del primo fortunatissimo film. Questa volta tutte le scene con l'orca erano girate con l'animatronic, l'orca robot: niente più set per Keiko.

Il terzo punto fu però quello davvero inatteso, ma solo a chi non conosceva McCaw. La sua condizione era che la Free Willy Keiko Foundation aprisse le porte a McCaw stesso, il quale vi sarebbe entrato con un ruolo decisionale (*chairman*, ovvero direttore, presidente): McCaw aveva i soldi per fare andare avanti il progetto, ma ora ne pretendeva il controllo. La sua richiesta provocò un terremoto all'interno della Fondazione: cosa voleva questo miliardario? Cosa aveva in mente per il progetto e per lo stesso Keiko? All'esterno, da parte delle associazioni ambientaliste e anti-cattività, le domande erano più o meno le stesse: la Fondazione era nata con lo scopo principale di riabilitare e poi liberare in mare Keiko. McCaw voleva le stesse cose? Da dove nasceva il suo interesse per quest'orca sfortunata? Dalla sua stessa infanzia altrettanto difficile, dal momento che McCaw era dislessico, un problema che gli aveva causato non poche difficoltà, da bambino? D'altra parte qual era l'alternativa? Chi avrebbe chiuso il buco da 2 milioni di dollari che ancora mancavano a coprire le spese dell'operazione?
Fu così che la Free Willy Keiko Foundation diede il benvenuto all'eccentrico e facoltoso uomo d'affari.

A Newport

Intanto il protagonista di tutta la vicenda si godeva la sua nuova sistemazione. La sua vasca era molto più grande di quella messicana, niente a che fare col mare, d'accordo (ma chissà se Keiko se lo ricordava ancora, il mare...), ma comunque era ampia e più adeguata alle sue misure. E fresca, soprattutto, e pulita. Il primo a farne le spese fu il maledetto fibropapilloma. Per la prima volta dopo anni e anni, la malattia era in recessione. Le lesioni e le macchie si riducevano e sparivano.
Man mano che Keiko si liberava del tormento che lo aveva accompagnato per più di dieci anni, rinasceva. Il suo nuoto era più forte, le sue apnee più lunghe. Grazie anche alla migliore qualità del cibo, i suoi muscoli prendevano tono e vigore. Keiko stava tornando, almeno fisicamente, a essere un'orca, uno degli animali più forti e possenti del pianeta. Mentre procedeva la sua riabilitazione fisica, miglioravano decisamente anche le sue condizioni psicologiche.

Fu come se la mente di Keiko tornasse a emergere. Gli stessi programmi addestrativi furono rivolti a risvegliare la sua curiosità e la sua "creatività". L'essere apatico e in balia degli eventi degli anni passati se ne andò lentamente. Nel frattempo sopraggiunse anche la maturità sessuale, il che contribuì non poco al ritrovato vigore e dinamismo, pur se Keiko continuava a restare solo nella sua vasca.
Mentre la forza e il vigore di Keiko crescevano, di pari passo aumentava l'indotto turistico per la cittadina che lo ospitava. Non solo l'arrivo di Keiko "aveva messo Newport sulle carte geografiche", come scrisse un quotidiano locale, ma il giro di affari legato al turismo della città dell'Oregon crebbe a dismisura. Al punto che, qualche tempo dopo, lo stesso quotidiano rivelò quello che tutti gli abitanti pensavano: le probabilità che Keiko tornasse in mare erano scarsissime, e non a causa della sua salute, ma perché Newport non poteva perdere la sua attrazione turistica numero uno.
Ma queste considerazioni non modificarono in alcun modo i piani della Fondazione: Keiko doveva tornare in mare, si era lavorato sempre e solo per quello. Bisognava andare avanti, a costo di pestare qualche piede. E poco importava se il piede era quello dell'Oregon Coast Aquarium. Nella primavera del 1997 le cose fra le due istituzioni cominciarono a prendere un brutta piega. Keiko viveva nella struttura che la Fondazione aveva costruito nell'acquario di Newport, ed era sotto il completo controllo della Fondazione stessa. Ben presto i due enti cominciarono ad agire da separati in casa.
La necessità che l'operazione Keiko si concludesse con il suo ritorno in mare era lampante nei piani della Fondazione, ma lo era sempre meno in quelli dell'acquario, che beneficiava della presenza della star Keiko ma soffriva sempre più la mancanza del potere decisionale sul loro ingombrante ospite.
Ben presto i due enti non si curarono nemmeno più di nascondere la loro diatriba, e quando quell'estate i veterinari della Fondazione ordinarono un trattamento antiparassitario delle vie respiratorie dell'orca, l'acquario espresse pubblicamente il proprio timore per la salute di Keiko. Poco dopo, il veterinario dell'acquario incaricato di seguire Keiko rassegnò le dimissioni.
In autunno la storia era ormai preda dei giornalisti, i quali scrissero pure che quando su un malato due medici sono in totale disaccordo, è ora di consultarne un terzo. E magari un quarto, o un quinto...

In effetti furono otto i veterinari di una commissione *super partes* chiamata a visitare Keiko, e secondo la quale l'orca tutto sommato stava bene. Ma questo non servì a placare la diatriba fra l'acquario e la Free Willy Keiko Foundation.

Tralasciando il fatto che Keiko, dopo tanti anni di vita in vasca rappresentava comunque un pessimo candidato a un rilascio in mare, possiamo chiederci cos'è in definitiva la sua saga. Un esperimento scientifico costato oltre 10 milioni di dollari? E per ottenere quale risultato? Scoprire come si riporta alla vita selvatica un'orca tenuta per diciotto anni in cattività? Ma se era questo lo scopo, a che serve, quali informazioni avrebbe mai dato questo esperimento, e più ancora, a cosa mai sarebbe servito visto che nessuno mai più avrebbe speso così tanto per un'altra orca da liberare?

Forse per qualcuno si trattava di un'azione di conservazione e di tutela. Ma non lo era. Non solo le orche non erano e non sono una specie minacciata di estinzione (in particolare la popolazione dell'Atlantico), ma in ogni caso non ha niente a che vedere con la conservazione della specie intervenire sulla "salvezza" di un singolo individuo.

In questa vicenda gli stessi ambientalisti hanno visto un'assurdità. Con i fondi destinati a Keiko si sarebbero finanziati progetti di ricerca e di conservazione efficaci e di lunga durata. Altri, come la Humane Society, hanno sottolineato invece il valore simbolico della eventuale "rinascita" di Keiko. Il trionfo della natura, la redenzione dell'uomo dai suoi errori e orrori nei confronti del pianeta ferito e sfruttato. La bella fiaba dall'immancabile lieto fine.

Alla ricerca di una nuova casa

Un fenomeno mediatico e planetario come quello di Free Willy, dell'orca da salvare, che da finzione diventa realtà, non può non attirare anche l'attenzione di persone stravaganti.

Così, mentre Keiko riacquistava le forze, e recuperava la capacità di lunghe apnee, tipica delle orche selvatiche, attorno a lui improbabili personaggi in cerca di fama balzavano agli onori delle cronache dichiarando di essere in comunicazione telepatica con l'orca. La quale, immancabilmente, faceva sapere a tutti che in realtà non voleva tornare in mare, che anzi stava bene lì dov'era, grazie mille per quanto fatto finora...

Verso la fine del 1997 – Keiko si trovava all'Oregon Coast Aquarium già da venti mesi – David Phillis e altri membri dello staff cominciarono a viaggiare, a caccia del luogo che avrebbe accolto Keiko alla fine del suo intermezzo in Oregon. Fra i luoghi più battuti ci fu l'Irlanda, davvero ricca di baie e insenature perfette per lo scopo. In una di queste, tra l'altro, viveva Fungie. Qualcuno ipotizzò di far vivere insieme nella stessa baia Keiko e Fungie, entrambi emarginati, tutti e due "amici dell'uomo". L'opzione non fu mai presa seriamente in considerazione, ma l'idea, in caso di fallimento del ritorno di Keiko alla vita selvatica, di farlo diventare un *solitary dolphin*, solitario e semilibero in mare, ma pur sempre a contatto con l'uomo, era effettivamente un'opzione. L'ultima spiaggia, ma pur sempre una possibilità.

Invece la possibilità dell'Irlanda fu scartata. Non c'era la giusta copertura scientifica che la Fondazione voleva e, soprattutto, non c'erano le orche!

A questo punto, in cima alla classifica rimase quella che era sempre stata la scelta numero uno: l'Islanda. Posto perfetto, con mille insenature che avrebbero potuto accogliere il recinto. E poi, comunque, non era da là che veniva Keiko? "There's no place like home", come si dice, non c'è posto migliore di casa propria.

E non erano solo motivi sentimentali a spingere verso un ritorno all'Islanda. Le orche sono animali estremamente sociali e particolarmente sensibili ai legami familiari. Inoltre gruppi o popolazioni differenti di orche utilizzano linguaggi di comunicazione leggermente differenti gli uni dagli altri, i cosiddetti dialetti. Per quanto lungo fosse stato il periodo di lontananza di Keiko da tutto ciò, tutti gli esperti concordavano che le migliori possibilità di un reintegro alla vita in mare fossero per lui nelle sue acque natali, fra orche che parlavano la sua stessa lingua, se non addirittura appartenenti al suo gruppo familiare.

Anche dal punto di vista politico l'idea non era affatto male. L'Islanda proprio in quegli anni, pur non praticando la baleneria, spingeva fortemente per un ritorno a essa. Molti pensavano che non ci fosse nulla di male nel cacciare le balene ed esportarne la carne in Giappone. Lo facevano già i norvegesi oltre ai giapponesi, e magari altri

sarebbero seguiti, come la Russia e la Corea, che avevano una mezza idea al riguardo.
Ma chissà, se l'arrivo di Keiko avesse suscitato anche lì quel che già aveva provocato in Messico e negli Stati Uniti – quella corrente di sentimenti, affezione e coinvolgimento che lo avevano reso così celebre – magari anche l'opinione pubblica islandese avrebbe cambiato idea.
Nell'ottobre del 1997, David Phillips, che aveva appena incassato anche il "no" contrariato degli addestratori di Keiko al trasferimento in Islanda, volò sull'isola per un sondaggio. Per alcuni giorni gli incontri si susseguirono a ritmo frenetico. E i pareri erano discordanti. Molti pensavano semplicemente che quello che gli americani stavano facendo per quel singolo animale fosse folle, punto e basta. Le categorie economiche collegate al turismo, invece, adoravano l'idea di avere una star mondiale nelle loro acque. Ma senza dubbio l'Islanda restava una terra di tradizione baleniera, dove il rapporto fra esseri umani e animali era ancora visto senza mezzi termini: l'uomo preleva dall'ambiente quello che gli serve per nutrirsi o per i suoi scopi. L'affettività e l'umanizzazione degli animali era una bizzarria semplicemente ridicola.
Questo concetto fu riassunto molto bene ed espresso senza tanti giri di parole nell'incontro che Phillips ebbe con Sigurjonsson, ambasciatore della pesca e delle negoziazioni per la baleneria. Egli, senza troppa diplomazia, disse che gli americani avrebbero fatto meglio a mandare i loro soldi in Bosnia o dove ce n'era bisogno. Che l'idea di spendere tutto quel denaro per un singolo animale era una follia ed era assolutamente contro ogni etica. Le balene facevano parte dell'ecosistema e per gli islandesi era normale cacciarle e piacevole mangiarle. Il progetto Keiko avrebbe influenzato negativamente i bambini, i giovani e la gente. Mai, mai e poi mai avrebbero permesso l'arrivo di Keiko in Islanda.
L'incontro successivo, con il presidente islandese, non andò diversamente. Ma quello con il primo ministro Oddsson, invece sì.
Oddsson era una persona di cultura, e da sempre oppositore della baleneria. Disse che a lui l'idea piaceva molto e disse anche, lasciando cadere le parole come un lancio di dadi vincente, "e comunque, la decisione definitiva spetta a me". Keiko sarebbe dunque tornato a casa, in Islanda.

Il luogo perfetto

La ricerca del luogo dove costruire il recinto in mare che avrebbe accolto Keiko fu un altro passo nella frattura fra l'Oregon Coast Aquarium e la Fondazione. Mentre David Phillips viaggiava e riempiva la sua agenda di incontri, gli addestratori di Keiko convinsero i finanziatori, McCaw in particolare, che nessuno meglio di loro avrebbe potuto trovare il luogo perfetto per l'orca. Così partì una seconda spedizione, formata dai capi addestratori Jeff Foster e Nolan Harvey. Quel periodo, l'autunno del 1997, fu cruciale nella vicenda di Keiko. Alla fine ben tre differenti spedizioni viaggiarono per molto tempo, in Islanda, ma anche moltissimo in Irlanda e nel Regno Unito, cercando il posto perfetto per il recinto a mare. Chilometri e chilometri di costa furono percorsi, decine di baie, insenature e fiordi visitati e valutati.

Alla fine, il posto ideale fu individuato sulla costa orientale dell'Islanda, Eskifjordur. Il piccolo fiordo, e la cittadina accoccolata alle sue spalle, sembravano davvero perfetti. La gente era cordiale e simpatica e insperabilmente favorevole all'idea di accogliere la celebre orca. Le condizioni delle acque e delle maree erano ottimali, il fiordo era pieno di pesce che Keiko avrebbe potuto cacciare, il traffico di natanti era limitato, mentre non lo era per niente quello di orche.

La stampa si mostrava curiosa e al tempo stesso eccitata all'idea del progetto. Il 5 dicembre 1997 un quotidiano uscì con un editoriale dal titolo *Keiko home*, che si concludeva affermando che "si dovrebbe consentire a Keiko di tornare a casa".

Tutto bello, tutto troppo perfetto. Infatti la scelta di Phillips cadde invece sulle Westman Islands, nella parte meridionale dell'Islanda, e sul paesino di Heimaey. La scelta fu dettata dalla migliore accessibilità, da un clima leggermente più caldo e da dintorni più accoglienti. Forse, un certo peso ebbero anche alcune minacce giunte ai giornali locali di Eskifjordur, e rivolte alla "scomoda" orca. Ma le minacce arrivarono anche nella nuova location, dunque non era la località il problema, ma il fatto stesso di accogliere Keiko in Islanda.

L'8 gennaio del 1998, la commissione che guidava la Free Willy Keiko Foundation, nella quale tra l'altro da gennaio del 1997 si era insediato anche Jean-Michel Cousteau, figlio del celebre Jacques, si riunì per decidere quale fosse dunque la località in cui trasferire Keiko. Da una parte Phillips e il suo fiordo perfetto in Islanda, dall'altra Foster e Harvey con le loro proposte alternative, irlandesi e britanniche. A sfavore dell'opzione Islanda c'erano anche motivi economici, dato che il costo della vita in quel paese era fra i più alti al mondo. E la permanenza dell'orca e del suo staff sarebbe stata decisamente lunga. Altri argomenti a favore di Foster erano l'opposizione di gran parte del governo islandese all'idea, e il passato di baleneria dell'isola.

La discussione si fece accesa, ma il dibattito ebbe una svolta brusca e decisiva con l'intervento di McCaw, il re di denari. "Fatemi capire", fu il succo del suo discorso, "Keiko è stato catturato nelle acque islandesi e voi volete rilasciarlo in un'altra parte del mondo? Non ha senso. Islanda deve essere e Islanda sia".

Restavano da dirimere alcune altre questioni. Il lavoro di Phillips e soci era davvero senza sosta, come per esempio convincere le autorità che Keiko – e il suo papilloma, ormai guarito – non avrebbe causato problemi alla fauna locale.

Un'orca felice

Nel frattempo, mentre tante persone erano in giro per il mondo a cercare casa per Keiko, lui conduceva la sua vita di tutti i giorni, in Oregon. Migliaia di persone continuavano a venire a vederlo, i sensitivi si facevano intervistare fuori dall'acquario, rendendo noto quanto Keiko aveva comunicato loro per via telepatica. In molti casi tali "messaggi" erano totalmente discordanti, rilevando forse una certa resistenza delle orche a farsi leggere il pensiero...

Anche per questi motivi, le misure di sicurezza attorno alla vasca di Keiko erano imponenti. E lo furono maggiormente da quando un giorno una donna riuscì a raggiungere il bordo vasca di Keiko, durante una sessione di addestramento, e sotto lo sguardo sbigottito del personale, gettò in acqua una manciata di gioielli. Di *suoi* gioielli. Perché mai dei gioielli a un'orca? La signora disse che in questo modo voleva aiutare, con che criterio è difficile anche solo ipotizzarlo.

Tutta la storia di Keiko, almeno dal momento della sua notorietà derivata dal film *Free Willy*, è costellata di persone del genere. Ma

molte, molte di più sono quelle che seguirono con affetto e apprensione le sue sorti. Le vicende di Keiko smossero le coscienze, già rese sensibili da quella strana e inspiegabile empatia che sovente si crea fra mammiferi marini e esseri umani.
La vicenda di Keiko fu caratterizzata da enormi quantità di lettere, telefonate e email che chiedevano informazioni, offrivano aiuto, dispensavano consigli. Dal momento della sua improvvisa fama, tutti avevano chiesto notizie sulla sua salute. Poi, arrivato in Oregon, era stata la volta delle domande sul suo rilascio in mare: quando, come, perché ci voleva tanto? Dopo qualche tempo, non poche furono anche le richieste di non proseguire con il progetto del rilascio. Keiko ora stava bene, aveva tutto quello che voleva nella sua grande vasca, era felice, perché rimettere tutto in discussione?
Felice. Non sappiamo se Keiko in Oregon fosse mai stato felice. Difficile pensarlo, era comunque un animale sociale costretto a vivere senza i suoi simili. Difficile anche, per la verità, sapere se la felicità è una sensazione che rientra nel *range* di un animale, seppure intelligente e probabilmente autocosciente, come un'orca. Di certo Keiko stava bene dal punto di vista fisico, era forte e in forma. Le sue apnee potevano ormai raggiungere i 16-17 minuti, mentre al suo arrivo a Newport a fatica teneva il fiato per più di un minuto.
L'animale torpido e passivo dei primi giorni aveva lasciato il posto a un essere attivo, interessato e dinamico. Il problema dei trainer ora era semmai un altro, cioè come tenerlo continuamente reattivo e stimolato ed evitargli la noia. Purtroppo Keiko cercava dagli esseri umani, i suoi unici compagni di vasca, tutte le attenzioni, gli stimoli e le interazioni che normalmente avrebbe avuto dai suoi conspecifici, in mare. Il suo legame con l'uomo era fortissimo, come poteva essere altrimenti? La direttrice dell'Oregon Coast Aquarium lo definiva "un animale così docile" quando esprimeva i suoi dubbi, sul suo trasferimento in Islanda, e ancora di più sull'eventuale rilascio in mare. E le preoccupazioni non finivano qui.
Nel 1998 la Free Willy Keiko Foundation diede grande clamore alla notizia che Keiko aveva cominciato a mangiare pesce vivo. Il che era vero, ma non era tutta la verità. In effetti, ancora sei mesi dopo l'inizio dei tentativi con il pesce vivo, non è che Keiko fosse particolarmente abile. Non era forse nemmeno una questione di abilità, ma di istinto. Il pesce che veniva liberato in vasca, salmoni di alle-

vamento, già di per sé non sembrava particolarmente abile e "sveglio". E Keiko, dal canto suo, non aveva quasi per niente l'abilità, la decisione, la malizia di un'orca selvatica. Spesso non faceva altro che nuotare dietro al pesce, con la punta enorme del suo muso a pochi decimetri di distanza dalla coda del pesce, il quale tra l'altro era fortemente indebolito dai danni causati alle sue branchie dall'ozono presente in vasca e usato per il filtraggio biologico. Il pesce vivo sembrava più un gioco che una necessità, in un luogo dove comunque si mangiava tutti i giorni. Non era una buona premessa, per un animale che prima o poi avrebbe dovuto cercarsi di che vivere, là fuori.
Un altro motivo di malcelata preoccupazione erano le minacce. A luglio, meno di due mesi prima del previsto arrivo di Keiko dall'Oregon, un quotidiano islandese ricevette una lettera in cui qualcuno avvertiva che avrebbe avvelenato l'acqua del recinto di Keiko. La polizia prese la cosa sul serio, ma non riuscì a trovare chi potesse aver scritto la lettera. Ce ne furono altre, di lettere di minaccia, l'ultima a poche ore dall'arrivo di Keiko alle Westman Islands.
Mentre il mondo trepidava per l'imminente viaggio senza precedenti di un'orca che tornava a casa, in mare, dopo anni e anni di cattività, non tutti gli islandesi si preparavano ad accogliere quella stessa orca a braccia aperte.
Il sindaco di Westman Islands dava il benvenuto alla star e parlava di prospettive future per il turismo e per la ricerca scientifica nella sua città, ma intanto un pescatore locale proponeva di uccidere Keiko e farne 60.000 polpette di carne da spedire ai bambini affamati del Sudan. Mentre lo staff della Fondazione si specchiava nel successo ("lo stiamo facendo davvero, stiamo davvero liberando Willy", dicevano), c'era in Islanda chi vedeva tutta l'operazione come la più grande barzelletta del mondo. Una follia pensare che Keiko potesse tornare libero e addirittura ritrovare la propria famiglia, dicevano i più cauti; un enorme, insensato spreco di soldi, che non aveva niente a che fare con la conservazione o con l'ambiente, un'azione contro natura, secondo altri.
Ancora una volta, il fine dell'operazione era oramai l'operazione stessa; Keiko, celebrato e ignaro protagonista, sarebbe arrivato in Islanda. Ultimo passo prima della libertà.

Westman Islands

L'arcipelago delle Westman Islands si trova a sud dell'Islanda, ed è costituito da dieci piccole isole di origine vulcanica. Talmente piccole che solo una di queste è abitata: sull'isola di Heimaey vivono infatti poco meno di 5.000 persone. Le quali, ogni giorno, possono aprire le finestre e osservare una piccola baia, la Rock Bay, completamente circondata e protetta da montagne, e con un solo stretto accesso al mare. Un solido rifugio naturale, un riparo per naviganti in preda ai marosi, uno scrigno scavato nella roccia, adatto a contenere un tesoro: fosse pure un mammifero marino di 5 tonnellate.

I dintorni di Heimaey sono di una bellezza selvaggia. E selvaggio e furioso può essere il vento che spazza le vie della città e la piccola baia. Non esattamente il posto dove gli addestratori, potendo scegliere, avrebbero voluto passare i successivi mesi. E furono mesi davvero duri per lo staff di Keiko. Mentre furono mesi fuori dal comune per gli abitanti della piccola cittadina islandese. Il folle circo di Free Willy stava per fare tappa proprio da loro, e per lungo tempo. Man mano che l'arrivo di Keiko si avvicinava, si moltiplicarono in città i negozi che vendevano *merchandise*, così come gli striscioni appesi alle case: "Bentornato a casa, Keiko".

La "casa" allestita per Keiko era un altro recinto: poco meno di 80 metri per 30 a racchiudere un volume di acqua di oltre 11 milioni di litri, una struttura gigantesca, per trasportare i componenti della quale erano serviti 14 tir e l'aereo più grande del mondo – l'Antonov An225 Mriya. Su tutto il perimetro del recinto correva una passerella per consentire allo staff di raggiungere ogni punto dello specchio d'acqua. Un ulteriore passaggio sospeso tagliava poi il recinto in due. La società di spedizioni UPS, in cerca di pubblicità, mise a disposizione i tir per trasportare l'orca dall'acquario all'aeroporto di Newark, e dall'atterraggio alle Westman Islands fino al recinto in mare. In mezzo, un altro mostro dell'aviazione, il Boeing C-17, l'aereo cargo più grande dell'Air Force, l'aeronautica militare statunitense. Un bestione capace di voli lunghissimi grazie all'autonomia fornita dai suoi capienti serbatoi. I quali però non sarebbero bastati per il lungo viaggio dalla costa occidentale degli Stati Uniti all'Islanda. La soluzione più semplice sarebbero stati scali intermedi per il rifornimento. Ma niente soste e rallentamenti per il volo di Keiko,

l'aereo sarebbe stato rifornito in volo per ben due volte. Costo totale della trasvolata, 370.000 dollari.
Durante il tragitto, Keiko avrebbe viaggiato dentro un enorme box di vetroresina, lungo 8 metri e mezzo, e riempito d'acqua. Niente era lasciato al caso, e un sistema di pompaggio poteva togliere o mettere acqua in momenti particolari e delicati, come il decollo e l'atterraggio. L'ambiente che accoglieva il box era mantenuto a 22 gradi di temperatura, adeguata a un vero figlio del freddo quale Keiko.
Il 10 settembre 1998, mentre il sito internet a lui dedicato si impallava clamorosamente a causa dell'enorme numero di contatti, Keiko volò via dagli Stati Uniti, verso est, verso casa. L'accoglienza ebbe poco a che vedere con i deliri di oltreoceano. Pochi curiosi guardarono passare il camion che trasportava l'orca verso la Rock Bay, e si lamentarono pure del fatto che Keiko neanche si vedesse, dentro al box. Al termine del percorso, in ogni caso, una gru lo sollevò e, per la prima volta dopo quasi venti anni, lo calò lentamente in mare. Con i suoi odori, che Keiko non può sentire (i delfinidi sono anosmotici, hanno perso cioè il senso dell'olfatto), ma anche con i suoi colori, sapori, suoni. Chissà se per Keiko, recluso per gran parte della sua vita in un ambiente artificiale, tutto ciò fu nuovo o invece risvegliò ricordi e sensazioni molto lontani nel tempo, ma comunque sempre vivi? Chissà se nel momento in cui Keiko riassaporò l'acqua dell'Atlantico sentì un fremito lungo la spina dorsale. Un ricordo, una reminescenza della sua selvaticità, del suo vero essere: un'orca, una creatura del mare. O se invece la sua convivenza forzata con gli esseri umani non aveva cancellato tutto questo, trasformando una creatura di sangue, muscoli e istinto in una pantomima di se stessa, un giocattolo costoso ma ubbidiente.

Fra ottimismo e pessimismo

Il primo obiettivo del programma di lavoro nel recinto islandese era il de-addestramento agli esseri umani. Un compito difficile. Anche se nello staff c'era chi si concedeva un sereno ottimismo. Quando sarà a contatto con le altre orche, diceva qualcuno, dimenticherà l'uomo in un istante, e tornerà da dove è venuto, in ogni senso. Tra l'altro, la zona era davvero piena di orche, almeno in certi periodi dell'anno,

ma poteva esserci un problema. In un mondo fatto di suoni, come quello dei cetacei, è ovvio pensare che il primo contatto debba avvenire tramite suoni. Keiko avrebbe dovuto sentire quelli prodotti dalle orche fuori della baia, e viceversa. Ma la baia, così protetta e chiusa, avrebbe fermato anche le emissioni sonore? Però, come non cogliere un segnale positivo nel fatto che proprio mentre si svolgeva la conferenza stampa successiva all'arrivo di Keiko, un delfino era già entrato nella baia e, a quanto pare, scambiava vocalizzi con Keiko?
Ma se questo era un segnale positivo, la tempesta che colpì il recinto alla fine del mese, lasciando illesi Keiko e il personale ma danneggiando seriamente alcune parti della struttura, non era forse un indizio di senso diametralmente opposto? In ogni caso, Keiko non sembrò accusare più di tanto il forte vento e il mare agitato. Era un essere marino dopo tutto, e questo fu un buon segnale. Anche perché lungo la stagione successiva, la prima alle Westman Islands, di vento e di tempeste ce ne sarebbero state ancora e avrebbero messo a dura prova lo staff. Le operazioni con Keiko non potevano essere sospese, con qualunque tempo. Si andava avanti. L'inverno passò così, in mezzo alle difficoltà per le condizioni meteorologiche, agli aggiustamenti e alle modifiche del recinto e del programma di lavoro.
Non proprio una routine, per la verità, ma comunque quattro o cinque mesi da mettersi alle spalle in attesa di altri progressi e aspettando il ritorno in zona delle orche, in genere a maggio.

Cambio di scenari

Con i primi mesi del 1999 cambiarono anche gli scenari "alle spalle" di Keiko. La Free Willy Keiko Fondation chiuse la sede in Oregon. In marzo si fuse con l'istituto di Jean-Michael Cousteau, per divenire un'unica entità, la Ocean Futures. Keiko diventò praticamente "l'orca di Cousteau", ma questo fu un dettaglio decisamente trascurabile, soprattutto alla luce dei preparativi per maggio e per il possibile primo contatto con le orche selvatiche.
A marzo la dieta cambiò: dalle aringhe congelate a dosi sempre maggiori di salmoni vivi. Che, per la verità, Keiko non sembrò apprezzare più di tanto, cacciandoli senza entusiasmo e solo quando ne aveva voglia. Keiko non aveva più molto del predatore, e lo dimostrò con il

suo rapporto con gli uccelli marini. Le orche non disdegnano affatto di catturare e divorare qualche volatile, quando ne hanno l'occasione. Gli uccelli che invece si posavano sul pelo dell'acqua nel recinto di Keiko, ne ricevevano semplicemente un piccolo buffetto, la terribile orca li colpiva con il muso, cercando di giocare con loro. In ogni caso, ben presto anche i salmoni fecero il loro tempo, e si tornò a grossi quantitativi di aringhe congelate: un bel passo indietro. Ci si preferì concentrare sui tempi di apnea e sul decondizionamento dall'essere umano.

In effetti la sterzata fu brusca anche per quanto riguardava l'addestramento. Niente più sessioni di gioco, niente più massaggi e grattatine. I trainer ebbero inoltre l'ordine di non guardare mai negli occhi l'orca. Tutto con lo scopo di ridurre sempre più la componente umana nella vita di Keiko. Una privazione che non si sa quanto sia stata sofferta dallo stesso Keiko, ma che di certo fece patire non poco gli addestratori, legati al cetaceo da motivi ormai ben più che professionali.

Maggio finalmente arrivò, e con esso le orche. Un gruppo fu avvistato all'imboccatura del porto naturale. Ma non si avvicinarono e ben presto se ne andarono come erano venute. Peggio ancora, per tutta l'estate non ci fu più nessun contatto con altre orche. Una stagione persa. Keiko non era ancora né libera né selvatica. Ma la natura ci mise lo zampino, e il 10 settembre 1999 una tempesta colpì di nuovo il recinto, spaccandolo. Si creò un'apertura di una dozzina di metri, quanto bastava per una fuga in grande stile. Niente da fare, non per Keiko, che infatti preferì rifugiarsi lungo il lato opposto del recinto.

Si decise allora un piano per affrontare il secondo inverno nelle Westman: approfittare dell'inutilizzo dell'imboccatura della baia nei mesi invernali per stendere una rete che chiudesse l'imboccatura, trasformando l'intera baia in un recinto naturale.

Ci volle un po', ma il 30 marzo del 2000 la baia fu chiusa e il recinto finalmente aperto. Keiko fece la sua prima "passeggiata" all'esterno. Non durò molto, giusto pochi minuti e poi il ritorno al consueto recinto. Ma fu un inizio e in effetti nel resto del giorno uscì altre volte e iniziò a prendere maggiore confidenza con il grande spazio della baia naturale. Era un passo in avanti ed era incoraggiante.

La sensazione fu che si dovesse far presto, perché la macchina organizzativa che aveva portato Free Willy fino a lì dava l'impressione di sfaldarsi pian piano. Craig McCaw finanziava ancora il progetto, ma non vi partecipava più direttamente da un pezzo, Cousteau, teoricamente a capo di tutta l'operazione, si faceva vedere raramente in Islanda, mentre la commissione che controllava Ocean Futures era ormai costituita da nomi sulla carta anziché da persone attive nel progetto.

Il mare aperto

L'inverno del 2000 fu anche quello della preparazione alle passeggiate, cioè le uscite di Keiko non più soltanto dal recinto ma anche dalla baia. Fuori, in mare aperto. Sarebbe sempre stato accompagnato dalla Draupnir, una barca dotata di uno strumento in grado di emettere un forte richiamo al quale Keiko era stato addestrato a rispondere. Ancora una volta bisognava fare in fretta, più del previsto. Nella tarda primavera di quello stesso anno infatti sarebbero iniziati nel porto i lavori per un nuovo molo: previste due o tre settimane di operazioni rumorose come gli scavi e persino un giorno di utilizzo della dinamite. Si sarebbe cercato di fare allontanare Keiko dalla baia almeno durante il giorno delle esplosioni.
Così, il 25 maggio 2000 Keiko seguì la Draupnir fuori dalla baia, in acque aperte. Un altro mondo, forse una nuova vita.
Un piccolo aereo, il giorno prima, ispezionando l'area aveva avvistato sette orche. Ora lo stesso aereo doveva accertare che non ci fossero orche: una cosa alla volta. Là fuori Keiko sembrava tranquillo e a suo agio. A un'ora prestabilita venne richiamato alla barca con il segnale, e un addestratore si occupò di lui, mentre nel porto iniziarono le esplosioni. Filò tutto a meraviglia.
Fu la prima di una serie di passeggiate esterne, al punto che già si pianificava per metà luglio *la* passeggiata, quella che non lo avrebbe più ricondotto nel porto, vicino alla gente. La quale per altro, almeno quella di Heimaey, cominciava davvero ad averne abbastanza di Keiko la star. Avrebbe dovuto portare qui i turisti? Beh, era durata poco, appena il tempo di capire che non ci si poteva nemmeno avvicinare al recinto. E alla gente del posto, in definitiva, era stata addirittura sottratta una baia, un bel posto da frequentare d'estate. Ora non ci si poteva nemmeno avvicinare e se lo si faceva bisognava

farlo in silenzio, per non disturbare Keiko. Andrà a finire che morirà qui, dicevano gli abitanti dell'isola, o almeno i più arrabbiati di loro. Vedevano anche la storia delle passeggiate come una specie di burla. È come un cagnolino, dicevano, segue la barca come avesse il guinzaglio.
Era vero, comunque. Dopo sei settimane di passeggiate nell'oceano, al ritmo di tre volte al giorno, Keiko aveva l'immenso attorno a sé, ma il suo mondo restava invece appiccicato a quella barca. Non c'era attrattiva per le profondità del grande mare, non c'era nessun "richiamo della foresta". A Keiko probabilmente piaceva l'oceano, purché ci fosse la Draupnir di fianco a lui.
Durante quell'estate, Keiko mise insieme circa 800 chilometri di nuotate in mare aperto. E incontrò anche altre orche, per ben diciannove volte. Ogni incontro fu registrato e attentamente analizzato e catalogato. Keiko era in contatto acustico con i suoi conspecifici, perlomeno in ascolto dei loro suoni. Non è facile stabilire se questi vocalizzi gli dicessero ancora qualcosa, ma è senz'altro probabile.
Alla fine di agosto, al termine del periodo in cui le orche frequentano la zona meridionale dell'Islanda, queste se ne andarono dalle Westman Islands, e Keiko non mostrò alcun interesse nel seguirle. Serviva ancora tempo, forse. E ora di tempo ce n'era. Infatti era ormai inevitabile che Keiko, e ovviamente il suo entourage umano, avrebbero passato un altro inverno nel recinto della baia di Heimaey. E con il maggio 2001 sarebbero tornate le orche.
E infatti così fu. Keiko sembrò riprendere il suo "discorso" con le orche selvatiche al punto in cui lo aveva lasciato l'estate prima. Fra maggio e giugno 2001 ci furono diversi incontri e Keiko, seppur sempre cauto, mostrava interesse per i suoi conspecifici. Qualche volta lasciava la barca per avvicinarsi a loro, e in un'occasione fu visto giocare insieme a un giovane esemplare.
Pur nella aumentata varietà di comportamenti e interazioni con le altre orche, però, restava una sola costante: alla fine Keiko tornava immancabilmente alla "sua" barca. L'ottimismo derivato dai numerosi incontri di maggio e giugno lasciò il posto allo scoramento dei mesi successivi, quando l'"Oregonian", giornale che continuava a seguire le gesta di Keiko, riportò il pensiero dello staff di Keiko, ormai costretto ad ammettere che probabilmente Free Willy non sarebbe mai più tornato libero. Troppo il suo attaccamento, e la sua dipendenza,

dagli uomini. Il tempo correva, i soldi diminuivano drasticamente; o Keiko lasciava il suo rifugio nelle Westman alla fine dell'estate, per seguire le altre orche, oppure era ora di pensare a soluzioni alternative. Se Keiko avesse passato un altro inverno lì, la primavera successiva si sarebbe dovuto trovare un altro luogo dove spostare il recinto. L'esperimento Westmans sembrava fallito e, tra le altre cose, un allevamento di salmoni era stato installato nei pressi del recinto dell'orca, con serio pericolo per il delicato ospite e comunque con un notevole peggioramento della qualità dell'acqua, a causa dei mangimi e delle deiezioni dei pesci.
Lo staff di Keiko parlava della sua barca come di un cordone ombelicale con il mondo degli umani, dal quale Keiko non era in grado di staccarsi. Né riusciva a rinunciare al pesce che dalla barca gli veniva gettato. Quando venivano avvistate delle orche, la barca lo attirava in zona, gettando pesce per farsi seguire. Allo stesso modo, quando le condizioni meteo cambiavano improvvisamente, la barca convinceva Keiko a rientrare nella baia, con una scia di pesce da seguire. Il tempo stringeva, la barca era il problema. Quindi, via la barca.
Ecco dunque la nuova prova. Keiko fu portato fuori. Poi, per la prima volta, la barca rientrò senza farsi seguire. Seppur controllato a distanza dall'elicottero e dai segnali del trasmettitore sul dorso, per la prima volta Keiko rimase là fuori, da solo, per sette giorni. Navigò in lungo e in largo, senza allontanarsi troppo dall'area, ma non fu mai visto mangiare da solo. Se ne fu mai capace, in tutta questa storia, resta un dubbio irrisolto. Dopo una settimana la barca tornò là fuori, e al familiare suono del motore l'orca si avvicinò e riprese il contatto con la sua "coperta di Linus". Che ovviamente gli fornì anche una buona scorpacciata di pesce. Perché dopo una settimana la barca tornò a riprenderlo? Perché secondo lo staff, Keiko non era ancora pronto. Ma allora, lo sarebbe stato mai?
Che fare dunque? La situazione si era complicata moltissimo e le opinioni erano divergenti. C'era chi affermava che era ora di finirla: occorreva lasciarlo andare, libero, qualunque cosa dovesse accadere dopo. Altri sostenevano che il progetto fosse fallito: Keiko non si sarebbe mai adattato alla vita in mare e di sicuro non sarebbe rientrato in un gruppo di suoi simili. Meglio ammetterlo, e decidere di fargli vivere il resto dei suoi giorni in vasca, scegliendo un luogo dove almeno potesse stare con altre orche. Due alternative, entrambe molto

drastiche. Nel primo caso tutto il lavoro fatto, e la montagna dei soldi spesi, portava a una soluzione del tipo "o la va o la spacca". Nel secondo caso lo scenario era ancora peggiore. Tutto questo tempo, tutto questo denaro per tornare al punto di partenza: la cattività. Ci doveva essere una terza via, e per fortuna c'era: trovare un'altra piccola baia, trasportare là Keiko, senza recinto, senza reti. Un luogo sicuro, dove potesse ancora essere seguito da poco personale – i costi andavano ridotti drasticamente, non c'erano più soldi – continuando la sua graduale rieducazione a una vita libera, selvatica. Sembrava, e lo era a quel punto, il piano più ragionevole, e aveva anche una scadenza: agosto 2002. O Keiko trovava un gruppo di orche delle Westman Islands e se ne andava con loro entro quella data, o sarebbe scattato il piano B, ovvero trovare una nuova sistemazione e proseguire a ranghi ridotti.
Nel frattempo la Ocean Futures si sciolse, il miliardario McCaw fallì economicamente, i film di Costeau su Keiko non vennero mai acquistati dalle televisioni. Mentre tutto il circo di Keiko chiudeva i battenti, restava comunque un'orca in un mare che le risultava ancora poco attraente. E dunque, mentre l'estate del 2002 si avvicinava, il piano B prese forma. Il nuovo personale acquistò confidenza con Keiko, e una piccola nuova baia fu localizzata sulla costa occidentale dell'Islanda.
Nel frattempo si preparavano le nuove passeggiate. Niente più elicotteri – troppo costosi – per seguirlo o cercare altre orche, niente più grosse barche ad accompagnarlo. All'orca furono applicati due trasmettitori, uno satellitare e uno radio che avrebbero permesso, il primo di conoscere la posizione geografica di Keiko, il secondo di uscire con una barca e localizzarlo in caso di necessità. Dopo qualche imprevisto e malfunzionamento, il 6 luglio si fece la prova generale, perfettamente riuscita. Il giorno dopo Keiko uscì per la sua prima passeggiata del 2002. E trovò subito le orche. Un gruppo numeroso, diviso in gruppetti di 6-8 individui ognuno. Keiko non sembrò socializzare troppo, ma nemmeno si disinteressò a loro. Guardò, scrutò, sicuramente ascoltò. Qualche volta partì veloce verso qualcosa che lo attrasse. Lo staff esultava: Keiko non era particolarmente attivo, ma nemmeno si tirava indietro, e sembrava davvero riprendere la sua iniziazione dal punto dove l'aveva interrotta l'anno prima.
Restarono fuori per tutta la notte. La mattina dopo, era l'8 di luglio,

un piccolo gruppo di orche si avvicinò e un giovane maschio si diresse deciso verso Keiko. I due si studiarono un po', poi scomparvero sott'acqua. Dopo qualche minuto riapparvero, se ne andarono insieme e raggiunsero le altre. Keiko stavolta era davvero là, in mezzo a un gruppo di orche, in mare aperto. Due barche lo seguivano a distanza di 1-2 miglia, mantenendo il contatto radio.
Per tre settimane Keiko restò con il gruppo delle orche selvatiche. Non sempre si integrava completamente con loro, a volte lo si osservò "ai margini", quasi a osservare e ascoltare i suoni e la vita dei suoi simili. In quelle tre settimane il gruppo mostrò un comportamento abbastanza standard, di giorno restando in un tratto di mare limitato, generalmente mangiando e riposando, la notte viaggiando, anche 60-80 miglia alla volta, descrivendo un'ampia curva in mare aperto, che lo riportava al mattino a tornare all'area di alimentazione. Keiko, oltre ad avere ancora attaccati i trasmettitori, veniva costantemente seguito a debita distanza da una barca a vela, dalla quale si effettuarono osservazioni e riprese video; sempre e comunque con la consegna di non interagire con Keiko e anzi di nascondersi alla sua vista.
A circa due settimane dall'inizio di questa fase di vita semiselvatica, accadde un fatto strano, o per meglio dire sconcertante. Keiko non era in vista e con l'antenna si cercava di captarne almeno il segnale radio. Una volta agganciato il segnale fu evidente che veniva proprio dalla parte della baia di Heimaey, anzi sembrava dentro alla baia. In effetti era così, anzi più di così... Keiko era dentro al recinto, con la testa fuori dall'acqua, guardando intorno e magari chiedendosi come mai non ci fosse nessuno nei paraggi. Lo staff ne approfittò per prendergli un po' di sangue e un campione di contenuto stomacale, dal quale fu però impossibile dire se là fuori avesse mangiato o meno. Il mattino dopo la barca lo condusse di nuovo dalle orche. Per l'ultima volta.

In fuga

La mattina del 29 luglio, una tempesta colpì le Westman Islands. La barca che seguiva Keiko fu costretta a rientrare in porto e passarvi la notte. Il giorno dopo il trasmettitore segnalò l'orca in un punto a oltre 40 chilometri al largo. Mentre la barca si muoveva per raggiungere l'area, il segnale mostrava che Keiko si stava di nuovo spostando, verso est. E poi ancora, e poi ancora. Impossibile dire cosa fosse scattato nella mente o negli istinti di Keiko. Stava seguendo qualcosa, un segnale, una pulsione interna, un richiamo interpretabile solo da un'orca? Era impazzito o magari rinsavito? Il mare sembrava ora, per la prima volta, non avere più limiti per un'orca che aveva vissuto tutta la sua vita dentro confini. La corsa continuava, a est ancora. I trasmettitori davano informazioni tutto sommato precise, la direzione del nuoto era sempre quella, verso oriente, e le sue immersioni erano ora molto profonde e più frequenti: un'altra novità, non per un'orca, ma di certo per quella in particolare.

La fuga proseguì per giorni e giorni. Keiko era ormai fuori dalle acque territoriali islandesi. Solo il segnale satellitare lo legava ancora all'uomo, per il resto era un puntino in un oceano, creatura marina finalmente in mare. Finalmente libero? Forse.

Dopo un viaggio di 600 miglia a est, Keiko arrivò nelle acque delle isole Faroe, tristemente note agli appassionati di cetacei per la pesca tradizionale che ogni anno porta alla cattura e al massacro di centinaia di delfini della specie dei globicefali. Il passaggio di Keiko in vicinanza delle isole, dopo giorni e giorni di oceano aperto, poteva dare la possibilità al suo staff di trovarlo e di verificare le sue condizioni. Così, due membri dell'entourage, di loro spontanea volontà, partirono e, sul luogo, iniziarono a cercarlo con barche o elicotteri noleggiati. Ma la struttura portante dell'operazione Keiko, cioè la Free Willy Keiko Foundation e la Humane Society, ordinarono di tornare indietro. Keiko non doveva essere messo in contatto con l'uomo, col rischio di tornare a dipendere da lui. L'idea quindi era che Keiko fosse libero e indipendente. Non era per niente d'accordo con questa versione il vecchio gruppo degli addestratori di Keiko, capitanati da Jeff Foster, il quale infatti, il 21 agosto 2002, scrisse una lettera alla Commissione per i Mammiferi marini degli Stati Uniti. Foster affermò che nella zona da dove proveniva il segnale di Keiko non erano state avvistate altre orche. Insomma, adesso Keiko era in mare aperto completamente solo, e inoltre c'erano seri dubbi che l'orca fosse in grado di alimentarsi autonomamente. Era assolutamente necessario avvicinarlo e monitorarne lo stato di salute. In poche parole, diceva la lettera, era troppo azzardato decidere che Keiko ora stesse bene, senza saperlo con certezza: magari stava sem-

plicemente morendo di fame. Lo staff dell'orca rispose che i dati della velocità di nuoto di Keiko e soprattutto delle immersioni erano ottimi e tali da fare ipotizzare che si stesse nutrendo, altrimenti non si sarebbero spiegate apnee così lunghe e profonde. Gli addestratori furono infine accusati, in quanto abituati a lavorare con animali pienamente in loro controllo, di essere come quelle mamme che non lascerebbero mai andare i loro figli, anche se ormai grandi e indipendenti. La disputa non passò inosservata e fu efficacemente e ironicamente riassunta dal titolo del "Seattle News": "Qualcuno è preoccupato che Keiko sia ora un po' troppo 'libero'".
La questione si risolse da sola, anzi la risolse Keiko, abbandonando ben presto le acque delle Faroe per continuare a nuotare indefesso, verso est. Verso la Norvegia, una delle grandi nazioni baleniere del mondo. La speranza era che prima o poi, al largo della costa della Norvegia, Keiko piegasse verso nord o verso sud. Invece continuò ad avvicinarsi alla costa. Nel frattempo dalla Keiko Foundation partirono due membri dello staff alla volta di Kristiansund: seguendo infatti il percorso compiuto finora, era lì che Keiko sarebbe arrivato. I due affittarono una barca e con l'antenna radio cercarono la loro orca. E ben presto la trovarono. Keiko dapprima non sembrò interessato alla barca, ma a un certo punto, dopo un'immersione, riemerse proprio di fianco a essa. I due a bordo se ne stavano nascosti, non volevano che Keiko li vedesse. Così, giocando un po' a nascondino, riuscirono a vederlo bene e a prendere delle foto. Keiko sembrava in gran forma, e questa era una grande notizia. Non aveva perso peso e, dopo tutto quel tempo e quel nuotare, questo si spiegava solo con il fatto che si alimentava.
Il giorno dopo, un'altra bella sorpresa: sebbene l'area fosse soggetta a un intenso traffico di imbarcazioni, Keiko non sembrava interessato a loro. Era quanto bastava per cantare vittoria: Keiko era tornato libero e selvatico.
La doccia fredda arrivò domenica 1° settembre. Una piccola barca con a bordo due uomini e i loro rispettivi figli, due ragazzini, avvistarono una grossa sagoma nera. Capirono subito che era un'orca, la quale a un certo punto scomparve dalla loro vista immergendosi, per riapparire un minuto dopo, sbucando all'improvviso proprio di fianco alla loro barca. Terrorizzati – l'animale era lungo almeno 3 metri più del loro guscio di noce – fuggirono con tutta la velocità

che il loro mezzo consentiva. Mentre si dirigevano verso terra, l'orca li seguì, e quando finalmente tirarono a riva la barca, in prossimità della cittadina di Kaldbergsnausta, l'animale restò lì a nuotare in cerchio, probabilmente deluso dalla repentina conclusione del gioco. Ora fuori pericolo, gli occupanti della barca tornarono indietro e dalla spiaggia osservarono il loro inseguitore: lo riconobbero come un'orca, e notarono quanto, tutto sommato, fosse calmo e forse inoffensivo. Poi notarono un'altra cosa. La sua pinna dorsale era tutta accartocciata su se stessa, proprio come quella dell'orca di un film americano di qualche anno prima, *Free Willy*. Inoltre alla pinna erano attaccati due oggetti, due piccole scatolette.

I due ragazzini, una maschio e una femmina, erano eccitati dalla vicinanza con la grande creatura marina, e cominciarono a chiamarla Willy. I quattro stabilirono che l'animale non sembrava aggressivo, anzi era tranquillo e pacifico. Così, tornarono sulla barca, per rintrare a Korsnes dove vivevano. L'orca riprese a seguirli.

Quale altro animale, a eccezione dell'essere umano, sarebbe tornato in acqua in presenza di un suo potenziale predatore lungo oltre 8 metri? Ma la fascinazione che gli esseri umani provano e subiscono per i cetacei è qualcosa di irrazionale. Dal momento che l'orca sembrava tranquilla e i ragazzini la chiamavano Willy, in qualche modo perse le sue caratteristiche selvatiche per divenire una creatura amichevole e umanizzata.

Amichevole e inoffensivo, Keiko seguì docile la barchetta fino al porto di arrivo, ipnotizzato dai ragazzini che lo chiamavano, lo salutavano e schiamazzavano per lui. A terra, gli uomini, pensando che l'animale fosse fuggito da qualche parco acquatico, cominciarono a fare un po' di telefonate. La notizia si sparse. Giornali e tv arrivarono a vedere l'ospite inatteso, e incredibilmente trovarono i due ragazzini che cavalcavano l'orca. Non ci volle molto, e un giornalista riconobbe che quello era "l'originale". E si scatenò il finimondo.

Il circo norvegese

I due uomini della Free Willy Keiko Foundation, che solo un paio di giorni prima avevano dichiarato che ormai era libero e indipendente, chiamarono in sede, negli Stati Uniti. "È un disastro", riporta-

rono a chi ormai stava già pensando come festeggiare la libertà raggiunta, "Keiko è su tutte le tv norvegesi. Si trova dentro un piccolo fiordo, non lontano da noi, e... ci sono bimbi e ragazzi che nuotano in acqua con lui".
I due partirono immediatamente per Korsnes, a poche ore da dove avevano visto Keiko l'ultima volta, e quando arrivarono restarono a bocca aperta. Quello che trovarono era un folle e sconcertante circo. Il fiordo si stava intasando di barche che continuavano ad arrivare, la costa era piena di gente e di giornalisti e troupe televisive. E in effetti, c'erano ragazzini in acqua che nuotavano con Keiko, si facevano sollevare in alto dal suo enorme muso, si stendevano sul suo dorso liscio e accogliente. Keiko non solo lasciava fare, ma era parte attiva dei giochi. Anni di riabilitazione, di addestramento, di desensibilizzazione verso l'uomo e le barche erano svaniti in un attimo, cancellati. Keiko era tornato a essere quello che per tutta la vita gli hanno insegnato a essere, un divertimento per esseri umani.
Il giorno dopo, Keiko si allontanò da Kornses per infilarsi in un fiordo ancora più piccolo, un'insenatura, lo Skaalvik Fiord, che si chiude nei pressi del piccolo paese di Halsa. Si ripeterono le scene già viste il giorno prima, e furono inutili gli appelli dei due uomini dello staff che poterono solo assistere sconsolati. Arrivarono le tv e la piccola città di Halsa diventò il centro del mondo. Le magliette con la scritta "Scegli Halsa, Keiko l'ha fatto!" andarono esaurite in poche ore. La follia proseguì nei giorni successivi, al punto che finalmente, il 6 settembre, i vertici della città accolsero le richieste della Free Willy Keiko Foundation e decretarono il divieto di avvicinarsi a Keiko a meno di cinquanta metri. Basta, inoltre, con le nuotate e con i generosi lanci di pesce e altro cibo. Nel weekend seguente la folla era enorme, circa 5000 persone arrivarono per vedere Keiko. Volontari del comune di Halsa distribuirono volantini dove si raccomandava di stare lontani da Keiko. Ma a questo punto fu la stessa orca a starsene in disparte. Keiko era esausto, e se ne stette alcuni giorni praticamente fermo, al riparo di una barca ormeggiata.
Nel frattempo arrivò in Norvegia anche David Phillips, a capo della Fondazione, che incontrò i membri del governo norvegese. L'incontro andò bene: si accettò di lasciare il controllo della faccenda alla Fondazione, con alcune condizioni tutto sommato accettabili. La decisione del governo non fu così scontata, vista la tradizione

baleniera della Norvegia, e soprattutto considerando anche che era arrivata una richiesta ufficiale dal Miami Seaquarium di catturare Keiko. L'Acquario di Miami, da anni sotto il mirino di tanti ambientalisti e difensori degli animali per tenere segregata una singola orca, Lolita, in una vasca decisamente troppo piccola, giocò anche sporco, cercando di screditare la Free Willy Keiko Foundation agli occhi dei governi statunitense e norvegese. E non fu nemmeno l'unica richiesta del genere. Anche l'Islanda avrebbe voluto indietro "l'orca dalle uova d'oro", lo stesso dicasi per l'Oregon Coast Aquarium. Persino dal Messico, si fecero avanti.

Nel fiordo, sebbene il divieto di nuotare e di avvicinarsi a Keiko funzionasse, la situazione rimase caotica, e i due nuovi trainer assunti per lavorare con l'orca rimasero allibiti. Il fiordo era pieno di barche e la costa era scura di gente che urlava e salutava, cercando di attirare l'attenzione di Keiko. Il quale se ne stava ancora in disparte e praticamente immobile. Se gli addestratori cercavano di fargli fare qualcosa, per renderlo più attivo e partecipe, ecco che il pubblico si animava e schiamazzava, quasi assistesse a uno show. Lo scenario era sconcertante, e molti pensarono che nell'arco di poco tempo Keiko se ne sarebbe andato, riprendendo il suo vagabondare.

Purtroppo in quel periodo, in quella zona, non c'erano orche, non era la stagione giusta. Mentre la storia della bambina che con l'armonica suona il tema del film "Free Willy", attirando l'attenzione di Keiko, fa il giro del mondo, diventa chiaro che, ancora una volta, e ancora per mano dell'uomo, Keiko andava portato via, in un luogo più sicuro.

Taknes Bay, una piccola insenatura a est di Halsa, è dove venne infine condotto, e dove ricominciò una trafila che già Keiko e i suoi uomini conoscevano bene: le passeggiate in mare aperto, seguito da una barca e con un trasmettitore sul dorso. Inutile dire che il morale degli uomini dello staff era a terra. La lunga fuga di Keiko dall'Islanda, il suo buono stato di salute all'arrivo in Norvegia, l'iniziale disinteresse per le imbarcazioni, avevano illuso tutti. Ma l'equilibrio su cui si basava la sua nuova libertà era evidentemente sottile e fragile, e le catene del condizionamento da spezzare ancora troppo forti. La battaglia non era persa, ma il colpo era stato duro. Ma si poteva ripartire.

Le passeggiate in mare aperto si allungarono giorno dopo giorno. La filosofia fu di seguirlo per quanto possibile, ma di lasciarlo libero di

andare dove voleva. Passarono i giorni, e di nuovo i mesi. Il 18 febbraio 2003, Keiko era fuori, da qualche parte. Le barche che lo seguivano l'avevano perso di vista, come spesso avveniva. Ma quando arrivò una telefonata da un allevamento di salmoni che comunicava ai trainer la presenza di un cetaceo, che spaventava i pesci rinchiusi nel recinto, non ebbero dubbi su chi fosse. Andarono a riprendere Keiko, portandoselo dietro, semplicemente lanciandogli un pesce di quando in quando. Sulla strada del ritorno, Keiko entrò nello Skaalvik Fiord. In questa stagione il fiordo è in buona parte coperto dal ghiaccio. Keiko conosceva il ghiaccio, diverse volte in quell'inverno norvegese ci aveva avuto a che fare e qualche volta la barca che lo seguiva aveva dovuto romperne un tratto, per liberargli la strada.
Era notte e mentre lo staff ne approfittava per scendere al porto, la persona che era restata sulla barca per controllare l'orca, dopo pochi minuti, lo perse di vista. Passò il tempo e Keiko non riapparve, dunque gli uomini pensarono che se ne fosse andato, ma mentre riattivavano l'attrezzatura per localizzarlo, dei tonfi sordi arrivarono da una zona ghiacciata del fiordo. In un attimo realizzarono che Keiko si era infilato sotto la copertura di ghiaccio. Saltarono sulla barca e si avvicinarono al limite del ghiaccio, utilizzando il richiamo sonoro al quale Keiko era addestrato a rispondere. Sulle prime non accadde niente, poi Keiko emerse dal ghiaccio, frantumandolo. Era lontano dalla barca, gli uomini non lo videro ma sentirono il rumore del ghiaccio che si rompeva e dell'orca che respirava. Lo richiamarono con il suono altre due o tre volte. Lo sentirono immergersi, e poco dopo, più vicino a loro, di nuovo il ghiaccio che andava in frantumi sotto la spinta dell'orca che emergeva per respirare. Questa volta sentirono distintamente anche un suono terribile emesso da Keiko, una specie di urlo lamentoso. Panico o dolore, qualcosa del genere. Lo chiamarono ancora, stavolta lo videro emergere per una terza volta, non lontano da loro, mentre spezzava di nuovo il ghiaccio. Infine emerse nell'acqua, nella zona libera da quella bianca trappola e si avvicinò alla barca. E il faro che punta sull'acqua illuminò una scena raccapricciante: Keiko era completamente coperto di sangue. La pelle lacerata, graffiata, scorticata in molti punti.
Più tardi, superato lo stress del momento, fu evidente che, nonostante l'aspetto terrificante, le ferite erano superficiali e dunque non troppo preoccupanti. Per due settimane Keiko venne tenuto in di-

sparte, per evitare che la storia, e magari le immagini, potessero arrivare ai media. Ben presto i traumi passarono, e con essi l'inverno. Keiko rimase a Taknes Bay a curarsi le ferite, in attesa dell'estate e del ritorno delle orche.
Ma quell'anno, forse per uno di quei fenomeni oceanici rari e inspiegati, non ci fu la migrazione delle aringhe. E ovviamente non vennero neanche le orche che notoriamente le seguivano. Dunque un altro anno si sarebbe aggiunto alla lunga storia del ritorno di Keiko alla libertà.
Non erano arrivate le orche, ma presto sarebbero arrivate le barche e i turisti. A frotte. Ecco dunque la decisione di chiudere con una rete la baia di Taknes, per lasciare Keiko tranquillo. E nuovamente in gabbia. Persino la spiaggia venne chiusa, con lunghi nastri rossi. A intervalli regolari, sui nastri, un cartello recitava: "Il progetto Free Willy Keiko riguarda la reintroduzione di un'orca dalla cattività alla vita selvatica. È la prima volta che un simile progetto viene intrapreso. È molto importante che Keiko abbia meno contatti possibili con la gente. È molto abituato alla gente dopo 22 anni in cattività. È quindi avvezzo al contatto umano. Per aiutare Keiko a essere di nuovo selvatico, è importante distogliere la sua attenzione dalla gente e dirigerla verso l'oceano. TU PUOI AIUTARCI. Non provare ad attirare l'attenzione di Keiko chiamandolo e facendo rumore. Puoi guardare mentre nuota nella baia o mentre viene nutrito, solo mantieni la calma e il silenzio. In questo modo ci aiuti a riportare Keiko in libertà".
Le rete che chiudeva la baia di Taknes aveva ovviamente un'apertura, così da consentire a Keiko e alle barche accompagnatrici di uscire per le passeggiate quotidiane. Due volte al giorno, al mattino e al pomeriggio, Keiko era chiamato fuori dalla baia e lasciato a esplorare i fiordi e le insenature nei pressi della baia. Non si era molto più avanti di quanto si faceva già tre anni prima, in Islanda. "Per aiutare Keiko a essere di nuovo selvatico, è importante distogliere la sua attenzione dalla gente e dirigerla verso l'oceano" diceva il cartello lungo la linea rossa. Ma quanto, in tutta la storia di Keiko, ci si era mai avvicinati a questo traguardo? Keiko era tuttora, come sempre, guidato da persone che con gesti o suoni gli dicevano cosa fare e quando farlo. Mangia, avvicinati, segui la barca, esci dal recinto, torna indietro. Come si poteva riabituare alla vita selvatica e al distacco

dall'uomo un animale così condizionato, utilizzando strumenti, tecniche ed esseri umani? E come si poteva d'altra parte farlo senza? "Non chiamate e non attirate l'attenzione di Keiko", recitavano i cartelli, perché rinforza continuamente il suo legame con gli uomini. Giusto. Ma la stessa cosa si sarebbe dovuta dire degli addestratori, che tutti i giorni gli davano da mangiare e comunicano con lui con i segnali.

Libero!

Ogni volta che nella saga di Keiko succedeva qualcosa, si spostava più avanti il momento tanto atteso. Si trattava solo di aspettare e continuare a lavorare. Dall'arrivo di Keiko in Islanda e finalmente in mare erano passati cinque anni. Ogni anno poteva essere quello buono e poi non lo era mai, per un motivo o per l'altro. Così anche l'estate del 2003, in cui si passeggiava con l'orca e si aspettava il traguardo successivo, a gennaio, quando sarebbero migrate le aringhe e con loro sarebbero tornate le orche.
Il 10 dicembre 2003 l'attesa stava per concludersi. Ancora un mese e poi ecco le orche. Ma quel giorno successe qualcosa di strano. Fu il giorno, nei racconti dei suoi addestratori, in cui Keiko rallentò. In pratica, fuori dal recinto per una passeggiata, cominciò a nuotare lentamente, non riusciva a tenere dietro alla barca. E a un certo punto si fermò. C'era qualcosa che non andava, così si decise di fare rientrare Keiko nella baia. C'era preoccupazione, ma nemmeno troppa. In tutti questi anni l'orca era già stata malata, e poteva darsi che stesse di nuovo poco bene. Lentamente si condusse Keiko lungo la rete che chiudeva la baia, verso sud dove c'era l'apertura. A poca distanza da questa, Keiko si fermò ancora, sembrava esausto. Dopo alcuni minuti riprese a muoversi lentamente e finalmente rientrò nella baia. Dopo un paio di ore provarono a dargli da mangiare, inutilmente. Ancora non c'erano grossi motivi di preoccupazione, era già successo anche questo. Inoltre le sue respirazioni erano regolari, un buon segnale.
Il giorno dopo la situazione era evidentemente peggiorata. Keiko stava male. I suoi movimenti erano lenti e le sue respirazioni andavano a poco a poco aumentando. I cetacei sono animali asintomatici, cioè quando stanno male sono pochissimi i segni interpretabili esternamente, riguardo al loro stato di salute. Il numero di respirazioni in

un dato intervallo di tempo è uno dei segnali più evidenti e utilizzati. Se queste tendono ad aumentare in un dato intervallo di tempo, qualcosa non va.

Il veterinario consigliò un trattamento antibiotico, ma il medicinale di solito era inserito nel pesce che Keiko mangiava: come in qualunque delfinario, le pasticche venivano nascoste nelle branchie dei pesci, e l'orca ingoiava tutto senza accorgersi di niente. Ma Keiko rifiutava il cibo ora, e dunque come somministrargli il medicinale?

Il veterinario, sempre per telefono, suggerì di aspettare ancora un po', e di continuare comunque a tenerlo sotto controllo. La mattina dopo fu evidente che le cose si mettevano male. Si sospettò una polmonite. Il dottor Cornell, che da anni seguiva Keiko, era negli Stati Uniti. Gli fu chiesto di volare in Norvegia, ma per lui non aveva senso: nell'arco di tempo che ci avrebbe messo per arrivare, la polmonite si sarebbe già rivelata come qualcosa che Keiko poteva combattere oppure no.

Nella baia chiusa c'era un piccolo recinto di rete che serviva proprio in casi come questi, per intervenire sull'animale, per esempio per esami o cure mediche. Cornell chiese di tenere Keiko lì dentro, dove sarebbe stato più facile intervenire in caso di necessità. Ma Keiko non volle saperne di entrare. Vagava lentamente e senza meta nella baia, indifferente a ogni richiamo, suono o gesto dei suoi trainer.

A un certo punto mangiò un pesce, ma era un segnale illusorio. Le sue condizioni peggiorarono ancora e ben presto cominciò a perdere la sua postura normale per tendere invece a ribaltarsi su un lato. Respirava male. A metà del pomeriggio, entrò spontaneamente nel piccolo box di rete. I due trainer corsero a vederlo da vicino, e si accorsero che il pesce che sembrava aver mangiato tre o quattro ore prima era ancora nella sua bocca. Keiko lo teneva lì e basta. Uno degli addestratori dirà poi che Keiko era come se... come se fosse già andato. E che il suo alito aveva un odore tremendo.

Nel primo pomeriggio cominciò a fare buio, e anche a nevicare. Di lì a poco Keiko non fu più visibile, anche se il trasmettitore mostrava che era comunque lì in giro. Più tardi, alla luce della luna, i trainer uscirono a cercarlo. Non era semplice, ma ecco che lo videro, fra una barca ormeggiata e la spiaggia. Adagiato sul fondale, con il dorso fuori dall'acqua, immobile. Se esiste un aldilà, Keiko adesso era finalmente libero.

Una storia oltre la sua fine

Anche il finale della lunghissima, incredibile, eccessiva saga di Keiko "il fortunato" è sopra le righe e in un certo modo inaspettata. Innanzitutto, il corpo fu legato in modo che il mare non se lo portasse via, e subito coperto con un telo. "Nessuno, nel mondo, ha mai visto una foto di Keiko morto. Almeno questo glielo abbiamo evitato", dissero dallo staff della Fondazione. Si decise di non praticare l'autopsia, non c'erano strutture adeguate in zona. Quella stessa notte un bulldozer scavò una buca profonda direttamente sulla spiaggia e vi calò il corpo dell'orca. Soltanto tre settimane dopo, in gennaio, la cittadina di Halsa commemorò Keiko. Qualche centinaio di norvegesi si diedero appuntamento sulla spiaggia e costruirono un monumento di rocce, allo stesso modo in cui i vichinghi seppellivano i loro re. Anche all'Oregon Coast Aquarium si celebrò Keiko e si pensò di realizzare una statua in bronzo in suo onore.

Nei giorni successivi alla morte dell'orca, i giornali di tutto il mondo ne parlarono. Non riportarono solo la notizia, ma vi aggiunsero interviste, opinioni, commenti. Come si fa per la morte di una celebrità. Keiko restò Free Willy, la star; fino alla fine e oltre.

Kenneth Brower, nel libro *Freeing Keiko*, dal quale abbiamo tratto gran parte dei dati per questo racconto, scrive che "la saga di Keiko è il racconto di un'enorme assurdità. È stata un'orca che ha vissuto in maniera tanto opulenta come solo i califfi o i pascià fanno tra gli umani, in un palazzo da 7,5 milioni di dollari, venerato e reso simile a un personaggio fiabesco [...]. Come modello di ritorno alla libertà di un cetaceo in cattività, era senza speranza. Non abbiamo abbastanza milionari che amano i cetacei per rendere praticabile il suo esempio. Non ci sarà mai un'altra balena o delfino come lui. [...]. Eppure, detto tutto ciò, c'è stato qualcosa di enormemente irresistibile nella sua saga. Come simbolo e icona era davvero potente".

Su Keiko come simbolo, David Phillips ha le idee chiare, anche se è ovviamente di parte: "Per quanto riguarda l'impatto dell'intero progetto, io credo onestamente che abbiamo dato una svolta fondamentale all'atteggiamento della gente. L'atteggiamento sul fatto che questo tipo di riabilitazione e rilascio in mare sia possibile. L'attitudine della gente sui cetacei in generale. Abbiamo legioni di ragazzini in ogni posto dove Keiko è stato – in Messico, in Oregon, in Islanda, in

Norvegia – ragazzini che guardano ai cetacei in maniera differente, ragazzini che guardano alla cattività in maniera differente".

In realtà, sulla vicenda di Keiko ognuno ha la propria verità, che invece è un'opinione, e che nasce dai propri convincimenti personali, e i fatti oggettivi prendono luci e significati diversi proprio a seconda di questi convincimenti. Difficile persino dire se il "progetto Keiko" sia stato un successo o un fallimento. Molti dicono che il progetto è fallito, visto che Keiko alla fine è morto. Ma questo è sbagliato, le orche, come ogni altro organismo vivente, muoiono ogni giorno per fatalità ed eventi naturali. Rimettere Keiko in mare non avrebbe fatto di lui un essere immortale.

Neanche si può dire che il progetto sia riuscito, dal momento che alla fine, dopo anni e anni di lavoro, Keiko è morto ancora e comunque sotto il controllo dell'uomo, senza avere mai definitivamente spezzato i suoi legami con la causa dei suoi problemi.

E alla fine forse una cosa si può sottolineare, cioè che la vicenda di Keiko è la storia di un enorme senso di colpa. La colpa per avere sterminato migliaia di Keiko, la colpa di averne imprigionati a decine in gabbie di cemento e vetro, solo per il nostro diletto. Lo abbiamo fatto talmente tante volte che per una volta sola volevamo far vedere di essere in grado di fare anche il percorso inverso. Era una sorta di espiazione. Ma una sola orca non sarebbe comunque bastata.

Isle of Man
Milford Haven
Gran Bretagna
Falmouth
Penzance

Un delfino nomade: Donald

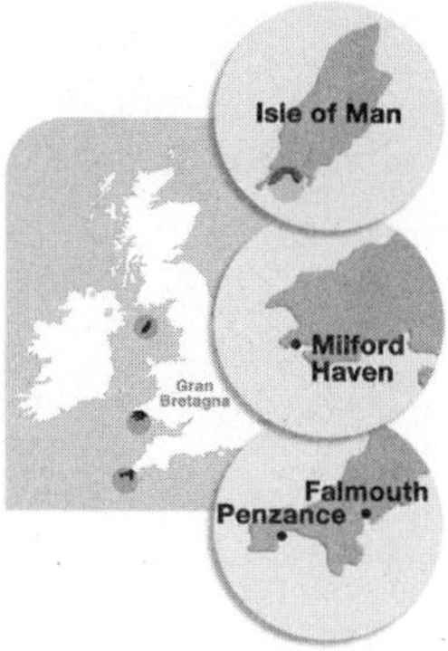

Chiunque si avventuri in una ricerca sui delfini solitari, o sul rapporto fra uomo e mammiferi marini, sfogliando e leggendo documenti e libri non può non imbattersi nel nome di Horace Dobbs. Nelle biblioteche che raccolgono testi sui cetacei, anche in quelle maggiormente rivolte alla produzione scientifica, non possono mancare volumi dal taglio divulgativo e, sparsi qua e là, lavori più difficili da inquadrare.

Fra questi i libri di Dobbs. Hanno tutti titoli più o meno evocativi come *Dance to a Dolphin's Song* (Ballando al canto del delfino) o *Journey into Dolphin Dreamtime* (Viaggio nei sogni del delfino). Molto spesso di formato maneggevole e con copertine immancabilmente suggestive, questi libri giocano su concetti come "ponti invisibili fra esseri intelligenti di due specie diverse" o promettono che "non solo i delfini vivono in pace nel loro habitat, ma possono portare la felicità agli esseri umani". Abbastanza, per chi si occupa di cetacei per lavoro e dal punto di vista scientifico, perché essi vengano riposti nei loro scaffali dopo una veloce sfogliata.

Tuttavia è davvero difficile parlare di delfini solitari e socievoli senza incontrare il nome di Horace Dobbs. E dei suoi libri, che sono libri di successo.
Nell'autunno del 1974 Dobbs aveva un lavoro full-time. Era impiegato come chimico ricercatore presso una compagnia farmaceutica multinazionale e si occupava soprattutto di ricerca nel campo della medicina veterinaria. Nel tempo libero coltivava il suo hobby: la fotografia subacquea.
Proprio questa sua passione lo portò un giorno, verso la fine di quell'anno, a incontrare Donald, un delfino (tursiope) che abitava le acque dell'Isola di Man, al largo della costa occidentale della Gran Bretagna. A suo dire questo incontro, insieme a una serie di disavventure sul lavoro, gli cambiò la vita. Lasciò il suo impiego e dedicò la sua vita a cercare contatti con i delfini. All'inizio vendeva le sue fotografie come free-lance, ma in seguito si lanciò in una serie incredibile di attività legate ai suoi incontri con i delfini. Iniziò a guadagnarsi da vivere grazie ad articoli, libri, conferenze, film e a tutta una pletora di occupazioni condotte con indubbia scaltrezza e perizia. Tuttora, ormai settantenne, Dobbs "the Dolphin Man" vive della sua passione e tiene richiestissime lezioni e conferenze un po' ovunque.
Per anni, dove c'era un delfino solitario, prima o poi appariva Dobbs. Simo, Fungie, Donald, Freddy, Jojo e di certo molti altri, tutti hanno nuotato con Dobbs e sono finiti nei suoi libri. E il primo libro che scrisse, nel 1977, *Follow a Wild Dolphin* (Seguendo un delfino selvatico), è proprio dedicato a Donald, il delfino che ha cambiato la sua vita.
La storia di Donald suscita interesse per il suo modo, come vedremo poi, di muoversi da un luogo all'altro, cambiando dimora di volta in volta. Alla fine i suoi spostamenti hanno coperto un totale di 480 chilometri, dall'Isola di Man al Galles alla Cornovaglia. Ma i luoghi da lui scelti, volta per volta, pur se distanti, avranno caratteristiche comuni: piccole baie o porti riparati, con intensa attività di pesca, movimenti di piccole imbarcazioni, subacquea e balneazione. Tutte aree con profondità attorno ai 10 metri, con fondale sabbioso e costa rocciosa. Qui Donald mostrerà sempre la sua predilezione per piccole barche e boe galleggianti, che userà anche per segnare i confini del

suo ristretto territorio. Piccole aree che lui considera come "casa" e nelle quali mal sopporterà la presenza di troppa gente.
Per la verità, documentarsi su Donald per raccontarne le vicende appare relativamente facile. Cosa meglio di un libro di quasi 260 pagine, totalmente dedicato a lui? Ma la realtà è un po' differente, e il compito più arduo di quanto possa sembrare. Perché oltre al libro di Dobbs e a due o tre vecchi lavori scientifici, non si trova molto di più. E il libro stesso non racconta esattamente la storia del delfino, quanto invece la storia di Horace Dobbs e della sua amica Maura, e dei loro incontri con Donald. Il delfino dunque è quasi un comprimario: ma ovviamente a noi è proprio lui che interessa di più.

Il primo contatto

La storia di Donald, o almeno la sua parte che ha a che fare con degli esseri umani, sembra cominciare il 26 marzo del 1972 quando Henry Crellin, un esperto subacqueo di professione, si calò nelle acque non proprio limpidissime del porto di Port St. Mary, nell'Isola di Man, per agganciare una nuova catena di ormeggio a un base di cemento sul fondo sabbioso. Mentre si muoveva nelle acque rese ancora più torbide dalla sabbia sollevata dai suoi piedi e dalla catena che gli avevano calato da sopra, e che a quel punto trascinava dietro di sé, un'ombra grande e scura passava veloce sopra di lui. Con tutta la velocità che le pinne gli consentirono, l'uomo schizzò verso la superficie issandosi in fretta e furia sul gommone, dove lo osservarono increduli i suoi due colleghi di lavoro. Henry conosceva le acque di Port St. Mary come le sue tasche e non credeva alle sue stesse parole mentre raccontava ai due uomini, altrettanto increduli, che là sotto doveva esserci un maledetto squalo, ed era pure grosso.
Gli squali elefante frequentano quelle acque, ma non in quel periodo dell'anno, e comunque non si spingono mai dentro al porto. I tre uomini cercavano una risposta e intanto allungavano il collo al di là del bordo del gommone per scrutare il mare. Ben presto scorsero una grossa sagoma grigia che scivolava veloce sotto il pelo dell'acqua, per poi rompere la superficie della stessa e lasciare uscire la testa: era quella di un delfino che scrutava curioso in giro. Gli uomini si guardarono l'un l'altro e risero sollevati, prendendo in giro Henry, salvo

poi concludere che comunque c'era un lavoro da portare a termine. Questa volta scescero in acqua gli altri due sub, Colin e Dave. Erano leggermente tesi e con i sensi all'erta. Non sapevano cosa avrebbe fatto il delfino, che nel frattempo era scomparso. Non sarà uno squalo, ma un incontro con un animale selvatico lungo più di 3 metri, e nel suo ambiente per giunta, non lascia poi così tranquilli, nemmeno chi pensa ai delfini come a creature giocose e amichevoli.
Sembrava comunque che il delfino non fosse più in zona. Quando Dave trovò la catena e cominciò a tirarla verso il blocco di cemento, alzò lo sguardo e lo vide ancora lì. Il delfino era quasi fermo in acqua e sembrava scrutarli incuriosito. Restò in zona per tutto il tempo, nuotando intorno ai sub in lenti cerchi, qualche volta avvicinandosi a pochi centimetri dalle loro mani, osservando il lavoro con la catena. Poi, con due colpi di pinna, scomparve.
Quello che Henry Crellin non sapeva, essendo rientrato sull'Isola di Man da un viaggio di lavoro in Inghilterra, era che del delfino già si parlava in giro. E che lui e i suoi amici non erano i primi ad avere visto il delfino e ad aver nuotato con lui. Poche settimane prima i "fortunati" subacquei erano stati due biologi che lavoravano alla Marine Biological Station di quella Port Erin che rispetto a Port St. Mary è sull'altro lato di Capo Spanish, cioè il promontorio sudoccidentale dell'Isola. Accadde in un periodo in cui stavano misurando l'intensità luminosa che giunge sotto alla superficie dell'acqua. Una imbarcazione stava per salpare la pesante attrezzatura metallica per trasferirla in un diverso sito di misurazione. La barca era affiancata da un gommone con i due biologi a bordo e altre due persone di equipaggio.
All'apparire del delfino i due ricercatori si tuffarono in acqua. Il delfino si avvicinò e nuotò loro intorno. Si bloccò, li scrutò con occhi attenti, poi se ne andò, ritornando e così via, fino a seguire con apparente disappunto le pinne dei due biologi che pian piano risalivano in superficie. Avevano finito di fissare l'attrezzatura, che ora veniva issata a bordo. Durante il tragitto verso il nuovo punto di ormeggio, il delfino non si fece più vedere, ma appena i due ritornarono in acqua per sistemare gli strumenti, eccolo riapparire. Uno dei due biologi lo descrisse come un animale dal comportamento tipico dei giovani, ma con il corpo molto segnato, come se fosse molto più vecchio. Joanna Jones e Michael Bates ebbero così il loro primo emozionante incontro con il delfino che più tardi verrà battezzato Donald the Dolphin.

Quello che non sapevano è che lo avrebbero rivisto spesso: nelle loro immersioni di lavoro e campionamento furono visitati assiduamente dal delfino, ormai abituato a loro e sempre più ardito.
Anzi, non sempre i giochi di Donald e il lavoro dei biologi andavano d'accordo. Un giorno la Jones stava raccogliendo dei campioni biologici che venivano messi in un cesto e poi issati in superficie. Donald osservò con attenzione il primo cesto che lentamente saliva su e poi scompariva fuori dall'acqua. Quando anche il secondo cesto fu pronto e iniziò la salita il delfino colpì con il rostro il cesto da sotto, disperdendo tutti i campioni. L'ignaro collega issò in superficie un cesto vuoto. Stesso destino capitò ai carichi successivi, finché il lavoro fu forzatamente abbandonato per quel giorno, fra il divertimento e il disappunto della biologa.

Maura e il delfino

Inevitabilmente la fama del delfino cominciò a diffondersi, soprattutto nei diving center che vedevano la possibilità di trasformare ogni uscita in un evento da ricordare: una nuotata con un delfino. Fra i sub interessati alla storia di Donald c'era anche Maura Mitchell, che aveva ricevuto da Henry Crellin una lettera in cui raccontava del suo emozionante incontro. Bionda, occhi azzurri, minuta e a quanto pare molto attraente, nella descrizione di Horace Dobbs Maura è un'appassionata sub "con un dono molto speciale nel trattare con gli animali". Proprio in quel periodo Maura si stava trasferendo a vivere sull'Isola di Man. Poco tempo dopo la donna incontrò per la prima volta Donald. Era seduta di sera sulla spiaggia quando vide apparire il delfino, il quale iniziò uno show fatto di nuotate e slalom fra le boe, poderosi salti fuori dall'acqua, schizzi e ondate di acqua sollevati verso le barche ormeggiate.
Pochi giorni dopo, quasi intimorita dalla forza e dalla potenza messi in mostra dal delfino quella sera, Maura e il suo compagno entrarono in acqua con l'idea di fare un po' di snorkeling con Donald. Il quale arrivò senza farsi troppo pregare e ispezionò i due intrusi con fare curioso, concentrandosi maggiormente sulla donna. Lei cercò di accarezzarlo, ma lui si ritrasse salvo ritornare subito dopo vicinissimo a lei. Alla fine una piccola grattatina sotto al collo andò a buon segno.

Il primo rapporto fra la donna e Donald, che poi sarebbe diventato qualcosa di molto più solido e intenso, si era instaurato.
La volta successiva Maura era in acqua con due uomini. Donald non li degnò di uno sguardo, dedicando ogni attenzione alla donna; lei parlò continuamente e gentilmente con lui e scoprì che con le pinne poteva grattare la pancia del delfino, che pareva gradire moltissimo. Al rientro i due uomini si mostrarono scherzosamente indispettiti dal fatto che il delfino avesse dedicato le sue attenzioni solo a Maura e per questo motivo ipotizzarono che fosse un maschio.

Chi ce l'ha con Donald?

Gli incontri fra la donna e Donald proseguirono nel tempo, e Maura scendeva in acqua con lui ogni volta che poteva. Il loro rapporto diventò quasi esclusivo o perlomeno molto privilegiato. E se non c'era Maura, c'erano gli altri subacquei con cui nuotare, c'era il suo pubblico sulla spiaggia o sulle barche da deliziare con spettacolari salti, e non mancava il divertimento, una costante nei delfini solitari, di inseguire le barche in uscita e in entrata nel porto. Donald era insomma ormai la mascotte della baia di Port St. Mary e non c'era ragione di pensare che qualcuno non amasse quel delfino giocoso e divertente. Eppure il 13 settembre 1972 qualcuno andò a cercare Donald, imbracciando un fucile, e quando lo trovò gli scaricò addosso diversi colpi, cinque dei quali sembrarono andare a segno: due alla testa e tre al corpo. La notizia venne ripresa dal "Daily Mirror", che riportò anche lo sdegno delle autorità locali che ventilavano l'ipotesi, sostenuta dai "si dice", che alcuni pescatori incolpassero il delfino di rendere scarse le pescate. La notizia dell'assassinio di Donald cadde come una bomba sulla comunità di Port St. Mary, fra giuramenti di prendere e punire i colpevoli e voci che correvano senza che si sappia bene da dove fossero partite.
Un'ipotesi si riferiva ai pescatori di salmoni disturbati da Donald, un'altra incolpava i francesi, acerrimi nemici delle popolazioni d'Oltremanica, accusati di avere ucciso e mangiato il delfino. La Società della Manica per la Prevenzione della Crudeltà sugli Animali offrì una ricompensa a chi avrebbe fornito notizie certe, ma non verrà mai riscossa.

Comunque, tutto si basava su racconti: per la verità nessuno aveva visto il corpo di Donald, perché non c'era nessun corpo. Dopo pochi giorni infatti Donald riapparve. Venne avvistato numerose volte lungo la costa, sebbene a quel punto stesse decisamente alla larga da ogni essere umano. Finché un medico, tale dr. Goyne, riconquistò molto lentamente e a colpi di maschera, boccaglio e nuotate, la fiducia di Donald. Al punto che riuscì a fotografarlo, e nelle immagini risulta evidente una profonda ferita proprio sopra all'occhio destro del delfino. La cicatrice di quella ferita rimarrà un segno inconfondibile di Donald, che aiuterà anche a riconoscerlo quando, come vedremo, il delfino si sposterà in altre zone.
Nei mesi successivi Donald si riavvicinò lentamente alle persone, ma non consentì più loro di avvicinarsi troppo e men che meno di toccarlo. Non resistette invece alla sua innata curiosità di osservare i comportamenti degli uomini sopra o sotto l'acqua, rendendosi protagonista di episodi simpatici come segnalare ai sub pesci nascosti sotto la sabbia, puntandoli con il rostro, o aiutare un pescatore di aragoste a gettare fuori dalla barca le boe di segnalazione delle trappole, afferrandone la corda saldamente fra i denti e trascinandole fuori bordo.

In trappola

La fiducia che Donald aveva riposto negli uomini e che cinque colpi di fucile avevano brutalmente rimosso era destinata a ritornare. Forzatamente.
Le barche nel porto di Derbyhaven galleggiano e ondeggiano stancamente, ma non tutto il giorno. Per due volte nell'arco della giornata, infatti, la marea scende. Di molto. Le barche si abbassano lentamente e infine si poggiano delicatamente sul fondo fangoso, dove restano all'asciutto fino alla successiva alta marea. Un giorno di marzo due uomini impegnati in un cantiere edile vicino al porto si godevano la pausa del tè del pomeriggio quando uno di loro, guardando verso le barche in secca, fece notare all'altro che ci doveva essere una foca nel porto. Una forma grigia si muoveva vicino alla prua di una nave, la Nemesis, solo che non sembrava una foca, piuttosto un grosso pesce. Stabilirono dunque di andare a dare un'occhiata. Man mano che si

avvicinavano, diventava evidente che l'animale che si dibatteva nel fango, affondando sempre un po' di più, era un delfino. E quando furono abbastanza vicini da vedere le cicatrici lasciate dalle pallottole, non ci furono dubbi: era Donald.
Riportarlo in acqua non era così semplice e la prima cosa da fare era tenere Donald bagnato e fresco. Altri uomini si unirono ai due per dare una mano. Fuori discussione l'idea di spostare il delfino a braccia. Così interpellarono l'operaio addetto alla macchina scavatrice per verificare se era fattibile sollevare il delfino con quella. Si poteva provare a patto che le ruote del pesante mezzo non affondassero troppo nel fango.
La pala del mezzo scese come un cucchiaio che cerca di raccogliere un boccone di oltre tre quintali, ma non riuscì; bisognava spostare la Nemesis. Fatto spazio attorno a Donald, la pala gli arrivò gentilmente a contatto, penetrando con l'estremità nel fango sotto di lui. Il resto lo fecero gli uomini che con gentilezza aiutarono il sollevamento del delfino in modo che le pinne non fossero danneggiate o costrette in posizioni innaturali. Donald era dentro alla pala, che con grazia innaturale per una macchina, lo sollevava appena e cominciava a muoverlo verso l'acqua, che cominciava a fluirgli addosso con il suo effetto benefico. Quando l'escavatore non poté procedere oltre e l'acqua era ancora troppo bassa, gli operai si sfilarono stivali e calzettoni per addentrarsi in acqua. Finalmente il delfino era fuori dalla pala e sebbene in acqua, poggiava ancora sul fondo incapace di prendere il nuoto. Ad ogni onda gli uomini lo spinsero un pochino più fuori e ben presto l'impresa fu compiuta. Donald nuotava da solo, compì due o tre movimenti in cerchio, cercando di orientarsi (o di ringraziare i suoi salvatori, se si vuole) e poi nuotò via. La seconda disavventura di Donald in pochi mesi si era conclusa di nuovo bene.
Resta solo una domanda: come è possibile che un delfino sano ed esperto si faccia sorprendere a tal punto dalla bassa marea, da mettere in pericolo la sua stessa vita? L'unica ipotesi è che Donald avesse trovato qualcosa che lo incuriosisse e catturasse la sua attenzione talmente tanto da non avvedersi che l'acqua stava scendendo.
Quello che invece si sa è che, nonostante gli avessero sparato, nonostante avesse rischiato di morire intrappolato nel fango, Donald rimase a Port St. Mary, dove ormai la popolazione aveva imparato a conoscerlo e gli voleva bene.

A parte un ricco signore stabilitosi da poco in città che spesso usciva in mare con la sua barca, dieci metri e due potenti motori. Pare che un giorno se ne stesse andando con una piccola barchetta a raggiungere l'ormeggio del suo cabinato, ancorato fuori dal porto, quando questa fu sbattuta qua e là da violenti scossoni. Questi erano provocati proprio dal delfino, che evidentemente si divertiva non poco ad agitare la barchetta come un guscio di noce in preda ai marosi.
Si divertì evidentemente molto meno l'uomo, che al suo ritorno a terra scrisse al Board of Agriculture and Fisheries (il ministero della pesca e dell'agricoltura) dichiarando che il delfino rappresentava un pericolo e andava dunque eliminato. Il contenuto esatto della lettera non fu mai reso noto, ma la notizia venne ripresa dal quotidiano "The Examiner", che nelle stesse pagine riportò che le autorità portuali confermavano di aver ricevuto una richiesta "di distruzione" del delfino.
Un altro portavoce riferì che il Procuratore Generale aveva reso noto che il delfino era da ritenersi un animale protetto. Nonostante l'ignoranza in materia, la nota del Procuratore venne recepita e di nuovo le autorità portuali dichiararono che "se qualcuno dovesse procurare danno al delfino si troverebbe in circostanze veramente difficili. Non ci sarebbe esitazione a prendere provvedimenti... Questo delfino è giocoso e del tutto inoffensivo e procura un grande piacere alla gente dell'isola, particolarmente ai bambini e ai turisti. È anche molto amichevole con i sub, e molti proprietari di piccole barche non lo vedono affatto come un problema... Non esiste che venga fatto qualcosa per eliminarlo. Lui è il benvenuto in queste acque".
L'indignazione che aveva percorso la cittadina alla notizia dell'odiosa lettera poteva finalmente scemare. Ma la popolazione non dimenticò, e anche a distanza di anni ricordava quella lettera con rabbia e risentimento.

Arriva Horace Dobbs

I cittadini di Port St. Mary volevano bene al loro sfortunato delfino e avevano fatto quadrato attorno a lui. Donald aveva ormai ripreso i suoi buoni rapporti con la gente e il suo personale legame di amicizia con Maura Mitchell. La quale, nell'agosto del 1974, raccontò al

telefono del suo affettuoso rapporto con il delfino a un amico, che le chiedeva di organizzargli una breve vacanza a base di immersioni nell'Isola di Man. L'amico altri non era che Horace Dobbs, che ben presto dunque arrivò sull'isola e inevitabilmente incontrò Donald.
Dal racconto di questo primo incontro, che ci viene reso nei minimi particolari nel libro di Dobbs, risultò evidente che il delfino aveva un feeling particolare con la minuta Maura. Lei lo chiamava sott'acqua e quando lui veniva vicino gli parlava con gentilezza. Difficile sapere come il delfino interpretasse i suoni emessi dalla donna, ma sta di fatto che riconosceva facilmente in lei la sua amica e gradiva evidentemente la sua presenza e la sua vicinanza in acqua. Dobbs tornerà ancora a fare visita a Port St. Mary e in particolare al suo acquatico abitante. Uno dei racconti merita di essere riferito.
Si è detto di come Dobbs fosse un appassionato fotografo subacqueo e in uno dei viaggi sull'Isola di Man portò con sé una nuova e costosa lente da applicare alla macchina fotografica. Durante le nuotate in acqua, si accorse che la macchina fotografica con il nuovo impianto di lenti non era più attorno al suo collo. Preoccupato si mise a cercare la macchina, dapprima ritenendo che, proprio a causa delle lenti montate in aggiunta, potesse galleggiare. Ma sulla superficie dell'acqua non c'era. Ritornato allora al punto dell'immersione, scese sott'acqua a cercarla sul fondo, ma l'acqua era torbida e la visibilità scarsa. Poco dopo, dal blu scuro spuntò Donald che si fermò a fissare Horace scuotendo la testa in su e in giù. L'uomo lo salutò distrattamente e continuò la sua ricerca. Ma il delfino era sempre lì, lo seguiva da vicino e ogni tanto, per così dire, annuiva. Horace era divertito dalle attenzioni di Donald e lo accarezzava piano sulla testa, al che lui rispondeva scuotendo la testa e nuotando lentamente via. Horace lo seguì e subito dopo lo vide, fermo, in verticale, con la testa verso il basso e il rostro che puntava deciso verso il fondale. E proprio là, come ci si poteva aspettare, c'era la macchina fotografica.
L'eventualità di oggetti smarriti e caduti sul fondo del mare, e poi ritrovati e indicati da qualche delfino socievole, ricorre ogni tanto in questo tipo di incontri. È facile spiegare il comportamento dell'animale che, in verticale, "punta" con il rostro l'oggetto sul fondo – è in questa posizione che i delfini indagano oggetti, o anche possibili prede, sul fondale marino, bombardandoli con il loro biosonar e analizzandone gli echi di ritorno – e anche ovvio che un elemento

così inusuale e fuori luogo, un oggetto fatto di plastica, vetro, metallo, possa suscitare l'attenzione prima, e poi valere un'indagine più approfondita da parte dell'animale.
Nell'autunno successivo a quegli avvenimenti, Dobbs tornò diverse volte a nuotare con Donald che, dal canto suo, continuava a ricompensare le attenzioni di Horace e di Maura con la sua socievolezza e la sua voglia di giocare. Proseguiva il suo rapporto speciale con la donna che a volte sfociava in comportamenti che potevano destare più di una preoccupazione su quanto ormai il delfino fosse "dipendente" da questi incontri con gli esseri umani. Verso Maura in particolare, Donald mostrava anche atteggiamenti di tipo sessuale, con comportamenti di possessività, esibizioni di giochi e movimenti portati all'esagerazione oltre a manifestazioni evidenti della sua sessualità come l'erezione del pene. In una occasione, in particolare, un uomo che era in acqua con Maura e il delfino insistette perché Maura uscisse dall'acqua, in quanto la situazione stava prendendo una piega preoccupante.
In quell'autunno Donald era ormai diventato una consuetudine per la gente di Port St. Mary. Solo raramente Donald faceva la sua apparizione anche in altre zone non troppo lontane, come Port Erin e Douglas. L'inverno successivo però avrebbe avuto in serbo un cambio di scena inaspettato, e gli abitanti di Port St. Mary non avrebbero beneficiato ancora a lungo delle evoluzioni di Donald.
Intanto, siamo nel Natale del 1974, Dobbs comunicava a Maura la decisione di lasciare il suo lavoro, ma anche Maura aveva qualcosa da dire a Dobbs: Donald era cambiato, passava molto tempo senza farsi vedere e frequentava poco le acque per lui divenute abituali. Qualcosa che non andava, forse il delfino stava male. La spiegazione però era evidente. A novembre erano cominciati i lavori per rendere più profondo il porto della città, in modo da consentire l'attracco anche a imbarcazioni più grandi. Il fondale del porto era roccioso, così una trivella praticava dei fori nella roccia, una decina per volta, e poi questi venivano riempiti di esplosivo, collegati tramite cavi elettrici alla terraferma. Poi l'esplosivo veniva fatto saltare. I botti si sentivano fino in città, figuriamoci in acqua, nel mondo di suoni di Donald. Un giorno poi era quasi rimasto impigliato nei cavi elettrici di collegamento, ed era stato necessario mettere in acqua una piccola imbarcazione per tenerlo lontano dal luogo delle esplosioni. Botti e scavi

avevano ben presto spaventato e infastidito Donald al punto che, pur rimanendo più o meno nell'area, nei mesi successivi non fu visto molto in giro. Il 18 marzo 1975 una signora annotò sul suo diario di avere visto il delfino mentre lei passeggiava sulla spiaggia. Fu l'ultima volta certa che qualcuno vide Donald all'Isola di Man ed erano passati tre anni da quel 26 marzo del 1972, quando Henry Crellin lo avevo visto per la prima volta, scambiandolo per uno squalo.

Donald in Galles

Maura e Horace videro scorrere i mesi successivi chiedendosi che fine avesse fatto il delfino, e immaginando gli scenari più cupi. Ma fu proprio Dobbs, a 5 mesi e a oltre 200 chilometri di distanza, a ritrovare Donald, con sua massima sorpresa. In una regione del Galles, nel Pembrokeshire (oggi Dyfed), che occupa la punta sud-occidentale. Nell'agosto del 1975, in una giornata funestata da una nebbia densissima, mentre si trovava con altri sub su una barca che li portava a fare un'immersione a Martin's Haven, dal nulla sbucò la testa di un delfino che osservava curioso le persone sulla barca. La cicatrice sull'occhio destro causata dagli spari, su a Port St. Mary, non lasciava dubbi: era Donald. Dobbs scese in acqua riscoprendo il piacere di nuotare di nuovo con il suo amico. Più tardi telefonò a Maura per comunicarle la bella notizia, che per lei ne portava in sé una più triste: se Donald stava bene nella sua nuova "casa", non sarebbe tornato all'Isola di Man.

Nei giorni successivi Dobbs chiese notizie alla gente del posto riguardo al cetaceo e scoprì che anche nel Pembrokeshire i sentimenti verso Donald erano gli stessi. Affetto, amicizia e senso di protezione verso il "loro" delfino, e ovviamente un nuovo nome: Dai. Ma non erano solo i migliori sentimenti ad aver seguito Donald/Dai nelle acque del Galles. I pescatori – si diceva – si lamentavano del fatto che il delfino rubasse loro il pesce dalle reti, a volte procurando anche grossi fori nelle stesse.

Intanto anche i quotidiani locali, come il "West Wales Guardian", riportavano la notizia che un delfino selvatico si faceva vedere spesso nelle acque di Martin's Haven, e in molti arrivavano con la curiosità di vedere il delfino e chissà, magari anche nuotarci insieme. Ogni sub della zona aveva la sua storia da raccontare, e tutti erano più o meno concordi nell'affermare che Donald avesse una preferenza per le donne che erano in acqua con lui, rispetto agli uomini. Più di uno aveva rilevato comportamenti anche di tipo sessuale nei propri confronti. Uomini o donne che fossero, i comportamenti sessuali rivolti verso esseri di un'altra specie non sono certo un bel segnale, e mostrano chiaramente come un delfino selvatico possa *deviare* sensibilmente dalla sua natura, interagendo con l'uomo.

A volte anche gli oggetti possono divenire pericolosi per un delfino con le "difese abbassate" come forse era Donald dopo mesi di interazioni con le persone. È quello che successe un giorno, verso la fine di dicembre. Il proprietario di un hotel sull'isola di Thorne, nelle vicinanze di Milford Haven, faceva avanti e indietro con suo figlio su un gommone, dall'isola alla terraferma, trasportando materiali che servivano loro per costruire un nuovo bar, all'esterno del loro albergo. Verso le cinque del pomeriggio, arrivati a poche centinaia di metri dall'isola, passarono vicino a una boa. Poco distante dalla boa, qualcos'altro spuntava dall'acqua, la curva lieve e liscia del dorso di Donald. Era dall'estate precedente che la vista di Donald non era più una novità e quello era uno dei luoghi di riposo preferiti dal delfino. Strano era però che Donald, al passaggio della barca, non reagisse minimamente e non si muovesse per seguirli. Il giorno dopo, dall'albergo che dominava un ampio tratto di mare videro ancora il delfino, sempre vicino alla boa e decisero di andare a vedere da vicino. Solo quando furono arrivati alla boa Donald si agitò e finalmente sollevò la coda dall'acqua. La corda della boa era tutta attorcigliata ai lobi e alla base della coda. Donald non aveva una sola possibilità di muoversi e nuotare via. Gli uomini si domandarono come avesse fatto a finire in un tale disastro. In pochi minuti l'animale fu libero, ma i due uomini ricordano ancora con meraviglia come, mentre si avvicinavano alla boa, il delfino avesse mostrato loro la coda, ad indicare dove stava effettivamente il problema. Un comportamento tanto intelligente, almeno quanto stupido era stato quello che lo aveva portato a intricarsi così in una corda immobile in acqua.

La possibilità di studiare questi e altri comportamenti attirò in zona anche biologi ricercatori. Fra questi Christina Lockyer pubblicò un articolo scientifico proprio su Donald e il dr. Robert Norris studiò le reazioni del delfino a una serie di suoni emessi in acqua. Verso questi, peraltro, il delfino non mostrò alcun interesse, mentre era attirato da quello che Dobbs e Maura chiamavano il "sonaglio per delfini", cioè un barattolo di latta con dei sassolini che serviva come richiamo per Donald. Era questa una delle tante idee di Dobbs, che si spingeva anche a sperimentare, un po' grossolanamente, e neanche tanto appropriatamente, la reazione dell'animale a diversi oggetti. Tra questi per esempio uno specchio, al quale una volta Donald reagì veramente in maniera violenta, mandandolo in frantumi. Fare sperimentazione, a maggior ragione con un essere vivente e per di più selvatico, presuppone un lavoro di preparazione e una pianificazione accurata. Gli "esperimenti" di Dobbs sembravano più divertimenti a beneficio dell'uomo, e non si sa poi quali risultati volesse sperare di ottenere.

I comportamenti di Donald

Negli ultimi due anni di Donald nel Galles un altro ricercatore lo studiò. Nicholas Webb dedicò al delfino due pubblicazioni scientifiche, entrambe uscite nel 1978. La prima si occupava della passione di Donald nel trainare le barche, la seconda era invece dedicata ai comportamenti possessivi del delfino verso i bambini e le donne, che solo verso queste ultime erano anche di tipo sessuale.
Con tutta questa attenzione scientifica, e con le tante persone che negli anni hanno avuto l'occasione di nuotare e di giocare con Donald, l'aneddotica su questo delfino è davvero varia.
Come risulta dalle indagini di Webb, un comportamento tipico di Donald era il *boat towing*, ovvero il trascinamento delle barche. Nell'estate del 1977 Nicholas Webb osservava Donald ogni giorno. E questo comportamento, che consisteva nel prendere fra i denti la corda o la catena dell'ancora di una barca, e trainarla via, era al suo massimo. Dal 4 al 12 agosto, all'interno di una baia chiamata Coverck Cove, Donald trainò ogni singola barca che incontrò là dentro, compresi tre vascelli rispettivamente di 5, 6 e 7 tonnellate.
In uno stesso giorno, una piccola barca lasciò la baia dopo che Donald l'aveva trainata di qua e di là, un'altra con a bordo una famiglia, dopo essere stata trascinata in giro, cercò di ancorarsi a una boa fissata sul fondo. Non ci riuscirono perché Donald continuava

a spingere la boa fuori dalla loro portata. Una terza imbarcazione fu spostata di 20 metri verso una boa galleggiante. Un sub che era in acqua afferrò allora la catena della barca per riportarla a posto. Donald cercò di impedirglielo, allora il sub fissò la catena dell'ancora direttamente a quella della boa, mentre il delfino osservava. Resosi conto che il gioco era finito, il delfino cominciò a nuotare avanti e indietro dalla boa al subacqueo, scuotendo la testa. Infine si diresse verso l'uomo con la bocca spalancata, minacciando di colpirlo con la coda.
In generale Donald si comportava bene con le persone che erano gentili e caute con lui, si lasciava accarezzare la testa e il muso rimanendo intenzionalmente fermo. Proprio per questo motivo si conosce la sua lunghezza esatta: 3,6 metri, davvero notevole. A volte lasciava che qualcuno si aggrappasse alle sua pinna dorsale e lo trascinava per brevi tratti. Non sopportava invece le maniere rudi e chi voleva imporre la propria volontà forzando giochi e contatti.
Soprattutto in estate, quando c'era più gente, poteva mettere in mostra comportamenti possessivi, al limite dell'aggressivo. Lo stesso Dobbs ne fece le spese in diverse occasioni. Una volta gettò a Donald una palla, un oggetto che non fu mai tra i suoi passatempi preferiti; all'inizio il delfino non sapeva che farsene, poi imparò a lanciarla in alto e infine a saltare dietro a essa. Quando però Horace si avvicinò per giocare, il delfino partì a tutta velocità verso di lui, fermandosi solo a pochi centimetri da Dobbs, terrorizzato. Il messaggio era chiaro: questo gioco è solo mio.
Un'altra volta, sempre Dobbs, che non ne aveva mai abbastanza di stimolare Donald e stava girando un film su di lui, si fece trascinare da un barca afferrandosi a un aquaplane, cioè una tavola di plastica usata per scivolare sull'acqua. Ben presto il delfino cominciò a nuotare veloce accanto a lui, ma poi voleva di più: voleva l'aquaplane. Cominciò a colpire Dobbs con la testa, e poi cercò di infilarla fra le sue braccia per fargli perdere la presa. Dobbs non mollava. Ecco allora il delfino cominciare a mordere il gomito dell'uomo finché un morso bello forte lo convinse a lasciare la presa. Mentre col braccio sanguinante veniva raccolto dalla barca, Donald continuava a seguire velocemente l'aquaplane, ma senza riuscire con i denti ad afferrarne la plastica liscia e scivolosa.
Donald usava moltissimo la bocca per esplorare oggetti ma anche per stabilire i primi contatti. Con la bocca semiaperta, senza serrare

mai i denti, mordicchiava spesso mani, braccia e gambe delle persone in acqua con lui. Come detto, erano gesti ispettivi e utilizzati per stabilire un primo rapporto. Se la persona non si spaventava, tutto finiva lì. Ma con chi non era preparato e reagiva male, il comportamento poteva diventare insistente, e finire anche con delle belle scorticature.
In diversi casi i comportamenti di Donald avevano a che fare con la sfera sessuale. Nei periodi in cui si trovava in stato di eccitazione erano frequenti atti di masturbazione verso oggetti, boe, corde sospese in acqua, piccole barche, così come verso gli esseri umani, di entrambe i sessi ma sempre e solo adulti.
Un giorno, durante l'estate del 1977, Donald stava trainando Horace Dobbs, che era aggrappato alla sua pinna dorsale. In acqua nuotava poco distante Jennifer Nias; da tempo aveva instaurato un certo rapporto con il delfino fatto anche di carezze e contatti con le mani. Appena adocchiata Jennifer, Donald mollò Horace e andò verso di lei. Dopo alcuni passaggi ravvicinati con la pancia rivolta verso la donna, a un tratto si immerse proprio sotto a lei e stavolta ebbe una evidente erezione. Poi scomparve e Jennifer cominciò a nuotare verso la barca. Ma ecco riapparire Donald. Con la bocca aperta nuotò veloce verso di lei. Le afferrò due o tre volte le gambe, poi le mani, con i denti, senza intenzione di ferire, ma in qualche modo tenendola saldamente. La donna spaventata si muoveva ora con cautela, temendo di ferirsi con i denti del delfino. Il quale cominciò a strusciare la pancia e la zona genitale contro la donna. Il pene eretto del delfino le si era agganciato a un braccio e i movimenti dei due si erano fatti convulsi. La donna si girava nell'acqua cercando di scorgere da quale direzione sarebbe arrivato il prossimo assalto.
Il delfino si fece ancora più agitato e audace. Emergeva o si immergeva a pochi centimetri dalla donna, la spingeva di lato, le spruzzava ondate di acqua con la coda, addirittura saltava fuori dall'acqua per ricadere a un soffio da lei. La donna, pur sentendo che Donald non aveva intenzione di farle del male, era sempre più preoccupata. Andò verso la barca ma vide Donald venire verso di lei velocemente. Si fermò, più o meno pronta a un'altra sessione di lotta libera. Con i piedi cercava il contatto con il dorso o la pancia del delfino, ma invece trovava la sua testa che da sotto lo stomaco la spingeva fuori dall'acqua. Lei scivolava di lato, ma lui la riprendeva, tenendola

trasversalmente sul capo. E cominciava a nuotare veloce, portando la donna con sé, sospesa quasi fuori dall'acqua, con le ondate che le arrivavano addosso. La donna si rendeva conto che era il delfino ad avere il controllo della situazione. Dirà poi, e quanto sono emblematiche queste parole dello strano rapporto fra umani "appassionati di delfini" e i delfini stessi: "ancora sentivo che non intendeva farmi alcun male. E avevo un intimo senso di orgoglio per essere stata scelta dal delfino per questa drammatica corsa". Si stava facendo tardi, era freddo e Donald stava portando Jennifer verso il mare aperto; anche se la barca li seguiva, ora aveva paura. Si dimenò, scivolando in acqua, stavolta raggiungendo la barca, senza che il delfino la seguisse.
C'è tanto, in questi fatti, dei comportamenti aggressivi-possessivi che i delfini mettono in atto durante il corteggiamento, di solito ovviamente rivolti a individui della stessa specie. Ma è il delfino a comportarsi contro natura o sono le continue confidenze, e carezze e contatti che gli umani gli hanno regalato prima e imposto poi (quando lui non poteva più farne a meno) a essere poco rispettosi della natura dell'animale?
Un anno prima, nel 1976, a St. Ives, un ragazzo di 14 anni era stato "sequestrato" da Donald per ben due ore, fino a che fu salvato da una barca. Ma di questo non si parla, nel libro di Dobbs.

Via anche dal Galles

Torniamo al nostro racconto. Alla fine del 1975, pochi mesi dopo il suo arrivo nel Pembrokeshire, Donald scomparve un'altra volta. Più o meno a metà novembre, nessuno lo vide più nuotare da quelle parti. Donald era in viaggio di nuovo.
Questa volta il suo peregrinare lo portò ancora più a sud, di altri 150 chilometri, in Cornovaglia. Difficile dire quando sia arrivato in quelle acque, ma di sicuro c'era già il 10 gennaio 1976.
Quel giorno Geoff Bold, un meccanico di barche, avvistò una pinna nelle acque del porto di Penzance. Pensò a uno squalo elefante, ma sarebbe stato davvero fuori stagione: questi placidi giganti frequentano le acque della Cornovaglia solo in estate. Era proprio Donald.
La leggenda narra (o meglio Horace Dobbs interpreta) che Bold fosse all'epoca in depressione, e che i ripetuti incontri con il delfino lo

abbiano risollevato dal suo umore nefasto. Comunque sia, l'uomo era sinceramente interessato al delfino e ne osservava spesso i comportamenti. Lo vide, con il passare dei giorni, prendere alcune boe come punto di riferimento per "marcare" il suo territorio, e andare incontro alle barche che nei pressi di Newlyn si avvicinavano alle aree di pesca di sgombri, in maniera molto vivace e vistosa. Raramente però le seguiva poi verso il largo. I pescatori impararono ben presto a conoscerlo e spesso deviavano leggermente la loro rotta per avvicinarsi a giocare con lui gettandogli del pesce, che poi il delfino afferrava ma non mangiava.
Subito arrivò anche la televisione, in questo caso la Westward Television, e Donald tornò a far parlare di sé. La storia si ripete: la notizia si sparse e la Cornovaglia ebbe il suo delfino amichevole, che fu chiamato Beaky. Ben presto la notizia di un delfino socievole a Penlee giunse alle orecchie di Malcolm Cullen, una guardia della Pembroke National Parks, che si mise in contatto con Geoff Bold. Gli descrisse i segni e le cicatrici distintivi di Donald e chiese che il delfino di Penlee venisse osservato dai sub, in modo da poter eventualmente individuare tali segni. La conferma arrivò in poco tempo, era Donald.
Uno dei sub che fecero le osservazioni era Hazel Carswell, che diventerà ben presto un'amica "speciale" del delfino insieme a Geoff Bold. Hazel racconta questa storia. Una mattina, un gruppo di sub stava conducendo un'esercitazione di salvataggio, che però fu interrotta e poi abbandonata, per colpa di Donald. Il delfino continuamente si frapponeva fra la presunta "vittima" e i suoi salvatori, spingendola via da loro con il rostro. Ma non è tutto. Quello stesso pomeriggio un altro gruppo di sub stava facendo immersione presso un relitto a Mount's Bay quando uno di loro, a causa del giubbotto salvagente forato e pieno d'acqua, si trovò in difficoltà. Mentre il ragazzo iniziava ad andare a fondo gridando, Hazel prese a nuotare vigorosamente verso di lui, e a quel punto apparve Donald. Hazel pensò che se si fosse comportato come al mattino, le cose si sarebbe messe davvero male per il malcapitato. Non fu così: il delfino sospinse gentilmente il ragazzo prima verso Hazel e poi verso la barca, e persino lo aiutò a salire, spingendolo da sotto. Lo stesso fece questa volta con Hazel, quando invece di solito le mordicchiava le pinne per impedirle di andarsene.

Non sempre i comportamenti del delfino furono così benevoli. Un giorno Bob, il marito di Hazel, stava raccogliendo ricci di mare sul fondale. Aveva visto Donald nuotargli intorno, ma impegnato com'era lo aveva ignorato. Dopo una decina di minuti, improvvisamente il delfino arrivò sopra di lui e, nuotando con forza, lo spinse e lo trattenne sul fondo. Furono pochi istanti, ma non troppo felici per Bob, che a mente fredda dichiarò poi che il delfino in fondo lo stava solo punendo per averlo trascurato.
Intanto, in quei mesi, Horace Dobbs si accordava con Barry Cockcroft, un regista cinematografico che voleva filmare la storia di un delfino che diviene amico di un essere umano. Horace acconsentì e i due si accordarono per incontrarsi con la troupe a Penzance. Siamo nel giugno del 1976 ma, poco prima di partire, Dobbs ricevette la telefonata di una segretaria del regista che gli comunicava che il delfino non c'era più. Stavolta però non era andato lontano. Donald aveva solo girato attorno a quello che viene definito "l'alluce della Gran Bretagna" per passare dalla costa meridionale che dà sull'English Channel, e dove si trova Penzance, a quella settentrionale, affacciata sul Mar Celtico, e in particolare nei pressi del porto della cittadina di St. Ives. Ed è lì che alla fine di giugno Horace Dobbs lo raggiunse, in quello che sembrava ormai l'inseguimento di un folle innamorato per l'oggetto del suo desiderio. Ricominciarono infatti le immersioni con il delfino, 2-3 volte al giorno.
In un articolo di qualche anno prima su un quotidiano, Dobbs aveva raccontato la storia di Donald, e in particolare di quando, all'Isola di Man, il delfino aveva per un breve tratto preso sul dorso Ashley, il figlio di Dobbs, e lo aveva condotto in una veloce cavalcata. In risposta all'articolo, una classe di bambini aveva inviato dei disegni che raffiguravano Donald. Così ecco che a St. Ives nasce l'idea del secondo esperimento di Dobbs: mostrare a Donald uno di questi disegni per vedere se il delfino si riconosce così sommariamente rappresentato. E subito dopo avrebbe riconosciuto la sua vera immagine in uno specchio? Questi erano gli esperimenti di Dobbs, sconclusionati e animati da curiosità e pretenziose premesse, non da rigorosa logica e metodo scientifico. E non c'è da stupirsi che alla fine sia successo qualcosa di spiacevole. Dopo avere presentato a Donald il disegno, degnato com'era logico aspettarsi di poco più che un'occhiata, Horace e Maura levarono da un sacchetto uno specchio

che Maura teneva alto affinché il delfino potesse vedersi riflesso. La reazione di Donald fu immediata: con il rostro sbatté via lo specchio dalle mani della donna con tale violenza che questo la colpì in faccia, spostandole la maschera e ferendola al volto.
Ma Dobbs, recidivo, qualche giorno dopo ci riprovò. Maura questa volta si rifiutò, così Horace andò da solo. Appena Donald vide l'immagine nello specchio, la reazione fu la stessa: attacco deciso, lo specchio che salta via e cade sul fondo. Vani furono anche i tentativi dell'uomo di recuperarlo, il delfino glielo impedì spingendolo via con la testa, con decisione. L'immersione successiva Dobbs tornò con un altro specchio. Lo tenne alto sopra la testa, per evitare incidenti, ma appena Donald vide la sua immagine, ecco di nuovo l'attacco e il colpo di rostro: questa volta lo specchio andò in frantumi.

L'ultima tappa

Le sfortune di Donald non furono solo legate al suo umano "persecutore". Verso la metà di settembre, una spaventosa tempesta colpì il porto di St. Ives. I proprietari delle barche all'ancora si diedero da fare per evitare il peggio, ma un'imbarcazione affondò comunque. E dopo quella burrasca, Donald sparì da St. Ives e lì non lo rividero più. Dobbs ricevette la solita telefonata che lo avvertiva della scomparsa del delfino. Si macerava nel dubbio che tutta l'attenzione che le persone gli avevano dedicato – anche a causa sua, dei suoi esperimenti, del suo film – erano state in definitiva deleterie per Donald, quando qualche giorno dopo sua moglie gli annunciò tristemente che il delfino era morto.
Dopo la tempesta, una famiglia aveva trovato una carcassa sulla spiaggia e lo aveva addirittura seppellito. I giornali locali dissero che il delfino, che tanti amici aveva a St. Ives, era morto a causa della tempesta. Ma le telefonate e i racconti della famiglia che aveva trovato l'animale rivelarono ben presto che non poteva essere Donald: quello che loro avevano sepolto era troppo piccolo.
Infatti, dopo poco un delfino stranamente socievole e giocherellone fece la sua apparizione nelle acque della baia di Falmouth. Inutile puntualizzare che era di nuovo Donald. Anche questa volta non era andato troppo lontano. Ancora in Cornovaglia – Falmouth è sulla

costa meridionale, non troppo lontano da Penzance e ancora meno da Penlee, luoghi già visitati da Donald.
Fu notato in particolare da Jimmy Simpson, un ingegnere marittimo che quando non era su una barca, dentro e fuori Falmouth, era nel suo ufficio, da cui si dominava il porto. Simpson aveva osservato uno strano movimento delle piccole barche ormeggiate: si muovevano avanti e indietro come tirate da qualcosa o qualcuno. Donald aveva trovato una nuova casa e nuovi giochi. Fra la primavera e l'estate del 1977 gli abitanti erano già stati conquistati dal delfino, e il "West Country" riportò anche la notizia di un uomo che, caduto in acqua, era stato "salvato" da Donald.
Ben presto si ritroveranno a vivere la stessa tristezza di quelli di Port St. Mary, di Martin's Haven, di Penzance o di St. Ives. Nel febbraio del 1978, poco prima di un'altra spaventosa tempesta, Donald venne avvistato per l'ultima volta, per poi scomparire, questa volta davvero, lasciando solo domande dietro di sé. Alla fine, forse, è tornato in mare aperto. È tornato ad essere un delfino.

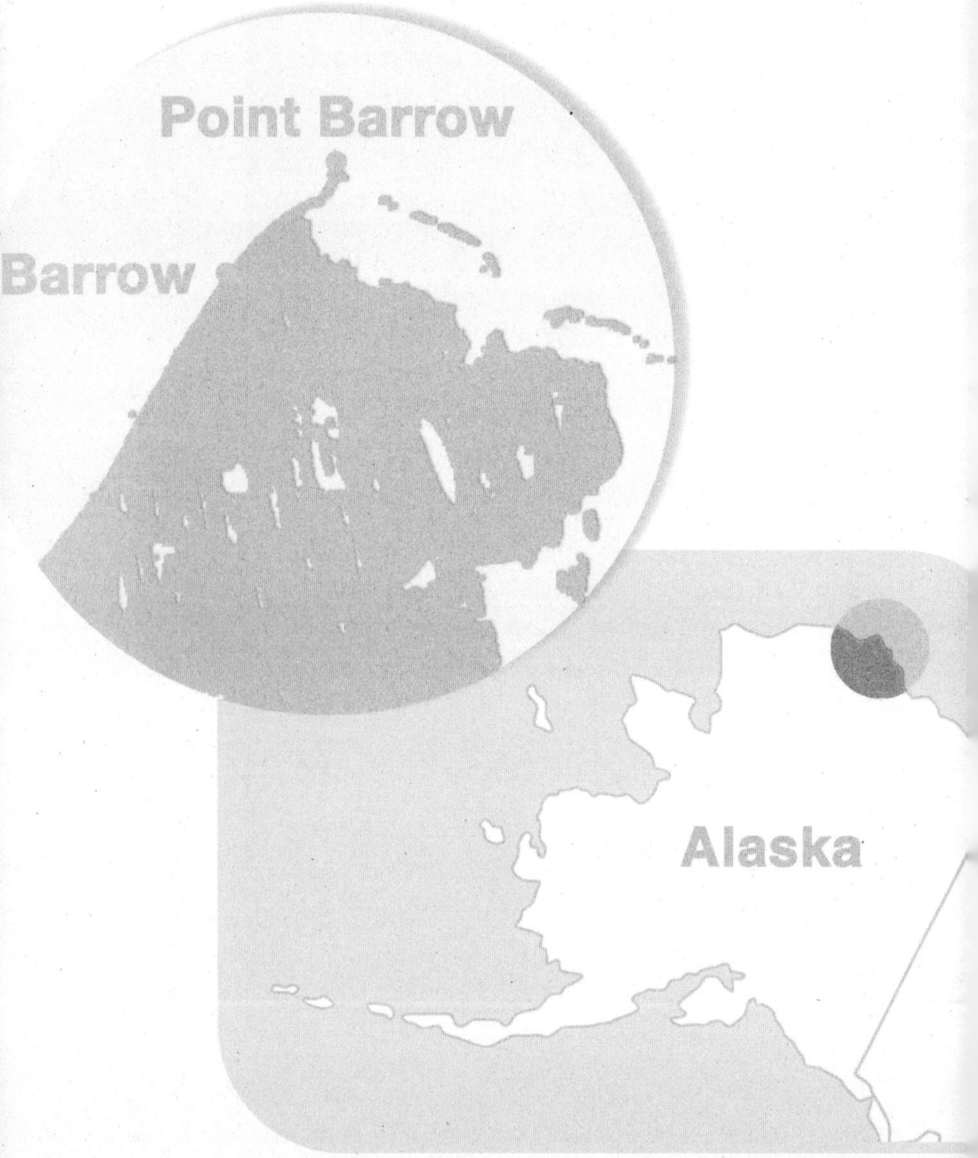
Point Barrow
Barrow
Alaska

Tre balene in cima al mondo

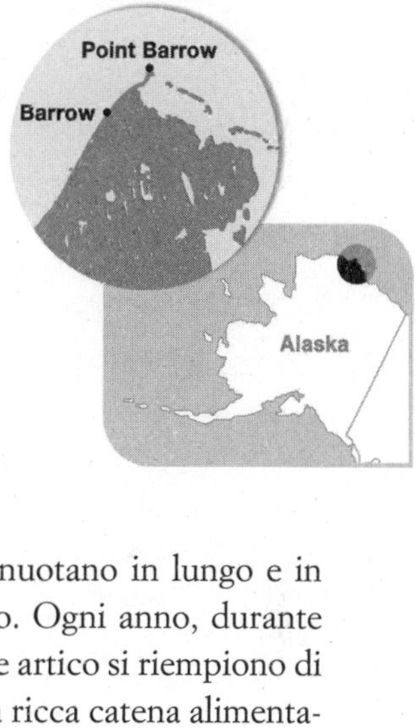

Le balene grigie mangiano. Giocano, nuotano in lungo e in largo, comunicano. Ma soprattutto mangiano. Ogni anno, durante la breve estate, le acque gelide del Mar glaciale artico si riempiono di vita. Il plancton fiorisce e abbonda. Da lì, una ricca catena alimentare si anima e arricchisce quelle acque, solitamente così poco ospitali. Ogni anno, dai loro caldi territori invernali, nelle acque che guardano verso la California del sud, le balene grigie partono per una delle più lunghe migrazioni conosciute nel regno animale. Vanno a nord seguendo la costa americana, attraversano lo Stretto di Bering e arrivano lassù, nel grande banchetto artico.
Vi rimangono poco meno di tre mesi, mangiando e accumulando riserve di grasso. Poi, sensibili a ogni minimo cambiamento dell'ambiente che le circonda, cominciano a cogliere i segnali dell'inverno che sta tornando, e ben presto, a piccoli gruppetti, chi prima e chi dopo, iniziano a muoversi. È tempo di tornare a sud.
Quell'anno, il 1988, i segnali dell'imminente stagione fredda giunsero prima del solito. Erano i primi di ottobre, e molte balene grigie

erano già ripartite. Al largo della costa settentrionale dell'Alaska, un gruppo prima nutrito aveva lasciato indietro pochi esemplari, che si attardavano a ripartire. Il vento gelato che soffiava da oriente abbassava repentinamente la temperatura e portava con sé il ghiaccio che cominciava a immobilizzare il mare, imprigionandolo nella sua coltre bianca. Le balene grigie, come tutti i cetacei, hanno i polmoni e respirano aria. Possono tenere il respiro fino a mezz'ora, ma di quando in quando, immancabilmente, devono emergere in superficie. La sommità della testa rompe appena la superficie dell'acqua. Lo sfiatatoio, non a caso situato proprio in cima al cranio, si apre, lascia andare in un grande sbuffo tutta l'aria contenuta nei polmoni, poi ne incamera altrettanta. Infine si chiude, e via di nuovo giù, sott'acqua, di nuovo in apnea. Questa è la vita di ogni delfino e di ogni balena. Creature totalmente acquatiche, ma indissolubilmente legate per la vita alla superficie dell'acqua, e all'aria immediatamente sopra.

In quel mare che velocemente ghiacciava, passando dal blu scuro al bianco, rapidamente si chiudeva ogni possibilità di sopravvivenza per qualunque cetaceo.

Tre balene grigie del gruppo che aveva passato l'estate a nord dell'Alaska, un adulto, un giovane e un cucciolo, erano rimaste indietro. Avrebbero dovuto andarsene in fretta da quelle acque che ovunque venivano raggiunte dal ghiaccio, ma cercando la strada del ritorno, in condizioni sempre più proibitive, si infilarono in una insenatura della costa a nord dell'Alaska. Un errore grossolano, non solo perché, essendo una baia, non aveva sbocchi verso il mare aperto se non quello da cui erano entrate ma anche perché, essendo le acque più basse, il ghiaccio ne avrebbe ricoperto la superficie molto velocemente.

Spinti dal vento e dalle correnti, grossi pezzi di ghiaccio si ammassarono presto all'imboccatura della baia, anche impilandosi l'uno sull'altro, chiudendo in parte il passaggio. In breve lo spaventoso scenario si era completato. Chiuse dentro alla baia, le tre balene videro ridursi velocemente sopra di loro la superficie dell'acqua, che si trasformò così in una mortale copertura di ghiaccio. E lo spessore del ghiaccio aumentava progressivamente. All'inizio era sottile, poi mano a mano che altri strati di acqua congelavano, diventava sempre più spesso. Nel punto in cui le balene emergevano per respirare però il ghiaccio non si chiudeva del tutto: la superficie dell'acqua era continuamente spezzata dalla teste delle balene che uscivano in cerca di aria vitale.

Ben presto tutto fu bianco, immobile e cristallizzato nel ghiaccio. Solo un punto nero risaltava in quella distesa luccicante. Un buco nel ghiaccio dal quale a turno le balene restavano disperatamente attaccate alla vita. Si trovavano in una gigantesca trappola di bianco accecante, con solo quello spiraglio, che loro stesse avevano mantenuto aperto, emergendo per respirare. Tutto intorno il ghiaccio si ispessiva, e ben presto anche i margini del buco sarebbero diventati sempre più spessi e resistenti. E prima o poi, lentamente ma inesorabilmente, il buco si sarebbe chiuso. Le tre balene non avevano scampo.

Un buco nel ghiaccio al centro del mondo

Quello che stava succedendo alle tre sfortunate balene era senz'altro tremendo e crudele, ma del tutto naturale. Ogni anno, nella loro lunga migrazione, le balene grigie si lasciano indietro qualche esemplare meno fortunato degli altri. Sono morti naturali, dovute a malattie, incidenti, predazione ma anche a fenomeni ambientali come un anticipato e repentino ritorno dei ghiacci, alla fine dell'estate.
In condizioni normali alle tre balene sarebbe toccata una morte silenziosa e di nessun interesse. Semplicemente un fenomeno di natura, che segue il proprio corso.
E invece, per una serie di coincidenze, quello che successe è che quel buco nel ghiaccio divenne, per alcuni giorni, il centro del mondo. Un mondo che si ritrovò davanti alle televisioni, a fare il tifo e tenere il fiato sospeso per la sorte delle tre balene, intrappolate nel ghiaccio di uno dei luoghi più remoti e deserti della Terra. Un mondo che fece di quell'evento altrimenti banale, pur nella sua crudezza, una storia di sentimenti, di passione, di compassione. Intanto tutto proseguiva come sempre: i giapponesi cacciavano centinaia di balene, intere popolazioni di pesci venivano sterminate da una pesca sempre più intensa e insostenibile, l'uomo continuava imperterrito a sfruttare, depredare, seviziare animali in ogni angolo del globo. Mentre tutto ciò occupava solo i soliti piccoli spazi sui media, e ancora più piccoli angoli dei cervelli e delle coscienze umane, all'improvviso diventò assolutamente necessario salvare tre balene a ogni costo e con ogni mezzo.

The Top of the World

Le tre balene grigie erano intrappolate a circa 4 miglia nord dal piccolo centro abitato di Barrow. L'Alaska è una terra dura e inospitale, con una densità di popolazione assolutamente scarsa. Si possono percorrere chilometri e chilometri di tundra e ghiaccio senza incontrare anima viva. Barrow è all'estremità settentrionale di questo niente selvaggio. I suoi abitanti la chiamano "Top of the World", la cima del mondo. Per nove mesi all'anno le temperature sono sotto allo zero e d'inverno possono arrivare anche a meno 60, meno 70 gradi. Ogni anno il 17 novembre il sole tramonta per ricomparire solo il 21 gennaio.

A Barrow nel 1988 vivevano circa 3000 persone e il 90 per cento di queste erano eschimesi. Da sempre, cacciatori di balene. Fino alla metà del secolo scorso, gli eschimesi di Barrow avevano sempre cacciato ogni anno solo le balene necessarie alla loro sopravvivenza. Nel 1946, quando divenne evidente che le balene erano a serio rischio di estinzione a causa della baleneria industriale, fu formata l'International Whaling Commission (IWC), la quale ha tuttora il compito di proteggere le balene, almeno regolandone la cattura. Ben presto la baleneria cessò in tutti i mari del mondo, tranne in nazioni come Giappone, Norvegia, Russia e Islanda, le quali continuarono a pretendere una quota annuale di balene da cacciare.

Oltre a queste, anche ad alcuni popolazioni come gli eschimesi, che per tradizione cacciano le balene, in genere con mezzi rudimentali e per la loro sopravvivenza, venne assegnata un quota di esemplari da catturare. Con un effetto paradossale: infatti gli eschimesi iniziarono a cacciare per raggiungere la quota stabilita, di fatto assegnando un valore commerciale a un qualcosa che fino ad allora era soltanto un mezzo di sussistenza. Ad esempio, proprio nel 1988, la quota assegnata a Barrow era di otto balene, certamente più di quante fossero necessarie al piccolo paese. Normalmente venivano cacciate solo le cosiddette balene della Groenlandia (*Balaena Mysticetus*), grandi e ricche di grasso, e che nonostante il nome non vivono solo al largo della Groenlandia, ma lungo tutto il limite dei ghiacci artici. Al momento in cui le tre balene grigie rimasero chiuse nella loro prigione di ghiaccio, Barrow aveva già cacciato cinque balene per quell'anno. In condizioni normali, cioè senza quote dell'IWC, con cinque balene già catturate, nessuno avrebbe avuto nessun interesse per quelle tre balene di una specie che normalmente non era nemmeno cacciata. Ma avendone già prese cinque, e dovendo raggiungere la quota di otto... perché no? Così, a causa di queste regole nate proprio per proteggere le balene, i tre sfortunati animali rischiavano non solo di soffocare sotto il ghiaccio che si stava chiudendo sopra di loro, ma anche, se qualcuno le avesse trovate, di essere uccise per "completare una quota".

E in effetti vennero effettivamente avvistate, e proprio da un cacciatore di balene. Era il 7 di ottobre. Nella luce che calava sempre più rapidamente e nel freddo che mordeva sempre più tenacemente, il cacciatore stava concludendo una giornata passata a cercare balene, muovendosi lungo la costa ghiacciata con una slitta a motore. Mentre rientrava senza risultati verso Barrow, vide in lontananza degli inconfondibili soffi. Si diresse da quella parte sperando di scorgere delle balene della Groenlandia, invece si trovò di fronte le tre balene grigie. Il cacciatore non poté avvicinarsi troppo, perché il ghiaccio attorno al buco era ancora molto sottile e non avrebbe retto. Osservò dunque la scena da lontano, giudicando che da lì a poco le balene sarebbero morte. Non era una notizia così sconvolgente per lui, anzi. Niente di più naturale. Ogni anno, in primavera, qualche balena grigia veniva immancabilmente ritrovata spiaggiata, morta da mesi, sulla costa ora liberata dai ghiacci.

E comunque non poteva fare niente per aiutare i tre cetacei, così tornò a Barrow. A titolo informativo però telefonò ai due biologi Geoff Carroll e Craig George, che lavoravano al locale ufficio per l'ambiente. Non sapeva che con quella telefonata aveva dato inizio a un'operazione senza precedenti, che avrebbe mobilitato persino il Presidente degli Stati Uniti e bruciato qualcosa come 5,8 milioni di dollari.

Il mattino dopo il cacciatore volle tornare a vedere le balene. Con lui Malik, un mito locale proprio per la sua fama di grande baleniere. Gli animali erano ancora lì, nel loro incessante scomparire e riemergere sotto l'acqua. Non lontano da loro, il canale, dal quale si staccava la piccola insenatura nella quale si erano infilate, era ancora libero dal ghiaccio. Perché non lasciavano il loro buco e semplicemente non nuotavano sotto al ghiaccio per raggiungere il mare aperto?

I due cacciatori sapevano che, se le balene fossero state delle balene della Groenlandia, sarebbero state libere in un momento. Il ghiaccio

non era ancora troppo robusto. Avrebbero raggiunto l'acqua aperta nuotandovi sotto, e se durante il percorso avessero dovuto riemergere per respirare, lo avrebbero fatto spaccando il ghiaccio da sotto. Il ghiaccio è la consuetudine per le balene della Groenlandia, ma un'incognita per le balene grigie che arrivano da queste parti quando le acque ne sono libere e se ne vanno prima che si riformi.
Rientrati in città, i cacciatori si misero a discutere con gli altri di quello che avevano visto. La notizia dei tre animali imprigionati nel ghiaccio in formazione cominciava a circolare. Il sentimento diffuso fra i cacciatori fu quello di non perdere questa occasione: andiamo là e uccidiamole. Per farlo però avevano bisogno del consenso dei due biologi. Craig e Geoff infatti erano dipendenti dell'ente governativo locale, il North Slope Borough, e il loro compito era quello di valutare, ogni anno, la popolazione delle balene della Groenlandia. Sulla base dei risultati delle loro ricerche, il Borough discuteva con la International Whaling Commission quale dovesse essere la loro quota annuale di balene da catturare. Trattandosi di tre balene grigie, la cosa andava valutata anche dai due biologi, che però sarebbero rientrati da lì a due giorni. C'era la possibilità che durante il weekend le balene vincessero la loro paura del ghiaccio e se ne andassero, o magari che vi annegassero sotto. In ogni caso, si doveva aspettare.
La settimana dopo, dunque, la mattina di martedì 11, i due biologi, accompagnati da una guida locale, su una slitta a motore imboccarono la strada che portava a nord di Barrow. Dopo circa sette miglia lasciarono la strada che terminava bruscamente nel bel mezzo del nulla, e proseguirono verso nord per altre cinque miglia. L'ultimo tratto del percorso dovettero compierlo a piedi. Ora erano solo tre puntini neri al centro di un'infinita coperta di ghiaccio. Non c'era modo di trovare esattamente il buco da cui emergevano, se c'erano ancora, le balene. Potevano solo aspettare: se erano ancora là ed erano ancora vive, ben presto avrebbero visto gli sbuffi di vapore del loro fiato condensato. E finalmente ecco laggiù un primo soffio, mentre la testa di una balena emergeva da quella specie di poltiglia biancastra che è acqua all'inizio del congelamento. Prima una, poi l'altra, poi dopo un po' ecco anche la terza, la più piccola.
Erano ancora là, dunque. Per quattro giorni non avevano fatto altro che restare là sotto, e riemergere dal quel buco che le loro stesse teste mantenevano aperto. Un respiro ogni pochi minuti, per ore, poi

per giorni. La più piccola delle tre sembrava più debole e lenta. La punta del muso era completamente scorticata dal contatto ripetuto con il ghiaccio in formazione. Un ghiaccio debole e acquoso, una poltiglia appunto, ma che colpito per centinaia di volte consecutive aveva causato i suoi danni al muso della piccola balena. Anche le due più grandi erano segnate dai colpi: ogni volta che uscivano per respirare andavano a cozzare contro i bordi ghiacciati dell'apertura, ma almeno riuscivano a tenere aperto quell'unico, vitale buco.
I due ricercatori non poterono avvicinarsi a meno di 150 metri, perché il ghiaccio era ancora troppo sottile, ma rimasero più di un'ora a osservare le tre balene, quasi ipnotizzati.

All'attenzione del mondo

Craig e Geoff rientrarono a Barrow con gli occhi e la mente pieni delle immagini delle tre balene. Decisero di telefonare alla Guardia Costiera, che aveva sede ad Anchorage, 1200 miglia a sud di Barrow, per chiedere un loro intervento. Il ghiaccio era ancora soffice e se avessero mandato una delle loro imbarcazioni, sarebbe stato facile aprire un passaggio per condurre le balene verso le acque aperte. In attesa di risposte, fecero qualcosa che si sarebbe rivelato molto più decisivo per le balene: invitarono l'operatore di una televisione locale ad andare con loro il mattino dopo.
Così, il 12 ottobre, eccoli di nuovo a percorrere la distanza fra Barrow e le tre balene intrappolate. Questa volta riuscirono ad avvicinarsi molto di più, a riprova del fatto che il ghiaccio si stava velocemente solidificando. L'operatore iniziò le riprese e i due biologi ebbero un assaggio della potenza mediatica di quanto stava accadendo in quel posto desolato. Non riusciva a smettere di riprendere. E la drammaticità di quello che stava accadendo bucava l'obiettivo della telecamera: tre creature gigantesche, quasi mitologiche – l'uomo ha sempre attribuito alle balene uno status di animale totemico, un simbolo e un'icona della forza e del mistero della natura – che lottavano disperatamente per sopravvivere.
Il servizio passò quella stessa sera sulla televisione locale e venne ripreso la mattina dopo, in prima pagina, dall'"Anchorage Daily News". La catena era partita. Ogni volta che le redazioni di tv o

giornali si riunivano per decidere se la notizia poteva andare o meno, non avevano dubbi. Una televisione minore, ma affiliata alla NBC, riprese ancora una volta il servizio girato dall'operatore locale e lo trasmise anche a un'altra piccola televisione, la KING-TV di Seattle. Le tre balene erano "uscite" dall'Alaska e questa volta, a vedere le immagini e voler riprendere la notizia, fu la NBC stessa.
Alle 18,30 di quel giorno le immagini ipnotiche e drammatiche delle tre balene che respiravano attraverso un buco nel ghiaccio arrivarono sugli schermi televisivi di tutti gli Stati Uniti. Una piccola storia come questa aveva lasciato una nazione con la bocca aperta e con la voglia di fare qualcosa. L'8 novembre, a vicenda ampiamente conclusa, sul "New York Times" sarebbe uscito un pezzo dal titolo "Cosa tre balene hanno fatto al cuore dell'uomo". L'autore si chiedeva cosa avesse scatenato questa vicenda nella gente, quando solo pochi giorni prima l'annuncio che i giapponesi avevano freddamente pianificato di uccidere 300 balenottere minori, quell'inverno, era passato nel silenzio e nell'indifferenza di tutti.
Appena il pezzo sulle tre balene fu passato sulla NBC, tutti i network americani si gettarono sulla vicenda. Tutti cominciarono a prenotare voli e stanze nell'unico hotel di Barrow, il Top of the World.
La mattina successiva, venerdì, i due biologi e un reporter della NBC tornarono sul posto in elicottero. Quello che si aspettavano e temevano era ormai completato: tutto era ora completamente ghiacciato, tranne il buco delle balene, e si poteva tranquillamente camminare su solido ghiaccio fino al bordo del buco stesso. Le tre balene, ormai avvezze anche alle visite di quelle strane creature bipedi, continuavano a tenere aperta, letteralmente, la loro unica possibilità di sopravvivenza. Dall'alto, i tre uomini potevano vedere che più di 2 chilometri di ghiaccio separavano le balene dalle acque libere. Una nave rompighiaccio avrebbe liberato le balene in poco tempo, ma dalla Guardia Costiera non c'erano notizie, e difficilmente avrebbero mandato un mezzo, a questo punto.
Intanto, altre televisioni nazionali stavano arrivando a Barrow, in un delirio mediatico. Nell'arco di tre-quattro giorni, dopo che la notizia era passata sulla NBC, la balene erano su tutte le prime pagine dei giornali, e tutti i maggiori network televisivi avevano in scaletta aggiornamenti e collegamenti da Barrow.

In azione

Giovedì 13 ottobre fa il suo ingresso sulla scena un'altra figura fondamentale di questa vicenda. Cindy Lowry era la coordinatrice per l'Alaska di Greenpeace. Divenuto famoso proprio per la sua battaglia contro la baleneria, Greenpeace aveva ben presto allargato i suoi obiettivi per la difesa dell'ambiente, e il numero dei suoi sostenitori fino a due milioni di persone. La Lowry era impegnata in una dura battaglia per difendere la Bristol Bay. Questo tratto di mare separa le Isole Aleutine dall'Alaska continentale, ed è uno dei luoghi più produttivi al mondo per quanto riguarda la pesca commerciale. Oltre a questo, la Bristol Bay è un paradiso naturale, oltre che il passaggio obbligato per tutte le specie marine che migrano da e per l'Alaska. Danneggiare in qualche modo la Bristol Bay significa infliggere un colpo mortale a uno dei polmoni naturali degli ecosistemi marini. Per le industrie petrolifere, però, impegnate nella ricerca di giacimenti *off-shore* (cioè al largo), era uno dei luoghi più promettenti per i loro affari. Un incidente in quelle acque avrebbe provocato un danno ambientale di dimensioni spaventose. Non è un caso che la coscienza sporca delle compagnie petrolifere della zona giocherà un ruolo nella vicenda delle tre balene.

Così, quando fu avvisata dai due biologi di Barrow di quanto stava avvenendo alle tre balene grigie, la Lowry si rivolse a Greenpeace chiedendo di entrare in questa storia. La grande associazione ambientalista rispose positivamente, a patto che non ci fossero da parte degli eschimesi richieste per uccidere le tre balene all'interno della loro quota annuale.

Il giorno successivo, Carroll e George richiamarono Cindy spiegandole, rammaricati e anche un po' stupiti, che effettivamente sì, c'erano diverse richieste di comunità di cacciatori locali. Dal momento però che i tre animali erano di una specie diversa dalle "solite" balene della Groenlandia, una commissione speciale avrebbe dovuto dare il consenso alla cattura. Il giorno dopo, sabato 15 ottobre, era fissata una riunione straordinaria della commissione, per decidere il destino dei tre animali.

La telefonata fra i due biologi si svolgeva la mattina del 14 ottobre, venerdì. La commissione si sarebbe riunita alle 19,30 della sera del 15. In mezzo, circa 36 ore per fare in modo che il mondo si muovesse per salvare le tre balene. Cindy si mise in moto, cioè si attaccò al telefono: il suo obiettivo era il governatore dell'Alaska. Ma non lo trovò. Gli rispose invece il suo assistente esecutivo, in maniera inequivocabile: "Né io né il Governatore siamo interessati a questa vicenda".

Ma quella stessa mattina Cindy ebbe motivo di esultare. Voleva restare anonima, ma la moglie di un pezzo grosso di una compagnia petrolifera riferiva che il presidente di questa compagnia, la VECO, aveva visto la sera prima il servizio della NBC sulle balene e ne era stato profondamente colpito e voleva aiutarle. La VECO possedeva un'enorme *hoverbarge* rompi-ghiaccio, che serviva come supporto alle costruzioni di impianti di estrazione *off-shore*. L'*hoverbarge* è una grossa chiatta che si sposta sospesa su cuscini d'aria compressa. Il "mostro" era da quattro anni abbandonato e saldamente imprigionato in una morsa di ghiaccio, nella Prudhoe Bay, ma il presidente della VECO assicurava che avrebbe svolto perfettamente il suo compito aprendo la strada alle tre balene, ed era altrettanto convinto che la sua compagnia non avrebbe obbiettato al suo utilizzo. Il loro intervento però sarebbe dovuto passare sulla NBC come quello dei salvatori delle tre balene. Insomma, un'operazione commerciale, dichiaratamente mirata a un ritorno di immagine.

La rompighiaccio però si trovava a 270 miglia dalle tre balene, pesava ben 185 tonnellate e sarebbe servito un elicottero enorme per poterla trainare fino a Barrow. Oltre a questo occorrevano i mezzi per tirare fuori l'*hoverbarge* dal ghiaccio e metterlo in moto. Il giorno dopo, il presidente della VECO ottenne l'autorizzazione del proprietario della compagnia. Il quale, a sua volta, riuscì a coinvolgere nell'operazione un'altra grande società, la ARCO, specializzata in costruzioni di piattaforme petrolifere, che aveva i mezzi per muovere l'*hoverbarge*. La ARCO promise anche di pagare di tasca propria il carburante necessario all'elicottero che l'avrebbe trainata fino a Barrow: una prima stima si aggirava sui 35.000 dollari.

Una seconda telefonata ricevuta da Cindy quel venerdì mattina fu quella del sottosegretario della NOAA (National Oceanographic and Atmospheric Administration, il Dipartimento del Commercio per gli Oceani e l'Atmosfera degli Stati Uniti): le riferì che il suo Dipartimento le avrebbe dato tutto il supporto necessario per salvare i tre animali.

Questa dunque era la situazione, incredibile per la verità, la mattina del 15 ottobre 1988. Le tre balene che lottavano per mantenere aperto il loro buco nel ghiaccio, avevano dalla loro parte Greenpeace, il governo degli Stati Uniti, una grossa compagnia petrolifera e un'altra major delle costruzioni petrolifere, oltre all'attenzione dei media e del pubblico mondiale. Ma quella stessa sera gli eschimesi avrebbero potuto comunque decidere di ucciderle, come era loro permesso e consentito dalla International Whaling Commission. E se avessero preso questa decisione, nessuno avrebbe potuto contestarla né, dunque, salvare le balene.
Con questa spada di Damocle sulla testa, l'operazione di salvataggio delle tre balene grigie prese ufficialmente il via, la mattina del 15 ottobre. Con tutti i crismi dell'ufficialità, il progetto di salvataggio diventò l'"operazione Breakout". Al comando, il governo degli Stati Uniti, che nominò come coordinatore Ron Morris della NOAA. La principale opzione, l'unica al momento, per la verità, di tutta l'operazione restava quella di liberare l'*hoverbarge* dal ghiaccio, trainarlo con un elicottero fino a Barrow, e lì fargli fare il suo lavoro, aprendo una strada per le tre balene verso le acque libere. Molto meno facile a farsi che a dirsi. Per assumere il comando logistico di queste operazioni fu designato il colonnello della Guardia Nazionale dell'Alaska, Tom Carroll.
Nel frattempo le balene non erano mai sole. Durante il giorno, oltre a Geoff e Craig, c'era sempre qualche eschimese che saliva a vedere la situazione e lo stesso facevano le troupe televisive già arrivate in Alaska. I due biologi erano preda di un grande senso di frustrazione, non potevano fare niente per i tre animali, eppure bisognava fare presto, il buco non sarebbe rimasto aperto a lungo. Inoltre, la più piccola delle tre sembrava esausta, e cominciava a respirare male. Mancavano poche ore all'incontro dei capitani balenieri, e tutti stavano con il fiato sospeso.
La riunione fu insolitamente affollata. Oltre ai cacciatori di balene molti abitanti di Barrow, ma anche diversi giornalisti e inviati delle tv, volevano sapere quale sarebbe stato il verdetto. Molti giovani balenieri avevano apertamente dichiarato che avrebbero chiesto di poter uccidere le balene. Ma Malik, l'anziano ed esperto cacciatore, e Arnold Brower Jr., un giovane baleniere suo allievo, ormai divenuto il migliore cacciatore, lavoravano nell'ombra. Avevano capito che

davanti agli occhi del mondo, rappresentati dagli obiettivi delle telecamere, uccidere le balene sarebbe stato un errore imperdonabile. Quelle tre balene non sarebbero state uccise per il loro sostentamento, e dunque sarebbe stata una crudeltà. Ne parlarono con i giovani balenieri e pian piano ottennero il loro consenso.
Quando Arnold Brower Jr. annunciò davanti ai microfoni che i capitani balenieri di Barrow avevano deciso di usare ogni sforzo per salvare le tre balene grigie in sala ci fu l'applauso sentito dei partecipanti: l'operazione Breakout poteva iniziare.

Salviamole!

Ma come salvare i tre animali intrappolati? Il problema più urgente era come tenere aperto il buco da cui respiravano, almeno per i due giorni necessari a fare arrivare l'*hoverbarge*. Quello stesso pomeriggio, Arnold Brower Jr. aveva portato una sega a catena e l'aveva utilizzata con successo per staccare ritagli di ghiaccio e mantenere aperta la bocca del foro. Perché non continuare così?
I balenieri divennero ben presto i migliori alleati dei soccorritori. Da quel giorno, e per molti giorni a venire, furono là, meglio preparati di tutti ad affrontare quel freddo mortale, a 25 gradi sotto zero in quel momento, e lavorarono incessantemente per mantenere il buco aperto e più tardi per scavarne di nuovi.
Il mattino dopo l'arrivo del colonnello Carroll fu l'occasione per fare il punto della situazione. Accompagnato da Arnold Brower Jr., ormai una figura centrale dell'operazione, il colonnello si recò a vedere le balene seguito da un codazzo di giornalisti e cameramen. Il canale di acque ancora libere dal ghiaccio era ormai a 8-9 chilometri di distanza dalle balene e si allontanava ogni giorno di più. Non solo: man mano che il nuovo limite del ghiaccio avanzava, si avvicinava sempre più ai ghiacci perenni dell'Artico. Quando le formazioni si fossero unite – e questo sarebbe successo in non più di quindici giorni – le balene non avrebbero avuto più scampo. Ammesso che le balene avessero resistito così tanto...
A quel punto, mentre gli eschimesi lavoravano incessantemente con le seghe a catena per tenere aperto il buco e il colonnello Carroll iniziava la sua battaglia per liberare l'*hoverbarge* dal ghiaccio e portarlo

lassù, trenta milioni di americani erano incollati alle televisioni. Sia gli uffici delle compagnie televisive sia quelli di Greenpeace erano subissati di telefonate di persone che chiedevano come poter aiutare. Quella domenica sera vide le balene in tv anche uno spettatore un po' particolare, Ronald Reagan, il presidente degli Stati Uniti d'America. La mattina seguente Reagan passò un appunto al capo del suo staff, nel quale chiedeva di essere tenuto informato sulla sorte delle balene. Contemporaneamente Bonnie Mersinger, giovane assistente esecutiva dello stesso Reagan, sentendo la notizia in televisione pensò che il Presidente avrebbe amato intervenire. Come farlo entrare nella vicenda era compito di Bonnie pensarlo. Si dà il caso che il presidente degli Stati Uniti fosse anche il comandante in capo dei due enti governativi, la NOAA e la Guardia Nazionale, che partecipavano all'Operazione.

Venne di conseguenza che il contatto perfetto sarebbe stato il colonnello Carroll, il quale, nel frattempo, cercava di condurre l'*hoverbarge* fino a Barrow. Con molte difficoltà. Al primo tentativo di trainare la pesante rompighiaccio con un potente elicottero fu subito evidente che non era fattibile: era talmente incastrata nel ghiaccio che non si muoveva di un centimetro. Non c'era altra scelta che richiamare gli uomini della VECO, che per due giorni avevano lavorato con le asce per rimuovere la morsa di gelo attorno al mezzo, e chiedere loro di riprendere quel lavoro per liberare ulteriormente l'*hoverbarge*.

Fra le persone che chiesero di parlare direttamente con il colonnello Carroll c'era anche Greg Ferrian. Greg possedeva una compagnia che costruiva piccoli strumenti detti *de-icers*. Erano piccole pompe galleggianti che emettevano un piccolo e continuo flusso di acqua calda e che servivano a evitare che si formasse il ghiaccio attorno alle barche ormeggiate. Ferrian pensava che avrebbero funzionato anche per il buco delle balene. Carroll ascoltò e sì, anche lui pensava che fosse una buona idea. Ma ci voleva il permesso di Ron Morris, il quale gli diede una distratta udienza e poi rifiutò la proposta. Ferrian tuttavia non era tipo da perdersi d'animo facilmente: a proprie spese prenotò un volo dal Minnesota portando con sé sei *de-icers*. Più tardi, in una tremenda notte in capo al mondo, avrà modo di dimostrare che aveva ragione.

Intanto gli eschimesi lavoravano, instancabili, per tenere aperto il buco che continuava a minacciare di chiudersi. E per scavarne di

nuovi. Dal momento che non si poteva fare altro che aspettare e scavare nel ghiaccio, perché non aprire una serie di buchi che comunque permettessero alle balene di avvicinarsi, una tappa alla volta – un buco alla volta – alla meta? Tra l'altro ora avevano anche affinato la tecnica di lavoro. All'inizio tagliavano con le seghe un blocco di ghiaccio alla volta e poi lo fissavano al retro di un camion che lo tirava fuori dall'acqua. Era un metodo che richiedeva davvero tanto tempo. E non era nemmeno facile "prendere al lazo" i blocchi di ghiaccio. A quel punto i due esperti cacciatori di balene ebbero un'idea migliore. Suggerirono di tagliare pezzi di ghiaccio più piccoli e poi con dei lunghi pali che terminavano con una punta di arpione, spingerli semplicemente sotto al margine ghiacciato del buco. In questo modo si lavorava molto più velocemente. Ben presto gli eschimesi scavarono un secondo buco e poi una serie di altri. Purtroppo però, con grande sorpresa e scoramento di tutti, le balene non si decidevano a lasciare il primo buco, quello originario.
Ed erano davvero allo stremo. Il freddo aumentava, l'attività umana intorno a loro fremeva. La durata delle loro apnee era diminuita, ora uscivano a prendere aria ogni 3-4 minuti. Ancora peggio andava per la piccola. Esausta e probabilmente terrorizzata, respirava molto più spesso delle altre due. Cindy Lowry cercava di darle conforto accarezzandole amorevole il muso, scorticato e sanguinante per i continui contatti con i bordi taglienti del ghiaccio. L'aveva soprannominata Bone, cioè osso, proprio perché le ferite sul muso mettevano ormai in vista le ossa bianche. Il nome fece subito presa, e divenne quello "ufficiale", tranne che per gli eschimesi, che la chiamavano Kannick, "Fiocco di Neve". Le altre due erano Siku, che significa "ghiaccio", e Poutu, cioè proprio il nome con cui si designa un buco nel ghiaccio.
La frustrazione aumentava. La situazione era in una fase di avvilente stallo. Da sotto all'acqua i buchi non dovevano apparire troppo diversi l'uno dall'altro, eppure evidentemente l'affollamento di persone attorno all'apertura originaria la rendeva riconoscibile. I tentativi di fare spostare i giornalisti e le troupe dai margini del buco andavano inascoltati. Non c'era verso. Erano state girate ore e ore di immagini eppure non ne avevano mai abbastanza.
A Prudhoe Bay, intanto, lunedì 17 ottobre il colonnello Carroll aveva due problemi, e non da poco. Il primo era sempre e ancora l'*hoverbarge*. L'operazione si stava rivelando un fallimento. Alla fine la

chiatta era stata liberata dalla morsa del ghiaccio, l'elicottero aveva cominciato a trainarla ma, ogni poche centinaia di metri, il *barge* sprofondava di nuovo nella coltre ghiacciata e bisognava ricominciare da capo. A quel ritmo non sarebbe mai arrivata in tempo a Point Barrow. Il secondo problema di Carroll era che il giorno successivo sarebbe arrivata una telefonata di Reagan, al quale non aveva certo buone notizie da dare.
La telefonata sarebbe stata registrata per intero dai media, dunque la Casa Bianca voleva che tutto fosse stabilito prima nei dettagli. Tom Carroll era stato talmente tanto tempo al telefono con Bonnie Mersinger, l'assistente del Presidente, che i due erano ormai in confidenza. Per la verità, pur non avendola mai vista, Carroll pensava addirittura di provare qualcosa per quella donna, fatto sta che alla fine di tutto i due si incontrarono davvero e si sposarono.
Il giorno dopo, in linea con la Casa Bianca, Tom non era nemmeno troppo nervoso. Raccontò a Reagan delle condizioni atmosferiche, e soprattutto del freddo spaventoso, senza accennare al quasi fallimento dell'*hoverbarge*. Il Presidente concluse con un "Dica a tutti quanto sono orgoglioso per quello che state facendo lassù. Ora torni alla sua missione. Ma sappia che tantissime persone stanno pregando per tutti voi".
L'euforia per la telefonata del Presidente degli Stati Uniti durò poco. Nelle ore successive fu evidente come l'operazione, così come era stata pensata, non poteva funzionare. Il 19 ottobre, l'*hoverbarge* aveva percorso meno di 5 delle 270 miglia che lo separavano da Barrow. C'era un'ultima, residua possibilità: far trainare l'*hoverbarge* da due elicotteri contemporaneamente. Era rischioso, però poteva funzionare. Invece non funzionò.
E ora sembravano senza troppe speranze anche le tre balene. I nuovi buchi che gli eschimesi scavavano nel ghiaccio erano ampi, eppure le balene non li usavano. Quando la notizia del fallito tentativo con i due elicotteri arrivò a Barrow non ci fu altra alternativa che ordinare agli eschimesi di scavare nuovi buchi, uno in fila all'altro, e tracciare un "percorso verso la libertà", per quanto lungo diverse miglia.
E inogni caso, se anche le balene avessero cominciato a muoversi da un'apertura all'altra, alla fine del percorso si sarebbero dovute fermare. Al termine della superficie ghiacciata, nel punto di contatto con l'acqua ancora libera, le correnti e i forti venti stavano conti-

nuando a spingere e ammassare blocchi di ghiaccio vaganti. Venivano spinti lentamente ma inesorabilmente uno contro l'altro, e si ammassavano, si fondevano, si sormontavano, formando un muro. Una parete alta una decina di metri. Contro questo crinale ghiacciato, il cosiddetto *pressure ridge*, niente avrebbero potuto le seghe a catena. Se anche gli eschimesi avessero continuato a lavorare incessantemente per scavare buchi, se anche le balene si fossero mosse lungo questo percorso, a un certo punto ci si sarebbe dovuti fermare. Almeno per quest'ultima parte del viaggio serviva una soluzione diversa.

Il mondo guardava a Barrow, Greenpeace aveva dovuto assumere otto persone solo per rispondere alle migliaia di telefonate di gente che chiedeva informazioni o voleva dare una mano, ma lassù al momento erano senza risposte. La disperazione era tale che si decise addirittura di dare ascolto a un uomo che si proclamava "comunicatore fra le specie" e che era convinto di potere fare muovere le balene da un buco all'altro facendo ascoltare loro i suoni di altre balene registrate. Diceva di avere l'attrezzatura necessaria per farlo. Ma arrivato a Point Barrow non fece altro che sedersi sul bordo del buco, suonando musiche sudafricane e cantando una strana nenia. Aveva avuto il suo momento di notorietà, ma alle balene non aveva certo giovato.

Ventisei troupe televisive erano in quel momento in quella landa ghiacciata nel mezzo del nulla, e tutte continuavano a riprendere sempre la stessa scena. Tutto attorno cavi elettrici collegati a generatori, elicotteri che andavano e venivano con i giornalisti a bordo, cavalletti, telecamere e operatori intirizziti. Silenziosi, efficaci e instancabili, gli eschimesi continuavano a scavare buchi o a tenere aperti quelli già fatti, riposandosi di tanto in tanto al tepore di una capanna da campo costruita sul posto.

Il punto di svolta

La notte fra il 19 e il 20 ottobre fu cruciale. La temperatura scese a 40 gradi sotto zero minacciavano di congelare le nuove aperture nel ghiaccio pochi istanti dopo che queste erano state scavate. Solo tenere aperti i buchi era un lavoro spaventoso, e la superficie dell'acqua libera, dentro ai buchi stessi, diventava continuamente biancastra e

poltigliosa per il ghiaccio che si riformava. Ancora le balene continuavano a emergere solo attraverso il primo buco.
La piccola balena stava sempre peggio e anche le altre due mostravano segni evidenti di peggioramento. Con il ghiaccio che avanzava a quel ritmo, prima della mattina le balene sarebbero state condannate, sepolte nella loro tomba di ghiaccio. Proprio quella sera, però, Greg Ferrian era arrivato a Barrow. Caso volle che fosse alloggiato al Naval Arctic Research Laboratory, dove incontrò i due biologi Geoff e Craig ai quali spiegò il suo piano. Si poteva provare, ma serviva il permesso del coordinatore dell'operazione, Ron Morris.
Greg attese per due ore e mezza fuori dall'hangar degli elicotteri il ritorno di Morris, il quale gli disse di tornare al laboratorio dove aveva preso alloggio e aspettare lì una risposta. Arrivato sul posto trovò i due biologi che, appena tornati dall'ennesimo viaggio dalle balene, lo stavano cercando. La situazione stava peggiorando velocemente, gli dissero, le balene non avrebbero superato la notte. Il freddo era spaventoso e sul posto non era rimasto praticamente nessuno. In quel gelo immobilizzante, Greg collegò un *de-icer* al generatore e lo buttò in acqua nel primo buco. Dopo avere gorgogliato un po', si stabilizzò a galla nella posizione di lavoro. Appena acceso, i risultati non si fecero attendere. In pochi attimi la poltiglia si scioglieva, l'acqua si liberava e le balene potevano respirare bene.
Sull'onda dell'entusiasmo, l'altro *de-icer* fu gettato nel secondo buco. Anche questo si liberò in pochi attimi del ghiaccio in formazione. Cindy e gli altri esultarono e ballarono, sollevati. E si accorsero solo dopo un po' che il primo miracolo se ne era portato un altro in dote: le balene avevano lasciato il buco originale e si erano spostate nel secondo. Dopo dodici giorni, avevano compiuto il primo passo verso la libertà, ancora quasi impossibile, ma adesso un po' meno lontana.
La mattina del 20 ottobre, scampato l'immediato pericolo, fu il momento delle riflessioni e dei piani alternativi. L'*hoverbarge* non era più un'opzione. Le temperature terribili della notte appena trascorsa avevano ricongelato tutti i buchi nel ghiaccio, tranne i due mantenuti aperti dai miracolosi *de-icers*. Le balene sembravano stare meglio, tranne la piccola che mostrava sempre segnali preoccupanti. La Guardia Nazionale del colonnello Carroll decise comunque di non mollare l'impresa. Lo stesso fece la ARCO, proprietaria della chiatta, che cercava altre soluzioni possibili.

In mancanza di alternative, la proposta degli eschimesi arrivò come una benedizione, sebbene non fosse risolutiva. Per voce di Brower, si offrirono per ricominciare a scavare buchi fino al limite stesso dei ghiacci. Si sarebbero fermati solo contro il muro che separava la banchisa in formazione con le acque ancora aperte. Mentre loro scavavano, altri cittadini di Barrow avrebbero formato delle spedizioni per andare a cercare punti deboli o possibili passaggi attraverso la parete ghiacciata. La dedizione dei nativi in questa missione ha dell'incredibile. Per giorni e giorni sfidarono il freddo e il pericolo sempre costante degli orsi polari, per salvare la vita di tre animali di cui loro normalmente si nutrono. Le balene ogni anno "si offrivano" per il sostentamento della loro gente, dissero, e dunque il loro era un atto dovuto, per restituire in parte il favore. Le balene ogni anno salvavano gli eschimesi dalla fame, e adesso loro avevano l'occasione di salvare tre di esse.
Purtroppo i risultati delle prime spedizioni non furono confortanti. Il ghiaccio accumulato dal vento e dalle correnti aveva formato una parete alta circa una decina di metri. Ma quello che era peggio, è che altrettanto se ne trovava sotto alla superficie dell'acqua. Ci sono punti meno spessi e dunque più deboli, ma niente che possa essere tagliato con le seghe elettriche.

Arrivano i nostri

Non c'era dunque altra soluzione se non trovare qualcosa che potesse aprire un varco in quella parete di ghiaccio. E non c'era niente altro in grado di farlo se non una nave rompighiaccio. E così il 21 ottobre, due settimane dopo l'avvistamento delle balene, si tornava alla prima idea. In realtà già da una settimana la sede di Washington di Greenpeace stava lavorando per trovare una rompighiaccio. Gli Stati Uniti ne possedevano due, ma una era a secco, in cantiere, per lavori di manutenzione, mentre la seconda era al momento impegnata in un'azione di recupero di una nave canadese in difficoltà. Chi aveva invece molte rompighiaccio, e nemmeno troppo lontane dall'Alaska, era la Russia. Il che era, o poteva essere, un problema.
Nel 1988 la caduta del muro di Berlino era ancora un'utopia. Gorbaciov stava già cambiando l'URSS con la sua *glasnost*, ma dopo anni

di guerra fredda i rapporti fra americani e russi non erano affatto distesi. E in effetti, quando Campbell Plowden di Greenpeace chiamò l'ufficio del governatore dell'Alaska per sapere se la Guardia Costiera avrebbe potuto chiedere l'aiuto dei sovietici, la risposta breve e brutale fu un "è fuori questione".
Deciso a non mollare, Plowden chiamò allora il direttore di Greenpeace International per chiedere all'Accademia Sovietica delle Scienze di mandare una loro rompighiaccio a salvare le tre balene. La mattina del 18 ottobre, il telegramma fu spedito in Russia e diceva più o meno così: "Greenpeace richiede urgentemente la vostra collaborazione per aiutare nel salvataggio di tre balene grigie intrappolate nel ghiaccio, a meno di un miglio al largo di Point Barrow, Alaska. Un'operazione di soccorso è in svolgimento, ma avrà successo solo se il passaggio fra i ghiacci, che ora si trova a sei miglia dalle balene, non congela. Se questo succede, sareste in grado di mettere a disposizione una rompighiaccio per aprire una via di fuga alle balene?".
Al momento dell'arrivo del telex in Russia, la notizia delle tre balene grigie intrappolate nei ghiacci artici aveva già fatto il giro dell'Europa, dove, come già prima negli Stati Uniti, aveva incollato le persone ai teleschermi. I russi si rendevano conto che il mondo voleva vedere quelle balene sopravvivere. E il mondo vedeva la Russia come una dei maggiori, peggiori dovremmo dire, paesi balenieri. Solo quell'anno avevano ucciso 169 balene grigie... Salvarne tre avrebbe rappresentato la migliore operazione di pubbliche relazioni che avessero mai potuto mettere in piedi. Era un'occasione da non perdere.
Nelle alte sfere se ne stava occupando direttamente il Ministero sovietico dell'Idrometeorologia, ma la decisione prese alcuni giorni e solo il 21 ottobre arrivò all'ufficio di Plowden la tanto attesa risposta: la nave rompighiaccio "Admiral Makarov" avrebbe percorso le 300 miglia che la separavano da Barrow per andare in soccorso delle balene. I russi espressero i loro dubbi sul fatto di operare in acque così basse, e anche sulla reale possibilità che le tre balene avrebbero davvero seguito la nave mentre apriva il passaggio nel ghiaccio. Sarebbero comunque arrivati nel giro di 2-3 giorni.
Venerdì 21 ottobre la situazione era dunque relativamente ferma, ma con il moderato ottimismo generato da questa notizia. Nel frattempo le balene si godevano i buchi, ma senza avanzare oltre. Ora erano a 5-6 miglia dal limite dei ghiacci, una strada ancora lunga. Le balene,

almeno le due più grandi, non solo sembravano aver recuperato un buono stato di forma, ma addirittura si lasciavano accarezzare e massaggiare dal flusso di acqua calda che usciva dalle macchinette usate per sciogliere il ghiaccio. Ma non potevano fermarsi lì, dovevano proseguire. Gli instancabili eschimesi avevano, in quel momento, già scavato ben 55 buche. Un lavoro massacrante anche perché poi queste andavano mantenute libere dal ghiaccio in continua formazione.
Appena messi in funzione i *de-icers*, nella notte peggiore di tutta l'operazione, le balene avevano sorprendentemente iniziato a usare i buchi nuovi, poi si erano fermate di nuovo, apparentemente senza una ragione. Uno dei due biologi, Craig George, aveva la sua teoria: era a causa della piccola, Bone. Mentre le due più grandi si erano riprese dopo i drammatici momenti di poche ore prima, la piccola stava troppo male e non aveva più forze. Poteva solo salire e scendere a respirare, era già tanto. E le altre due balene non l'abbandonavano. Se lei non riusciva a muoversi da un buco all'altro, non l'avrebbero fatto nemmeno loro. In effetti quella del biologo, un'ipotesi plausibile ma da verificare, si sarebbe rivelata drammaticamente vera di lì a poco.
Le voci sull'arrivo dei russi avevano messo in agitazione tutti i membri dell'operazione Breakout, elettrizzando i giornalisti che non potevano credere all'inaspettato colpo di scena, e all'ennesimo scoop che tutta quella storia continuava a fornire a ritmo serrato.
All'arrivo del telegramma in cui i sovietici davano la loro disponibilità a intervenire, la macchina burocratica americana si era messa in moto. I telefoni avevano preso a squillare, i documenti a viaggiare, gli ingranaggi organizzativi a girare. Bisognava gestire la cosa con delicatezza e decisione, e soprattutto, bisognava dare ai russi il permesso di entrare nelle acque territoriali americane. La notizia dell'arrivo dei russi era ben presto fuggita dai corridoi governativi, spargendosi a macchia d'olio, ma non era mai stata ufficialmente confermata.
Finalmente, nel tardo pomeriggio di quel venerdì, Morris convocò una conferenza stampa al Top of the World Hotel per annunciare "una importante notizia". La gran parte delle troupe e dei giornalisti lasciarono i buchi e le balene a Point Barrow e scesero in città per la conferenza stampa. Mentre ascoltavano quello che già sapevano, cioè la conferma della partecipazione dei russi all'operazione, si persero uno dei pochi momenti veramente salienti e drammatici di tutta quella storia.

Due di tre

Cindy Lowry si era ormai abituata, non senza fatica, al freddo polare. Non era andata alla conferenza stampa di Morris, ed era invece rimasta ancora lassù, con le balene e con gli eschimesi che continuavano a scavare il ghiaccio. Si godevano la relativa tranquillità. Adesso che praticamente tutti i giornalisti erano scesi a Barrow, la frenetica attività che di solito circondava le tre balene intrappolate sembrava una specie di strano sogno. Le poche voci degli eschimesi non turbavano la pace del momento, mentre in lontananza il respiro delle balene, lento, potente e cadenzato era ormai divenuto un sottofondo abituale. E fu proprio un cambiamento in questo ritmo che attirò subito l'attenzione della donna e dei due esperti cacciatori, Malik e Arnold. I respiri delle balene erano più profondi e intensi e il ritmo degli stessi aumentato. C'era una strana agitazione nell'aria. Era come se le due balene più grandi si stessero preparando per una lunga immersione, come se dovessero prendere fiato per affrontare una situazione nuova. Non erano azioni frenetiche e incontrollate, anzi: era la programmata preparazione a qualcosa. Si preparavano a muoversi. Finalmente scomparvero davvero sott'acqua e mentre Cindy correva ad attenderle al buco successivo eccole invece tutt'e due ricomparire in quello ancora seguente. Neanche il tempo di gioirne che eccole sbucare ancora più avanti. Funzionava. Finalmente il lungo tracciato di buchi scavati con forza e determinazione dagli eschimesi era diventato un percorso, un sentiero verso la libertà.

Ma perché solo le due grandi si erano decise a muoversi, e perché proprio ora? E, a proposito, dov'era la piccola? Non se ne erano accorti, esultando gioiosi per i progressi inaspettati, ma la piccola non si vedeva da un po'. In un attimo di raggelante consapevolezza fu chiaro a tutti quello che Craig aveva ipotizzato poco prima. Le balene non si muovevano perché la piccola stava troppo male, non ce la faceva e le due grandi non potevano abbandonarla. Si erano mosse solo ora, quando la piccola Bone non ce l'aveva fatta. Era scomparsa, inghiottita dalle acque. Ora c'erano solo due balene da salvare.

La sera di quel venerdì 21, i titoli dei telegiornali erano dominati dalle due notizie. I russi stavano arrivando a salvare le balene, ma la più piccola era morta. Paradossalmente, ma anche logicamente naturale, ora che l'ostacolo rappresentato dalle condizioni della piccola balena era stato rimosso, le cose procedevano spedite. La mattina di sabato 22 ottobre trovò le balene superstiti nell'ultimo dei 55 buchi che gli eschimesi avevano scavato nel ghiaccio: i due cetacei sapevano che quella era la direzione da prendere e non avevano più esitazioni. E non c'era tempo da perdere, i russi sarebbero arrivati la sera del giorno dopo, e avevano dato la loro disponibilità per un solo giorno di lavoro, poi se ne sarebbero andati. Dunque al loro arrivo, tutto doveva essere pronto. Quella stessa mattina gli infaticabili eschimesi scavarono altri 15 buchi, arrivando così a 70. E le balene ben presto si trovarono al settantesimo, in attesa di ulteriori spazi per avanzare.

Seppure con la delusione per la morte di Bone, adesso c'era esaltazione e speranza nell'aria, per le novità e l'accelerazione che tutta l'operazione aveva preso. La ARCO, ormai dentro alla missione con il cuore e i soldi, consapevole che i 350.000 dollari spesi fino a quel momento erano stati il migliore investimento che una compagnia petrolifera avesse potuto fare, in marketing e pubbliche relazioni, studiava nuovi modi per dare una mano.

Quel sabato pomeriggio fu la volta di uno strumento chiamato "spaccaghiaccio", "bomba ghiaccio" o più semplicemente "the bullet", il proiettile. Una palla di acciaio da 5 tonnellate, appesa a un cavo sotto alla pancia di un potente elicottero, che sollevata in alto e lasciata cadere rompe qualsiasi superficie ghiacciata. Venne testata ma senza successo: la palla rompeva il ghiaccio ma tutti i pezzi restavano a galleggiare nel buco appena prodotto – e le balene non usavano un nuovo buco a meno che non fosse completamente sgombro dal ghiaccio. Molto più efficace, seppure più lento, il metodo usato dagli eschimesi.

Qualcosa, inoltre, impediva alle balene di avanzare ulteriormente. Erano ferme alla settantesima buca, ne mancavano 14 ma loro, inspiegabilmente, non proseguivano. Solo un'intuizione del vecchio Malik riuscì a risolvere l'enigma: laggiù c'era un banco di sabbia, l'acqua era più bassa e dunque le balene avevano paura di restare intrappolate. Una volta compresa la natura dell'ostacolo, fu relativamente semplice anche la soluzione: serviva una deviazione, i nuovi buchi dovevano girare intorno alla secca. Ed è così che avvenne. Ora erano a circa 4 miglia (più o meno 7 chilometri) dal muro di ghiaccio, in attesi delle rompighiaccio russe.

L'enorme "Admiral Makarov" era stata affiancata nel suo viaggio verso Barrow dalla più piccola ma pur sempre imponente "Admiral Arsenyev". L'inverno straordinariamente rigido e anticipato, che già in qualche modo aveva causato l'intrappolamento delle tre balene nei ghiacci artici, aveva anche portato ostacoli e deviazioni sulla rotta delle due navi russe. Il loro arrivo, atteso per la sera di domenica 23 ottobre, era stato più volte rimandato, e solo nella giornata di martedì 25 apparvero all'orizzonte di Barrow. Ancorate al largo, a circa 25 miglia di distanza da Barrow, erano comunque visibili dalla città. La distesa di ghiaccio non presentava ostacoli alla vista, e le navi erano comunque due giganti da oltre 150 metri la prima e 130 la seconda. Il ponte della "Admiral Makarov" poteva tranquillamente accogliere un elicottero, e fu lì dunque che furono invitati e ricevuti i coordinatori dell'operazione Breakout, e ovviamente la stampa. L'incontro fra americani e sovietici fu formale ma cordiale; era comunque tempo di passare all'azione.
La nave più piccola aveva anche una chiglia meno profonda, e si sarebbe mossa con meno rischi nelle acque basse al largo di Point Barrow. Dunque l'idea era provare se la "Admiral Arsenyev" poteva sfondare il muro di ghiaccio. Se avesse avuto difficoltà, sarebbe entrata in campo la sorella maggiore. La nave arretrò per prendere la rincorsa e accumulare potenza per l'impatto. Il ghiaccio accumulato dalle correnti formava una muraglia imponente, e l'equipaggio si teneva stretto preparandosi al colpo. Il fragore della collisione fu assordante, ma le 11.000 tonnellate di acciaio della nave compirono egregiamente il loro lavoro. L'ultima barriera verso la libertà delle due balene superstiti era stata abbattuta. La notizia arrivò in breve qualche miglio più in là, dove fu accolta con un applauso liberatorio dal gruppo di soccorritori e giornalisti che ancora circondavano le due balene.
Nelle ore successive la rompighiaccio continuò ad attaccare incessantemente la barriera di ghiaccio. Alla fine la banchisa appariva come tante dita contorte e dai bordi frastagliati, separate l'una dall'altra da una dozzina di canali aperti dalla chiglia irresistibile della nave russa. Ora si trattava di completare il percorso di buchi nel ghiaccio, per le 3 miglia che separavano le balene dai canali aperti verso le acque libere. La fine di quella storia incredibile sembrava vicina. E momento non avrebbe potuto essere più opportuno

perché la forza emotiva che aveva accompagnato quell'avventura stava venendo meno. Dopo due settimane, queste emozioni stavano perdendo presa e la gente e gli stessi giornalisti cominciavano a chiedersi se ne valeva la pena. Quand'è che un'impresa del genere diventa immorale?

Intanto l'operazione Breakout andava avanti, non avrebbe certo potuto fermarsi, a questo punto. Le attività erano in fermento. Gli eschimesi continuavano imperterriti a tagliare il ghiaccio con le seghe elettriche, scavando buchi uno dopo l'altro, tracciando il percorso che portava al canale aperto dalla rompighiaccio russa. Le balene si immergevano e risalivano al buco successivo, prima ancora che questo fosse terminato, rischiando addirittura una fatale collisione con le seghe elettriche. Malik divise allora il suo gruppo in due, proprio per ridurre questo rischio: il primo gruppo tagliava il contorno del buco, poi si spostava al punto successivo, mentre il secondo con i lunghi pali di acciaio, spingeva il lastrone appena tagliato sotto al bordo ghiacciato. Si muovevano rapidi, ormai ben sincronizzati e padroni della tecnica, ma erano pur sempre uomini che lavoravano con la forza delle loro braccia.

A quel ritmo ci sarebbero voluti altri due giorni per arrivare al canale aperto dai russi, ma i russi altri due giorni a Barrow non li volevano spendere. Venivano da una missione lunga ed erano stanchi e ansiosi di tornare a casa. Era già tanto avere ritardato il loro ritorno; il governo aveva promesso un giorno di lavoro per questa operazione, ne erano passati già tre. Il comandante aveva già chiesto ai coordinatori delle operazioni di poter proseguire oltre con la sua nave, aprendo il canale e spingendosi molto più vicino alle balene. Ma avevano ricevuto un rifiuto. Si temeva che le balene si spaventassero e magari scappassero all'indietro, verso vecchi buchi nel ghiaccio, superati da tempo. Niente da fare. Il comandante era convinto della sua idea, ma non poteva violare gli ordini degli americani. Almeno non di giorno, con la scena ormai talmente piena di gente che il ghiaccio mostrava addirittura crepe e segni di cedimento. Ma di notte praticamente nessuno restava sul posto, con quelle temperature insopportabili. E alle 3 del mattino di mercoledì 26 ottobre, soppesando con cura i pro e i contro di quello che stava per fare, il comandante diede l'ordine di avanzare. Come già prima, anche questa volta il ghiaccio non oppose troppa resistenza all'enorme chiglia della nave.

A causa di questo folle e vincente colpo di testa, quel mattino trovò le balene dove le avevano lasciate la sera prima, ma adesso la libertà si era avvicinata a loro e distava meno di 400 metri. In un attimo la consapevolezza che quello sarebbe stato il giorno decisivo corse come un'onda di emozione e aspettativa. Probabilmente prima di sera le balene sarebbero state libere. Barrow era in festa, negozi e uffici chiusero prima, e lo stesso fece persino la scuola, dando la possibilità ai ragazzi di andare a dare l'ultimo saluto alle balene. Gli abitanti di Barrow si spostarono lassù a Point Barrow per il momento fatidico. Il canale aperto dai russi era lungo 6 miglia e largo un quarto di miglio e sembrava solo voler accogliere le due creature marine, ormai a poche centinaia di metri. A metà pomeriggio, mentre gli eschimesi continuavano a tagliare il ghiaccio, improvvisamente la più grande delle due balene, Sikhu, scomparve. Un brivido di terrore colse chi aveva già visto scomparire allo stesso modo la piccola Bone solo cinque giorni prima. Ma sembrava impossibile, Sikhu era la più forte delle tre. Malik lasciò cadere il palo d'acciaio con cui stava lavorando all'ennesimo buco, e corse verso il canale. Ben presto fu raggiunto dagli altri, avevano capito che si aspettava di vedere sbucare la testa della balena, da un momento all'altro. Il canale era ampio e non sarebbe stato facile vederla, e poi era proprio là che stava andando? Ovviamente sì, e dopo pochi attimi eccola, improvvisamente piccola nell'ampiezza delle acque del canale scavato dalla rompighiaccio. Non aveva più potuto aspettare, e forse vincendo una paura atavica, aveva nuotato sotto 400 metri di ghiaccio, ed era arrivata finalmente là.

Poutu invece sembrava disorientata o forse solo agitata, andava su e giù nervosamente. È probabile che sentisse sott'acqua i suoni emessi dall'altra balena e non ci volle molto prima che prendesse un lungo respiro e sparisse sott'acqua. Per ricomparire poco dopo, anche lei nel canale, non distante dalla prima balena.

Ma non era ancora tempo di festeggiare: bisognava decidere se marcare i due animali applicando dei trasmettitori che consentissero di conoscere la loro posizione e seguirne la rotta. La decisione non era facile: era giusto "stressare" ulteriormente le balene?

E forse c'era un ulteriore motivo di preoccupazione. Una volta che le due balene fossero uscite dal canale, finalmente in mare aperto, non si sarebbe saputo più niente di loro, il che significava che ognuno

poteva pensarle o immaginarle come meglio credeva, libere di navigare verso la California del sud, dove le altre balene grigie stavano andando, come ogni anno. Marcarle significava prendersi un grande rischio. Come avrebbe reagito l'opinione pubblica alla notizia, per esempio, che le due balene si erano infine spiaggiate di lì a poco? Le due balene che si allontanavano verso il loro destino, finalmente libere, era il lieto fine perfetto. Alla fine, infatti, non furono marcate. Tre miglia da percorrere, poi quella lunga vicenda si sarebbe conclusa. La consapevolezza di questo giunse rapida nelle menti dei giornalisti e delle persone che seguivano la scena. Ben presto i due lati del canale furono gremiti di gente, agitata e vociante. Le balene, forse spaventate da tanto clamore, erano di nuove ferme. Ben presto fu dato l'ordine di sgomberare i margini del canale, e sebbene non tutti lo rispettassero, le balene ripresero a muoversi. Non era un percorso facile. Il canale era stato aperto dalla chiglia della nave che aveva frantumato il ghiaccio, sgretolandolo. Non era stato un lavoro preciso e metodico come quello compiuto a mano dagli eschimesi, dunque le acque del canale erano piene di pezzi di ghiaccio galleggianti e le balene dovevano vincere la loro paura, per nuotarvi in mezzo.
La paura delle balene per le acque in procinto di ghiacciare non era ingiustificata. Fu evidente in maniera drammatica il mattino dopo, giovedì, quando il ritorno dei soccorritori sulla scena trovò le due balene di nuovo intrappolate. Il ghiaccio si era riformato tutto intorno a loro, e respiravano dall'unico buco tenuto aperto dalle loro stesse teste emergenti. Di nuovo. Sanguinavano abbondantemente, la pelle rovinata e lacerata dal continuo contatto col ghiaccio duro e tagliente. Malik corse all'apertura e a mani nude, raramente gli eschimesi vestono guanti, anche a quelle temperature tremende, cominciò a raccogliere dall'acqua pezzi di ghiaccio lanciandoli dietro di sé. Cercava di dare più spazio all'apertura, mentre di fianco a lui Brower steso sul ghiaccio con le braccia protese, addirittura rimuoveva un pezzo di ghiaccio dallo sfiatatoio di uno dei due animali. C'era ancora meno di un miglio da percorrere, ma le balene erano di nuovo in trappola nelle stessa situazione in cui avevano passato le due settimane precedenti.
Quello che c'era da fare era evidente: i due eschimesi chiesero via radio con urgenza che cinque persone li raggiungessero, muniti di seghe elettriche. Bisognava ricominciare a scavare buchi, togliere così le balene dal canale divenuto così pericoloso, e tracciare per loro un per-

corso parallelo, fino alle acque libere. Appena scavato il primo buco, non c'era tempo di aspettare che le balene facessero la loro mossa, rischiavano di morire. Brower prese un lungo palo e cominciò a infastidire le balene, voleva che lasciassero la trappola mortale in cui si trovavano. Ottenne ben presto il suo scopo. Con le balene di nuovo al sicuro, prima che si andasse avanti a scavare nuovi buchi, la nave rompighiaccio era di nuovo in azione. Il comandante sapeva quanto i suoi uomini fossero ansiosi di andarsene, ed era colpito da come, in una sola notte, il canale fosse di nuovo gelato. Aveva un lavoro da finire. Con l'aiuto anche di uno strano ed enorme macchinario fatto arrivare lì dalla VECO, prima di sera l'ultimo tratto del canale era di nuovo sgombro. Finalmente tutti poterono vedere le balene nuotare libere nell'ultimo tratto di canale, e poi via, fuori, allontanarsi dalla vista per l'ultima volta.

La sera del 27 ottobre, a venti giorni di distanza dal primo avvistamento delle tre balene in difficoltà, dopo che la collaborazione fra eschimesi, americani e russi, aveva permesso di scavare nel ghiaccio un percorso lungo 10 miglia, l'operazione Breakout era conclusa.

Il giorno dopo, una lunga ricognizione in elicottero dette i risultati sperati: le balene non erano in vista, stavolta se ne erano andate davvero. La loro destinazione era il Messico. Chissà se ci saranno arrivate davvero. C'è chi pensa di no. Un biologo intervistato dalla ABC disse chiaramente quello che forse molti avevano solo pensato: "Quelle balene sono stressate e davvero esauste, e le aspetta un viaggio lunghissimo. Tutte le balene affrontano questo viaggio senza mangiare, ma quelle due hanno consumato parte delle loro riserve in quelle tre drammatiche settimane, per sopravvivere. Sulla loro strada incontreranno le orche, prima lungo le coste dell'Alaska, e poi lungo quelle del Canada. Più giù, in Oregon le attendono gli squali bianchi. Le balene saranno stremate, loro affamati. Non credo che arriveranno mai in Messico". Un quadro forse troppo drastico, ma comunque verosimile. E forse non è davvero importante. Forse l'operazione Breakout non è stata che una battaglia dell'uomo contro le forze della natura.

Italia
Ravenna
Rimini

Andrea, il “mio” solitario

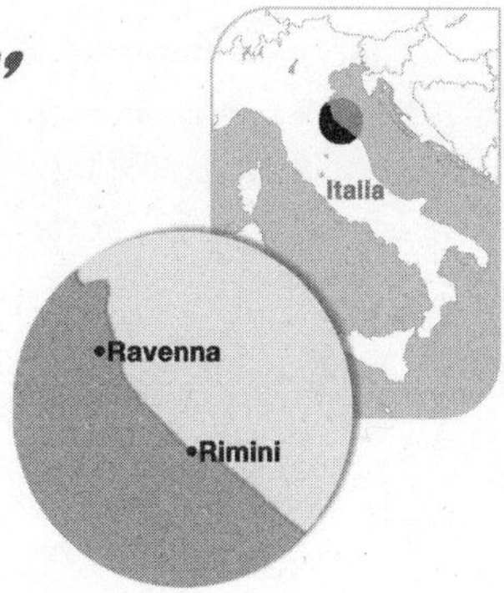

Ho iniziato a raccogliere la documentazione per quello che sarebbe diventato questo libro nel settembre del 2007. L’idea che avevo in mente era raccontare lo strano, esagerato, inusuale rapporto fra esseri umani e cetacei. Già dopo pochi mesi, mentre leggevo e raccoglievo, catalogavo e scartavo, risultava evidente che c’era tutto un settore in questo materiale magmatico che aveva a che fare con i delfini solitari e socievoli. Ho lavorato per Fondazione Cetacea, della quale sono stato responsabile scientifico per 15 anni, e da sempre mi occupo anche di cetacei, ma non avevo un’idea di questo fenomeno. Sapevo di casi di delfini, in giro per il mondo, che “scelgono” di stare con gli esseri umani invece che con i loro simili, ma non conoscevo la casistica, che invece è veramente ampia, né avevo idea delle somiglianze e ricorrenze fra i diversi delfini socievoli, in luoghi e tempi differenti. La stessa deriva comportamentale, la stessa escalation di contatti e di attenzione da parte degli uomini, a volte gli stessi “incidenti”. Nel marzo del 2008 era uscito, a opera delle ricercatrici inglesi Lissa Goodwin e Margaux Dodds, il lungo report

"Lone Rangers. A Report on Solitary Dolphins and Whales Including Recommendations for their Protection". Un lavoro importante che per me capitava al momento giusto. Poco prima, verso la fine del 2007, era "partito" un altro sentiero di eventi che, prendendo il via da tutt'altra parte, avrebbe portato alla storia che sto per raccontare. Mi aveva contattato un appassionato subacqueo riminese, Enrico Rabboni, il quale ogni anno partecipa a una spedizione in Sudafrica per filmare, fotografare e studiare gli squali bianchi. Aveva preparato un documentario su quanto aveva raccolto, che mi chiedeva di guardare in anteprima. Alla fine gli consegnai un foglio zeppo di commenti e suggerimenti, sperando di non scoraggiarlo troppo. La cosa finì lì, ma evidentemente Enrico aveva apprezzato e più tardi sarebbe rispuntato in questa storia.

Un delfino che gioca

Quasi contemporanee, accavallate con questi avvenimenti, fra l'inverno e la primavera del 2008, cominciarono a giungere alla Fondazione alcune segnalazioni, riprese anche dai quotidiani della Romagna, di un delfino particolarmente giocherellone, che si intratteneva spesso con i pescatori, dalle parti di Cesenatico. Raccogliemmo queste segnalazioni, come consuetudine, per inserirle nel nostro database di avvistamenti in Adriatico. Non facemmo altro, perché altro non c'era da fare, anche se la notizia era insolita e curiosa.
Passò qualche tempo, e verso la fine di aprile e nei primi giorni di maggio, di nuovo riprese dalla stampa locale, arrivarono le segnalazioni di un delfino che, vicino a un allevamento di mitili al largo di Rimini, aveva cominciato ad avvicinarsi ai sub della Società Sub Rimini Gian Neri e a giocare con loro. Ne erano stati tratti alcuni video davvero sorprendenti ed esplicativi, che cominciarono a girare anche su YouTube. Che ci fossero due delfini così socievoli nella stessa zona era da escludere. Evidentemente l'esemplare visto a Cesenatico frequentava anche altre zone. Il delfino, un tursiope di circa 2,5 metri, si vedeva spesso in compagnia di un altro esemplare. Non solo non era spaventato dalla gente in acqua, ma addirittura cercava il loro contatto. I sub della Gian Neri lo chiamarono Andrea, non sapendo se fosse maschio o femmina.

In quel primo weekend di maggio i sub ebbero l'occasione di godersi le nuotate con Andrea come mai prima. Mentre il sabato il delfino li deliziò con una serie di salti, ma senza avvicinarsi troppo, e dopo una mezz'ora si allontanò, la mattina dopo Andrea stette con loro per tre ore. Giocava con le loro pinne, nuotava intorno, osservava la telecamera subacquea e anche lo *shaker*, un tubo di metallo con dentro dei sassolini, il cui rumore lo attirava e che più avanti sarebbe servito da richiamo. E il lunedì seguente era ancora lì: altre due ore di giochi.

Dopo pochi giorni Enrico, che faceva parte della Gian Neri, mi chiese la collaborazione della Fondazione per valutare la situazione di questo animale fin troppo espansivo. Io studiavo i delfini solitari e socievoli, e ora uno di questi praticamente bussava alla mia porta! Le ipotesi, i racconti e le fantasie su questo delfino così amichevole si sprecavano.

I ragazzi della Gian Neri mi chiesero di uscire in mare con loro a vedere il delfino. Pensavo che Andrea non fosse una femmina, né tanto meno gravida, come da loro ipotizzato. In effetti, più avanti, dalla visione dei filmati emerse che Andrea era maschio. Ero stato facile profeta, dato che di solito i tursiopi solitari sono di sesso maschile. Avevano fatto benissimo a mantenere la località di avvistamento segreta (eppure, inevitabilmente, la voce già correva veloce per la città) e a mio avviso avrebbero dovuto, prima o poi, smettere di cercarlo e lasciarlo libero di andarsene per i fatti suoi. Dissero di essere d'accordo, erano giunti alla stessa conclusione.

L'8 maggio ci recammo dove Andrea era stato avvistato e restammo lì per due ore, ma niente. Fu solo un caso sfortunato, però: pochi giorni dopo gli avvistamenti e le interazioni continuarono.

Un lone sociable in Adriatico?

A mio avviso la situazione cominciava a farsi preoccupante. Rispetto alle quattro fasi di "sviluppo" di un delfino socievole e solitario, individuate dalla Whale and Dolphin Conservation Society, Andrea era già evidentemente nella fase 3. Bisognava intervenire, in quanto la fase successiva è quella considerata di "non ritorno". Non è infrequente che i delfini in questa situazione subiscano, volontariamente o meno, dei danni, sia di tipo comportamentale (modificazioni del

comportamento naturale, privazione del riposo, alterazioni dell'alimentazione), sia veri e propri danni fisici (ferite intenzionali, ferite da eliche o da contatto con oggetti impropri).
Esisteva anche una possibilità di rischio per le persone in acqua. Il delfino è un animale forte e robusto e può causare danni alle persone sia involontariamente che, se disturbato o provocato, intenzionalmente. C'era poi l'eventualità, per quanto remota, di trasmissione di malattie o di parassitosi, dal delfino alle persone. Un delfino può apparire sano, ma celare alcune di queste patologie.
Come dicevamo, la voce su quale fosse il luogo degli avvistamenti era girata, almeno in certi ambienti, e spesso sul posto si trovavano anche tre o quattro imbarcazioni con tanta gente in acqua a giocare con il delfino.
Per fortuna c'erano almeno due motivi di cauto ottimismo. Intanto Andrea si trovava spesso in compagnia di un altro esemplare. Il secondo delfino era molto meno socievole e disposto al gioco con gli uomini. Questo poteva dunque trattenere Andrea nel proseguire nella sua "domesticazione". Inoltre l'area in cui venivano di solito avvistati i due delfini non era circoscritta. Non era un porto, o una baia, o un canale, ma il mare aperto. Questo avrebbe dovuto rendere più difficile la fidelizzazione dei due animali a un luogo, in quanto mancavano dei punti di riferimento precisi.

L'incontro

Dopo l'uscita dell'8 maggio, risultata infruttuosa, continuai a seguire la cosa a distanza. Alla fine di maggio, intanto, i delfini erano tornati e Enrico e gli altri sub li avevano visti e frequentati con una certa regolarità. Fissammo un'altra uscita.
Il giorno prima c'era stato un altro lungo avvistamento, sia con Andrea che con l'altro delfino. In acqua tanta gente e i due delfini, ormai perfettamente a loro agio, fin troppo. Uno dei due mostrò a un certo punto di essere eccitato sessualmente: aveva inequivocabilmente il pene in erezione, un segnale sempre molto preoccupante: rivolgere le attenzioni sessuali verso individui di un'altra specie è infatti indice di un comportamento sempre più compromesso.
Così, il 2 giugno, nuovo appuntamento con la Gian Neri. Prima di

uscire in mare io e la mia collega Valeria guardammo i filmati dei giorni precedenti: Andrea aveva cominciato a farsi timidamente toccare. Intanto il cielo si era coperto e la giornata si preannunciava grigia, ma il mare era piatto.
Durante il viaggio in gommone, cercammo di far capire ai ragazzi che per il bene dei delfini bisognava smettere di andare da loro, evitando un'escalation – peraltro già iniziata – che poteva portare lontano.
Arrivati sul posto, vedemmo subito un gommone e i due delfini, proprio lì sotto che nuotavano in acqua con tre o quattro persone. Erano lì dal mattino e i delfini non se ne erano mai andati.
In sei o sette scesero in acqua, compresa Valeria. Io restai fuori, volevo vederli un po' da sopra e fare delle foto. I delfini giochicchiavano, anche se c'era davvero troppa gente in acqua. Poi uno dei due, il più timido, quello di cui ancora non conosciamo il sesso, se ne andò. Lo vedemmo pinneggiare lentamente lontano, in mezzo alle boe dei vivai.
Restava Andrea, il vero socievole dei due. Come già detto, dai video si era visto che era un maschio: secondo me era maschio anche il secondo. Restò a giocare, mentre l'altro gommone se ne andò. Dopo una mezz'ora si allontanò anche lui e per quel giorno non tornò. Pian piano le persone uscirono dall'acqua e raccontarono dell'emozione di quell'incontro fuori dal comune.
Neanche Valeria si aspettava una sensazione così forte e disse che la cosa che l'aveva emozionata di più era stato sentire sott'acqua i loro vocalizzi: "Ho già nuotato con i delfini in vasca, ma questo è tutta un'altra cosa!" – e c'è da crederle. Valeria aveva anche notato una grande macchia bianca sulla coda di Andrea, importante perché sarebbe servita per riconoscerlo in futuro.
Dopo un po' di tempo rivedemmo i due delfini lontani e ci regalarono una serie di salti davvero divertenti e spettacolari. Poi piano piano si avvicinarono e tornarono da noi. Il timido non si avvicinò tanto, ma Andrea fu di nuovo sotto al gommone. Noi eravamo già in acqua e quella volta c'ero anch'io. Ficcai la testa sotto e lo sentii vocalizzare; i battiti del cuore acceleravano. Poi lo vidi immergersi poco lontano da me, tornò sotto e, guardandomi, mi passò a pochi centimentri. Restai davvero a bocca aperta al punto da bere e ridere stupidamente, mentre per poco annegavo. Seguì un'ora che fatico

a descrivere. Emozionante è la prima ovvia parola che mi viene in mente. Il delfino giocava e nuotava in mezzo a noi, decideva lui con chi, dove e per quanto tempo. Ci passava vicinissimo, oppure andava sul fondo e ci evitava. A qualcuno mordicchiava le pinne, a me le spingeva dal basso con il rostro. In acqua con lui ci sentivamo goffi e impediti. Lui scivolava, sfrecciava, volava, noi ci giravamo e ribaltavamo come marionette. L'acqua vibrava dei suoi suoni e gli occhi ci si riempivano di immagini della sua silhouette che scivolava fra le nostre gambe, nell'acqua verdastra. Alla fine due ragazze riuscirono, appena appena, ad accarezzarlo.
Un'esperienza incredibile che mai avrei pensato di vivere, e men che meno in Adriatico.
In seguito, a mente fredda, provai sentimenti contrastanti. Ero "colpevole" anch'io di avere interagito con lui ed ero preoccupato per questo animale, per la consuetudine all'uomo che poteva diventare pericolosa per lui. Doveva restare libero di andare e venire come e quando voleva. E non sarebbe stato facile. Vedere il delfino seguirci per un tratto non è stato bello, ma per fortuna la zona degli incontri era in mare aperto, non in un porto, un canale o una baia. Ma il rischio c'era, eccome.

Andrea va a nord

Nei giorni successivi nessuno lo vide più. In realtà l'11 giugno, durante un'immersione notturna, si sentirono sott'acqua i suoni emessi da uno o più delfini, che però non si videro.
Dopo qualche giorno ecco la novità, Andrea fu nuovamente avvistato, ma non nelle acque riminesi. Si era spostato a nord e il 22 giugno era a Ravenna. Un volontario della Fondazione lo identificò per certo dalla macchia sulla coda. Era in acqua e giocava con la gente, aveva persino mangiato del pesce che qualcuno gli aveva gettato.
Il giorno dopo a Goro, ancora più a nord, venne segnalato un delfino molto vicino alla costa. Uscì un gommone della Guardia Costiera e il delfino si avvicinò e si mise a giocare attorno alla barca. Nessuno lo identificò per certo, ma era difficile che non fosse lui.
Nel frattempo mi impegnai a redigere un Codice di Condotta da tenere nei confronti del delfino, su cosa fare e soprattutto non fare

in caso di avvistamenti. Con la Gian Neri lo inoltrammo alla stampa, insieme a un report su quanto finora raccolto. Il messaggio doveva essere chiaro: se Andrea avesse continuato così, avrebbe corso seri pericoli. Forse a causa della sua "leggerezza" che ben si sposa con il clima vacanziero dell'estate, quotidiani nazionali e locali ripresero la notizia, che poi sarebbe passata, insieme alle splendide immagini subacquee riprese da Enrico, su tutti i principali TG nazionali per oltre un mese.

Andrea divenne un fenomeno dell'estate 2008. Il Codice di Condotta, spedito anche alle Capitanerie di Porto, girò un po' ovunque, ma le segnalazioni di giochi in acqua con il delfino continuarono e si moltiplicarono.

Per fortuna l'animale continuava a spostarsi fra Rimini e Ravenna. Raccolsi tutte le segnalazioni possibili e il file di Andrea si gonfiò di dati, mentre i giochi si facevano sempre più audaci. A metà luglio, ad esempio, una signora in barca con la famiglia lo ebbe attorno per diverso tempo, e prima che tutti fossero scesi in acqua con lui, il delfino si strusciò contro la barca, appoggiò il rostro sulla predellina di poppa e vocalizzò a lungo con la testa fuori dall'acqua.

E la "festa" di Andrea al largo delle coste romagnole continuava. I giornali riportarono che l'11 luglio era a Cesenatico, il 15 eccolo di nuovo a Ravenna. Un gruppo di amici lo avvistò, lui si avvicinò come cercando la loro attenzione e poco dopo erano tutti in acqua, dove rimasero per ore. Su un quotidiano del giorno dopo, a un certo punto dell'articolo, si parlò di "delfino cavalcato" da qualcuno. Una foto ritraeva un uomo letteralmente abbracciato al delfino. Solo un mese prima non si faceva neanche toccare...

Ad agosto le segnalazioni, seppure sporadiche, continuavano ad arrivare. Era quasi sempre nel ravennate, spesso solo. Speravamo che arrivasse in fretta il freddo: sempre meno gente avrebbe frequentato il mare aperto e la "casa" di Andrea, e lui sarebbe tornato al suo stato di creatura selvatica e incondizionata, nel suo meraviglioso e libero anonimato, senza cercare gli esseri umani.

Per fortuna Andrea continua a muoversi. Un giorno qua, uno là e questo lo salvava dall'assalto della folla. Ma l'altro delfino che all'inizio era con lui, negli ultimi avvistamenti non appariva più. Brutto segno. Il delfino "timido" serviva da freno ad Andrea, che adesso invece era solo e alla ricerca di esseri umani che giocassero con lui.

Con l'inverno di Andrea non si ebbero più notizie, ma nella primavera del 2009, quando i sub ricominciarono a frequentare la zona delle osservazioni, incredibilmente lui era di nuovo lì.
Era solo aprile quando ricominciarono gli avvistamenti e i giochi in acqua. Faceva ancora freddo e ci chiedemmo cosa sarebbe successo con il caldo e l'arrivo in massa dei bagnanti. Quella volta era toccato ai sub della Gian Neri che, per quanto possano aver esagerato con le effusioni, sono comunque responsabili e rispettosi del mare. Ma la volta successiva l'incontro sarebbe potuto avvenire con persone meno attente che con leggerezza non avrebbero pensato ai diritti del delfino magari per far valere il proprio, di diritto, di divertirsi in maniera così insolita.
Un sabato i sub della Gian Neri uscirono di nuovo, insieme a loro anche Valeria e Elena, una volontaria di Fondazione Cetacea. Stettero con il delfino due ore. Le foto sono assolutamente inquietanti. Andrea si lasciava fare di tutto, carezze, abbracci, persino baci sul rostro. Si lasciava prendere per la coda e girare sulla pancia, insomma, era un animale domestico.
E anche a maggio gli avvistamenti, sebbene sporadici, continuarono. Scrissi una lettera alla Capitaneria di Porto di Rimini, proponendo di emettere un'ordinanza a protezione del delfino, o comunque di sottoscrivere il Codice di Condotta che avevamo già distribuito l'anno precedente. Mi risposero che non potevano emettere un'ordinanza perché il delfino era comunque libero in mare, in acque aperte, tuttavia sottoscrissero ufficialmente il Codice di Condotta.
Il 16 giugno organizzammo una Conferenza stampa, insieme ai soci della Gian Neri, e in quell'occasione presentammo i volantini con il Codice stampato da far circolare lungo tutta la costa. Paradossalmente, la prima vera iniziativa per salvaguardare Andrea si rivelò anche la più inutile.
Proprio in quei giorni un pescatore ci raccontò del suo incontro con Andrea. Lui e alcuni suoi colleghi avevano avvistato al largo di Cesenatico un branco di delfini, poi si erano buttati in acqua per fare il bagno e uno dei delfini, il nostro Andrea, si era staccato dal gruppo e si era messo a giocare con loro. La buona notizia è che prima di mettersi a giocare, Andrea era insieme ad altri delfini, in branco. Avrà avuto comportamenti ancora inusuali, ma probabilmente non era più un solitario.

E in effetti, quello fu l'ultimo avvistamento di Andrea registrato. A luglio e agosto, pur con la grande concentrazione di turisti e diportisti, Andrea non si vide più. Passò tutta l'estate, poi l'autunno. Se n'era andato.

Forse, all'improvviso come era arrivata, la sua curiosità per gli uomini si era esaurita. Ci auguriamo che sia stata sostituita da un maggior interesse per quelli della sua specie e che quella delle estati 2008 e 2009 sia stata solo una strana parentesi nella sua vita, nel suo Adriatico. Il suo mare, casa sua.

Schede di approfondimento

Tursiope

Nome scientifico: *Tursiops truncatus*

Dati generali

È un cetaceo odontoceto che abita generalmente le coste, diffuso un po' in tutti i mari del globo.
La specie presenta un'enorme variabilità geografica e le differenti popolazioni mostrano caratteristiche morfologiche, ma anche ecologiche, che possono variare notevolmente. Ne esistono una forma costiera e una pelagica. Negli esemplari mediterranei la lunghezza media si aggira intorno ai 2,5-3,5 metri, per un peso che varia tra i 270 e i 350 chili.
È il cetaceo di gran lunga più presente nei delfinari e acquari di tutto il mondo, a causa della sua natura robusta ed estremamente adattabile.
La livrea presenta tonalità di grigio più o meno accentuate, spesso con sfumature biancastre più o meno vistose. Il ventre è bianco.

Riproduzione

La maturità sessuale per le femmine sopraggiunge intorno ai 9-10 anni, per i maschi il range ottimale si ha fra i 10 e i 13 anni. Il periodo riproduttivo va da gennaio fino a tutto marzo, la gestazione dura circa 12 mesi. Alla nascita la taglia del cucciolo si stima intorno a 1 metro, almeno per gli esemplari mediterranei.
La femmina dà alla luce un cucciolo per volta (salvo casi molto rari di parti gemellari) e può arrivare a una media di 8 figli in un periodo di vita pari a 30 anni. In genere tra un parto e l'altro trascorrono circa 3 anni.

Alimentazione

Assai variegata: è infatti una specie "opportunista", che si nutre di ciò che l'ambiente in quel momento presenta in concentrazioni maggiori, variando tra cefalopodi, piccoli pelagici, gasteropodi e altri organismi bentonici come crostacei o pesci di fondo.

Tutela

Catalogato nella Red List della IUCN (International Union for Conservation of Nature) come "Least Concern", che significa che la specie è abbondante e diffusa, e non particolarmente minacciata. Stime approssimative calcolano una popolazione mondiale di almeno 600.000 esemplari.

Grampo

Nome scientifico: *Grampus griseus*

Dati generali

Delfino di discrete dimensioni – in media arriva ai 3,5 metri con un massimo di 4,5 – il suo peso non è inferiore ai 400 chili con punte massime di 600 in esemplari anziani.

È specie pelagica, anche se non è raro incontrarlo vicino alla costa. In genere vive in branchi di alcune decine o centinaia di individui. È largamente distribuito nel Mediterraneo occidentale.

Il grampo si presenta come un cetaceo di corporatura tozza, la bocca manca del rostro, caratteristica questa tipica di cetacei teutofagi, cioè che si nutrono di calamari.

Il capo è molto pronunciato e di forma più o meno rotondeggiante; presenta anteriormente una tipica infossatura longitudinale a forma di "V". La pinna dorsale è molto alta e falcata, le pettorali sono molto lunghe (quasi il 15% della lunghezza totale) e appuntite.

La livrea può assumere diverse tonalità di grigio e presentare graffiature bianche, di varie fogge e dimensioni, che aumentano con l'età: esemplari molto anziani possono apparire completamente bianchi. Tali striature restano come tracce indelebili delle loro continue interazioni sociali, in quanto in questa specie le zone graffiate (per esempio da un morso) durante la cicatrizzazione perdono la pigmentazione.

Riproduzione

Non si sa molto sulla riproduzione; si ipotizza che la gestazione possa durare dai 13 ai 14 mesi. Alla nascita il cucciolo è lungo in media 1,5 metri. La maturità sessuale sopraggiunge quando sia il maschio che la femmina arrivano a una lunghezza di 2,7 m (per le femmine corrisponde ai 7 anni d'età).

Alimentazione

Si nutre quasi esclusivamente di calamari, ma non disdegna seppie e polpi.

Tutela

Sebbene non ci siano stime sulla popolazione mondiale di grampi, la specie è stata catalogata come il tursiope nella categoria "Least Concern", quindi senza particolari problemi di conservazione.

Orca

Nome scientifico: *Orcinus orca*

Dati generali

Appartiene alla famiglia dei delfinidi e ne è il rappresentante più imponente. I maschi possono raggiungere i 6-8 metri per un peso di oltre 6 tonnellate; le femmine restano più piccole, con lunghezze massime nell'ordine dei 5-7 metri. La sua livrea è di un nero uniforme e lucido, con una tipica macchia bianca dietro all'occhio. Bianchissimo è anche il ventre, con un disegno che si estende anche sui fianchi, all'altezza della zona genitale.

Dietro alla pinna dorsale presenta una macchia chiara, biancastra, detta "sella", la cui forma può servire a distinguere un individuo da un altro. Le pinne pettorali sono ampie e tipicamente tondeggianti, mentre la dorsale è molto alta nei maschi e più piccola e falcata nelle femmine.

Si trova in tutti gli oceani, con diverse popolazioni, la più abbondante delle quali dovrebbe essere quella che abita le acque dell'Antartico.

Le orche vivono in strutture sociali molto complesse, ad esempio le residenti (citate nel racconto di Springer) hanno una società di tipo matriarcale, in cui ogni discendente vive per diverse generazioni con la madre.

Riproduzione

Le femmine di orca sono sessualmente mature all'età di 15 anni. Partoriscono cuccioli singoli, una volta ogni 5 anni circa. All'età di 40 anni raggiungono, caso più unico che raro in natura, la menopausa. Ciò significa che in genere ogni femmina, nell'arco della sua vita, dà alla luce 5 figli. I cuccioli vengono accuditi non solo dalla madre, ma anche dagli altri componenti del branco.

Alimentazione

Basterebbe dire, senza sbagliare, che le orche mangiano di tutto. In effetti sono predatori formidabili, al vertice assoluto della catena alimentare, dotati di bocca ampia e dentatura impressionante e soprattutto di tecniche di caccia sofisticate ed efficaci. In genere differenti popolazioni di orche si specializzano su determinati tipi di prede: così abbiamo orche che mangiano solo pesci, e altre che cacciano altri cetacei e mammiferi marini. Squali, tartarughe e persino uccelli marini possono rientrare nella dieta di questi straordinari animali.

Tutela

Le stime sulla popolazione mondiale di orche sono davvero incerte, ma è attendibile parlare di un minimo di circa 50.000 esemplari, di cui almeno la metà in acque antartiche. La Red List dell'IUCN etichetta la specie come "Data Deficient", a indicare che non ci sono abbastanza studi e dati per una stima dello stato di conservazione. Da notare però che alcune popolazioni sono state classificate come "in pericolo" da normative e atti nazionali, per esempio negli Stati Uniti.

Balena grigia

Nome scientifico: *Eschrichtius robustus*

Dati generali

È l'unica specie che appartiene alla famiglia delle Eschrichtiidae. Le sue caratteristiche sono infatti diverse sia da quelle delle balene per antonomasia (Balaenidae) sia da quelle delle balenottere (Balaenopteridae). Il corpo è uniformemente grigio e diventa con il tempo macchiato e punteggiato, soprattutto di bianco, a causa dei parassiti incrostanti che crescono sulla sua pelle. Un adulto può raggiungere i 14 metri di lunghezza, per circa 40 tonnellate di peso, con le femmine leggermente più grandi dei maschi. Questa specie vive solo nell'emisfero boreale, e solo nell'Oceano Pacifico. Esisteva una popolazione atlantica, che però è stata sterminata dalla baleneria ed era del tutto scomparsa già nel XVIII secolo.

Riproduzione

Le femmine mettono al mondo i cuccioli (che alla nascita misurano poco più di 4 metri), ad anni alterni. Il parto avviene in lagune protette e in acque basse, molto probabilmente per scongiurare il pericolo dei predatori, soprattutto orche e squali. Il cucciolo ha necessità comunque di crescere in fretta, per questo motivo beve dai 190 ai 300 litri di latte materno, al giorno.

Alimentazione

Di nuovo si differenzia da balene e balenottere: queste infatti, si nutrono filtrando l'acqua, grazie ai fanoni, lamine cornee che, al posto dei denti, vengono utilizzate come un setaccio. Anche la balena grigia possiede i fanoni, ma li utilizza per filtrare sabbia e detriti del fondale. La balena si gira su un fianco, generalmente il destro e strisciando sul fondo con la bocca aperta raccoglie appunto il sedimento e gli animali che ci vivono dentro, soprattutto crostacei. I vecchi individui, a causa di questa tecnica, sono spesso ciechi dall'occhio destro (quello che striscia sul fondo quando si nutrono).

Tutela

Sono state registrate due popolazioni distinte di balena grigia, quella orientale (vicino alla costa degli Stati Uniti e a quella del Messico), composta soltanto da 160 individui, e quella, molto più numerosa, occidentale (lungo le coste asiatiche), che conta più di 20.000 esemplari. La IUCN ha catalogato la specie come "Least Concern", quindi senza particolari problemi, specificando tuttavia che la popolazione occidentale sarebbe invece "Critically Endangered", cioè severamente a rischio.

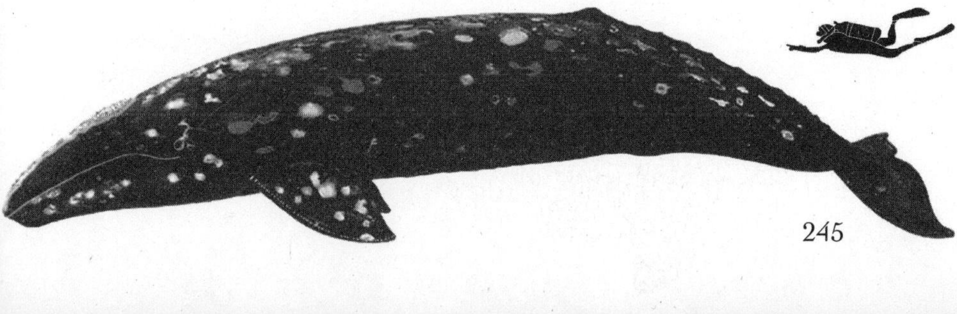

I delfini solitari e l'uomo

Quello dei delfini socievoli e solitari è un fenomeno in aumento un po' ovunque, nel mondo. A oggi si contano ormai novanta casi del genere, alcuni molto famosi, con migliaia di persone accorse a vedere questi animali e a giocare con loro.
I termini *solitary dolphin* e *lone sociable dolphin* (che possono apparire fuorvianti) vengono usati per indicare un delfino che ha pochissimi se non nulli rapporti con altri conspecifici, e che regolarmente si avvicina agli esseri umani, spesso includendo contatti e comportamenti sociali, sessuali o di gioco.
Di solito le circostanze che portano a questo includono la presenza del delfino in una zona poco frequentata da conspecifici e invece regolarmente praticata dall'uomo.
Nella prima fase si ha una graduale assuefazione del delfino alla presenza dell'uomo e subito dopo reindirizza i suoi comportamenti sociali verso di lui. In molti casi ben documentati, questo spostare l'attenzione e i comportamenti verso gli umani non è stato mediato da ricompense in cibo.
I delfini sono animali carismatici, emozionanti e molto attraenti per tante persone: ciò comporta che la presenza di un delfino solitario provochi in genere l'accorrere di tanta gente nell'area. E molti ben presto tentano anche di toccare l'animale o di nuotare con lui.
Se il ritorno emozionale che ne ricevono gli uomini è di facile comprensione – siamo molto ricettivi verso queste richieste di interazione, alle quali magari attribuiamo sentimenti che ci sono propri –, molto più difficile è comprendere o valutare che cosa il delfino tragga da questo rapporto con una specie diversa dalla sua. Eppure è risultato evidente in molte situazioni come il delfino cercasse attivamente l'interazione con le persone, a vari livelli.

Nei delfini totalmente solitari, ma probabilmente anche in quelli che hanno limitati rapporti con gli altri conspecifici, pare plausibile che il contatto fisico con l'uomo e la stimolazione derivata dall'interazione con lui siano un buon surrogato del rapporto che non possono avere con gli altri delfini. In altre parole, nei delfinidi le interazioni sociali, gli scambi di contatti e di stimoli fra i diversi individui sembrano rappresentare un'esigenza talmente forte che in mancanza di "materiale" della stessa specie si accontentano di interagire con specie molto diverse. O forse i delfini trovano gli esseri umani di per sé interessanti, chissà...

Per quanto amore le persone possano mostrare per questi mammiferi marini, o magari proprio per un eccesso di questo amore, per i delfini solitari il contatto incontrollato con l'uomo può portare molto spesso guai a non finire, dalle molestie alle ferite fino alla morte. La casistica di delfini feriti o uccisi, intenzionalmente o meno, la dice lunga. Più raro il contrario, ma comunque non mancano casi di persone ferite da un delfino, il quale ha senza dubbio gli strumenti (coda e denti in primo luogo) e la forza per arrecare danni ingenti – ed è pur sempre un animale selvatico e potenzialmente pericoloso.
Così, in contrasto con i racconti di delfini che avrebbero "salvato" una persona dall'annegamento (Flipper, Filippo) ci sono i casi di delfini (Donald) noti per aver "rapito", nel senso di avere trattenuto in acqua a forza, persone poi tratte in salvo dalle imbarcazioni lì presenti.
La ricercatrice Amy Samuels, insieme ad altri autori, ha recentemente preso in considerazione 29 casi ben documentati di delfini solitari e socievoli: ne è risultato che tredici avevano avuto comportamenti sessuali deviati, cioè diretti verso l'oggetto sbagliato, quali umani, boe o barche. Almeno diciotto, inoltre, avevano mostrato comportamenti aggressivi verso gli esseri umani.
In una sola occasione le conseguenze divennero estreme e si registrò la morte di una persona. Un delfino chiamato Tiao viveva da cinque mesi nelle acque di San Sebastiao, in Brasile. Molti lo cercavano continuamente e non pochi erano decisamente "invadenti". C'era chi voleva solo toccarlo, ma anche chi lo tratteneva per le pinne, chi cercava di salirgli in groppa e chi tentò di infilargli un gelato nello sfiatatoio. In quel periodo una trentina di persone, incaute, furono

lievemente ferite da Tiao che reagiva male alle molestie. Finché l'8 dicembre 1994 il delfino si oppose ai tormenti inflitti da un uomo colpendolo con forza all'addome e provocandogli un'emorragia interna che gli sarà fatale. Meno tragico, ma più noto in quanto tutto l'accaduto fu filmato sott'acqua, fu l'incidente avvenuto nel maggio 1991 al largo delle Hawaii. In quel caso un globicefalo, una specie di delfino che può raggiungere i 6 metri di lunghezza, prese per una gamba una donna che stava giocando in acqua con alcuni di questi animali e la trascinò a una profondità di oltre 10 metri. La riportò in superficie appena prima che rischiasse di annegare.

Sta di fatto che l'entusiasmo, spesso esagerato o comunque molesto, per un delfino che finisce per stabilirsi in un'area frequentata da esseri umani non ha speranza di scemare nel tempo o nelle sue espressioni troppo esaltate. Così in diverse occasioni sono stati proposti piani di gestione di queste particolari situazioni, affinché né il delfino né gli esseri umani avessero a soffrire dal reciproco rapporto. Iniziative di tutela sotto forma di norme o leggi sono anche state messe in atto (Filippo, Pelorus Jack, Opo) ma probabilmente non sono la risposta giusta.

È indubbio inoltre che su questo fenomeno in continua espansione manca un adeguato supporto scientifico. Non sappiamo bene come gestire questi casi anche perché li conosciamo poco, nel senso che sono stati poche volte seguiti e analizzati, anche se ultimamente gli articoli e i workshop di scienziati che ne discutono si stanno moltiplicando, e forse un po' di terreno si sta recuperando. L'impressione è che questa "corsa" al mammifero marino, con i programmi di *swim-with-dolphins*, gli avvistamenti ravvicinati, le interazioni sempre più numerose, abbia un po' spiazzato e lasciato indietro la scienza, che sta cercando di recuperare il terreno.

Per esempio in molti casi sembra evidente che si potrebbe prevenire il "formarsi" di un *solitary dolphin*. C'è una sequenza ben precisa di eventi che porta un delfino selvatico a trasformarsi in un animale socievole con l'uomo, e spesso da questo dipendente. Secondo Christina Lockyer, che di questi casi si occupa da tanto tempo, contrariamente a quanto si crede molto spesso i delfini socievoli e solitari non sono esseri che "escono dalla norma": si può trattare semplicemente di una fase della loro vita. È capitato infatti che alcuni di essi siano tornati poi a una normale vita di branco, ricongiungendosi con i loro conspecifici. Il numero di casi studiati è ancora troppo basso per trarre valide conclusioni, eppure è un fatto che una buona parte – circa la metà – di questi delfini solitari è costituita da animali indipendenti dalla madre ma non ancora sessualmente maturi. Individui rimasti da poco orfani oppure appena svezzati potrebbero essere più inclini di altri a cercare la compagnia degli esseri umani. Questi delfini, che si trovano in una fase cruciale della loro vita, quella in cui devono apprendere gli elementi essenziali per divenire adulti completi, potrebbero essere più facilmente deviati, per esempio a causa di contatti ripetuti anche se incidentali con esseri umani, a iniziare quella sequenza che li porterà a essere dei solitari.

Questa sequenza in quattro punti è stata elaborata da Monika Wilke e collaboratori in un articolo del 2005 e poi ripresa da molti altri.
Nella prima fase un delfino solitario arriva in una nuova area e vi si stabilisce. Generalmente quest'area offre abbondante cibo. Il delfino in genere esplora tutta la zona ma spesso sceglie poi una piccola porzione di spazio, in genere meno di un chilometro quadrato, che offre riparo e protezione. Normalmente rimarrà poi per la maggior parte del tempo in quest'area, al cui interno c'è spesso un punto che viene scelto come luogo di riposo. È frequente che questo si trovi vicino a una boa o a una barca ormeggiata. Se nell'area si svolgono attività umane, può essere che il delfino segua le imbarcazioni, spesso pescherecci, e che ispezioni gli attrezzi da pesca, anche se ancora non approcciando gli uomini.
Nella seconda fase il delfino è sempre più "padrone di casa", nel senso che si trova sempre più a suo agio nella nuova sistemazione. Può seguire le imbarcazioni anche regolarmente. La gente del luogo si accorge della presenza del delfino e tenta di avvicinarlo. Il delfino è incuriosito dalle persone ma ancora mantiene le distanze. Appaiono comportamenti correlati ad attività umane, come saltare sull'onda di prua delle barche (*bow-riding*) o esplorare anche con insistenza corde, catene e boe.
Nella terza fase anche la presenza degli esseri umani non è più troppo temuta e anzi in questa fase iniziano le interazioni vere e proprie con persone. Può essere anche solo una persona, o a volte più di una, che hanno con il tempo cercato di far abituare il delfino alla loro

presenza. Questo processo può essere in qualche caso agevolato, se non proprio iniziato, dal delfino stesso. In queste prime interazioni può lasciarsi toccare o avvicinare, o magari nuotare fianco a fianco. Il cetaceo arriva anche a permettere che qualcuno lo afferri per la pinna dorsale, per poi trascinarlo in acqua per un breve tratto. Il defino mostra molti comportamenti cosiddetti aerei, cioè rivolti a quanto sta fuori dall'acqua. Uno di questi è lo *spy-hopping*, cioè lo stazionamento in verticale con la testa fuori dall'acqua per osservare quello che avviene sopra le acque.
Nella quarta e ultima fase la presenza del delfino diventa di dominio pubblico, in genere supportata ed esaltata dai mezzi di comunicazione. Arriva gente per vedere il delfino e nuotare con lui. Il cetaceo diventa una sorta di celebrità e una vera e propria attrazione turistica. In questa fase la situazione può degenerare, nel senso che modi di fare inappropriati e poco rispettosi della natura dell'animale possono avere come risposta comportamenti pericolosi da parte del delfino, che può mostrare aggressività, forme di dominanza e anche comportamenti sessuali verso gli umani.

Non sempre si completa tutta la sequenza; in particolare, non è raro che la situazione si fermi prima della fase 4. Il leggendario Pelorus Jack, per esempio, visse ben 24 anni nella stessa zona senza che mai si arrivasse nemmeno alla fase 3 delle interazioni dirette con gli esseri umani. Può succedere anche che un delfino cambi nel tempo la sua area di residenza, pur restando un solitario, nel senso che non se ne va da una zona per tornare in mare aperto, ma solo per cercare una nuova sistemazione. Come è nel caso di Donald, che negli anni si spostò tre o quattro volte con l'ultima collocazione a più di 480 chilometri dalla prima. Anche se il record appartiene, pare, a un delfino che "abitò" prima in Irlanda, per poi muoversi successivamente nel sud della Gran Bretagna, e migrare più volte in Francia, Belgio e Olanda. Ogni volta qualcuno gli affibbiò un nome diverso e divenne dunque Dony, Randy o George.

Per saperne di più

Pelorus Jack e Opo

A. Alpers, *Dolphins*, J. Murray, 1969
M. Davidson, *Nine True Dolphins Stories*, Scholastic Book Services, 1974
B. Gunning, *The Quest for Pelorus*,
http://www.rscds-canberra.org/texts/Pelorus-30-7-06.pdf

Filippo

http://www.ildelfinofilippo.org

J.J.

http://www.seaworld.org/animal-info/gray-whale/news-main.htm

Springer e Luna

D. Francis, G. Hewlett, *Operation Orca: Springer, Luna and the Struggle to Save West Coast Killer Whales*, Harbour Publishing, 2007
http://www.reuniteluna.com
http://www.orcanetwork.org/news/springer.html

Fungie

http://www.irishdolphins.com/fungie.asp

Keiko

K. Brower, *Freeing Keiko. The Journey of a Killer Whale from Free Willy to the Wild*, Gotham Books, 2005
http://www.keiko.com

Donald

H. Dobbs, *Follow a Wild Dolphin: The Story of an Extraordinary Friendship*, St Martin's Press, 1987

Le tre balene

T. Rose, *Freeing the Whales. How the Media Created the World's Greatest non-event*, Carol Publishing Group, 1989
G. Whittel, *The Story of three Whales*, Northword Press, 1989

Andrea

http://www.youtube.com/watch?v=M9uNXel65EA

Sommario